KB262758

God's blood
갓즈 블러드

가즈 블러드 5

황규영 판타지 장편 소설

초판 1쇄 찍은 날 § 2007년 1월 23일
초판 1쇄 펴낸 날 § 2007년 1월 30일

지은이 § 황규영
펴낸이 § 서경석

편집장 § 문혜영
편집책임 § 유경화
편집 § 이재권

펴낸곳 § 도서출판 청어람
등록번호 § 제1081-1-89호
등록일자 § 1999. 5. 31
어람번호 § 제1-0791호

주소 § 경기도 부천시 원미구 심곡1동 350-1 남성B/D 3F (우) 420-011
전화 § 032-656-4452 팩스 § 032-656-4453
http://www.chungeoram.com
E-mail § eoram99@chollian.net

ⓒ 황규영, 2006

ISBN 978-89-251-0513-0 04810
ISBN 89-251-0389-3 (세트)

가즈 블러드 5 [완결]

황규영 판타지 장편 소설

God's blood

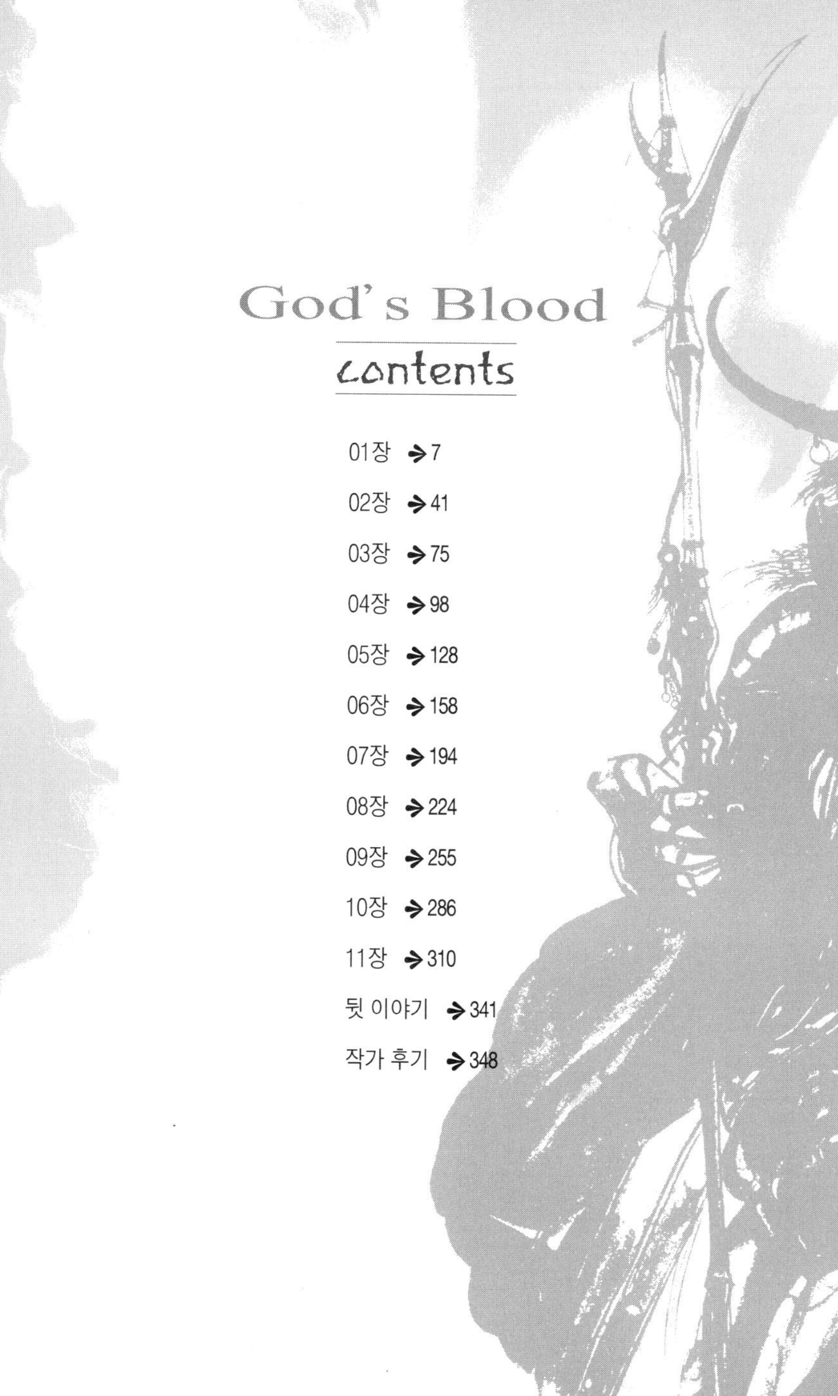

God's Blood

contents

01장 → 7

02장 → 41

03장 → 75

04장 → 98

05장 → 128

06장 → 158

07장 → 194

08장 → 224

09장 → 255

10장 → 286

11장 → 310

뒷 이야기 → 341

작가 후기 → 348

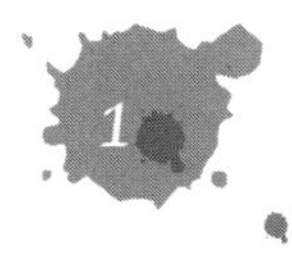

피스 제국 서남방면군 사령부를 출발한 바이올렛은 마침내 황궁이 있는 수도에 도착했다.

그녀는 서남방면군 사령관 스탠드 후작이 준 추천장을 가지고 있다. 하지만 그것은 그녀에게 별로 도움이 되지 못했다.

그녀는 간단한 신분이 아니다. 그녀가 파는 케이의 회복약은 지금 피스 제국 군대에서 목을 매는 특급 보급품이다. 일개 후작의 추천장 따위는 없어도 그만이다.

그래서 추천장이 아니라 그녀가 가진 가치 때문에 바이올렛은 황궁 파티에 초청됐다.

황궁 파티에는 아무나 참석할 수 없다. 제국 쪽에서 특별히 선심 쓴다고 쓴 것이다.

바이올렛은 처음 초청을 받고 나서 난처해했다.

“그런 거 잘 몰라서 부담스러운데…….”

산골 소녀 출신인 그녀는 떠들썩한 잔치는 좋아해도 격식을 따지는 파티는 싫어한다. 이런 대규모 파티는 참석한 경험도 없다. 하지만 거절할 수 없었다. 어쨌든 장사는 장사다.

그녀는 특별히 돈을 써서 레이스 달린 예복을 장만했다. 태어나서 입어본 옷 중에 가장 고급이었다. 거기에 더해서 전문가에게 돈을 주고 화장까지 했다.

그 다음에는 파인만이 나섰다.

“제가 에스코트하겠습니다.”

그녀의 일행 중에 귀족은 라이트닝 강습 부대의 백인대장 파인만밖에 없다. 귀족의 무도회를 잘 아는 것도 그뿐이다. 그래서 파인만이 그녀의 기사가 되어 파티장에 동행했다.

바이올렛은 조금 긴장한 채로 파인만과 팔짱을 낀 채 파티장에 걸어 들어갔다.

그녀가 파티장에 들어서자마자 소란스러운 잡담이 일제히 끊어졌다. 잠시 적막이 흘렀다.

이런 곳에 처음 와보는 바이올렛은 걱정이 되었다. 그녀가 파인만에게 고개를 돌리고 속삭였다.

“저기요, 파인만님. 제가 뭘 잘못했나요?”

파인만은 태어나서 오늘처럼 자랑스러운 적이 없었다.

‘고위귀족들이 모두 나를 부러워하고 있다!’

“아닙니다, 바이올렛 양.”

파티장의 사람들이 소곤거리기 시작했다.

"저 엄청난 미녀는 도대체 누구야?"

"장난이 아닌데?"

"내 이상형이다."

"나는 오늘 나의 레이디를 찾았어. 말리지 마."

사람들, 특히 젊은 남자들이 그녀에게 슬금슬금 다가오기 시작했다.

바이올렛은 바짝 긴장했다.

"왜, 왜들 이러시는 거죠?"

파인만이 즉시 그녀의 앞으로 나서며 말했다.

"레이디께 예의를 지키십시오."

사람들은 파인만을 싹 무시했다. 그들은 어떻게든 바이올렛에게 말이라도 걸어보려고 밀려왔다. 파인만이 발버둥 쳤지만 혼자서는 한계가 있었다.

한참의 난리가 지나고 나서야 그녀는 한숨을 돌릴 수 있었다. 파티장에서는 아니었다. 그녀는 그곳을 그대로 도망쳐서 나무가 무성한 정원으로 숨어들어 갔다.

황궁의 정원은 만만한 곳이 아니다. 더구나 지금은 밤이다. 달이 밝은 밤이지만 그녀는 순식간에 길을 잃어버렸다.

"여기는 어디일까. 큰일 났네. 어서 돌아가야 하는데."

숲을 헤매던 그녀가 걸음을 멈추었다.

그녀는 치마에 흙이 묻는 것도 신경 쓰지 못하고 살포시 주저앉았다. 그녀의 앞에는 새끼 사슴 한 마리가 떨고 있었다.

"어머. 너 다쳤구나?"

사슴은 몸에 뭔가에 베인 상처가 있었다.

바이올렛은 성녀의 자질을 가지고 있다. 스스로 모르고 있을 뿐이다. 성녀 중에서도 조금 특별한 존재로, 마음에 관련된 재능을 받았다.

그녀가 새끼 사슴을 쓰다듬었다. 그녀에게서 편안함을 느낀 사슴은 도망가지 않았다. 대신에 눈망울만 글썽거리며 그녀를 쳐다보았다.

"불쌍해라."

그녀는 품에서 케이의 회복약을 꺼내 사슴의 상처에 발랐다.

"이건 아주 좋은 약이야. 케이 씨의 약이거든. 그나저나 붕대가 있었으면 좋겠는데……."

그녀에게 붕대가 있기는 있다. 평소에 팔에 감고 다니던 것이다. 파티에 그걸 감고 왔다가 잘못하면 미쳤다는 소리 들을까 무서워서 품 안에 넣어놓았다.

"그걸 쓸 수는 없고. 어떻게 하지?"

그녀가 자기 옷을 보았다.

그녀는 이제 부자다. 그녀만이 아니라 마을 사람 전체가 다 부자다.

"이 옷에는 레이스가 참 많네."

그녀는 옷의 레이스를 조심조심 뜯었다.

"나중에 레이스만 다시 붙이면 될 거야."

그녀에게 옷을 고쳐 입는다는 것은 너무나 당연한 일이다.

레이스는 충분히 많이 붙어 있었다. 전부 붕대로 보였다.

그녀는 레이스를 잔뜩 뜯어내서 새끼 사슴의 상처를 싸매주었다. 간단한 치료가 끝난 후 새끼 사슴의 엉덩이를 톡톡 두드려 주며 말했다.

"자, 이제 가보렴. 앞으로 조심하고."

사슴은 그녀를 보고 작게 울어준 후 숲으로 걸어 들어갔다.

바이올렛이 뿌듯한 얼굴로 일어섰다.

그때 어디선가 음악 소리가 들렸다. 파티장에서 흥겨운 음악 연주를 시작했다.

그녀의 얼굴이 환해졌다.

"어머. 저쪽인가 보다."

그녀가 떠나고 나서 숲에서 남자 두 명이 걸어나왔다. 그중 한 명은 대단한 꽃미남이었다.

꽃미남이 말했다.

"무척 아름다운 아가씨군. 마음씨도 얼굴만큼 고와. 아주 마음에 드는데?"

옆에 서 있던 남자가 허리를 숙였다.

"당장 데려오겠습니다."

꽃미남이 고개를 가로저으며 손에 든 것을 남자에게 내밀었다.

"누구인지는 금방 알게 되겠지. 던킨, 너는 이거나 처리해라. 오늘 밤 놀이는 그만 하기로 하지."

그의 손에는 갈기갈기 찢긴 새끼 사슴이 들려 있었다. 사슴의 몸에는 고운 레이스 조각들이 피에 젖은 채 붙어 있었다.

던킨이 사슴을 받으며 대답했다.

"알겠습니다, 황태자 전하."

*　　　*　　　*

케이는 빠른 속도로 신성제국으로 이동했다. 황녀에게 여행 경비로 받은 돈을 아낌없이 쓰면서 가장 빠른 수단을 사용해 신성제국 수도로 갔다.

마차에서 내린 케이는 주변을 둘러보다가 감탄했다.

"와아. 정말 대단하네."

그가 놀란 것은 수도의 규모가 아니다.

"여긴 개나 소나 신관이네. 역시 신성제국이다."

신을 믿는 자는 많지만 신관은 흔한 직업이 아니다. 오히려 상당히 귀하다. 숭배하고자 하는 신과 상성이 맞아야 하기 때문이다. 하지만 이곳은 길거리를 돌아다니는 사람들 중에 신관 복장을 한 사람이 흔했다.

여기에 신관이 많은 이유는 이곳이 신성제국의 수도이기 때문이다. 수도에는 대부분의 신의 신전이 하나쯤은 있다. 여러 개가 있는 경우도 많다. 천신의 신전처럼 아예 이곳에 본부를 둔 곳도 있다. 그리고 그 신전들을 방문하는 타국의 신관들도 많았다.

“놀고 있을 틈은 없지. 일단 사람부터 찾아볼까?”

케이는 나오미 황녀가 말해준 사람을 찾아갔다. 작은 저택에 도착한 그는 문을 두드렸다.

“계세요?”

잠시 후에 집사가 문을 열었다. 그는 케이를 쭉 훑어보고는 질문했다.

“누구를 찾아오셨습니까?”

“여기가 커리클 자작님 댁 맞죠?”

집사의 눈이 날카로워졌다.

“맞습니다만?”

“자작님 좀 뵈러 왔는데요? 약속이 돼 있거든요?”

집사가 소리를 버럭 질렀다.

“이런 미친놈을 봤나! 자작님이 돌아가신 지가 언젠데 약속? 썩 물러가라!”

집사가 문을 거칠게 닫았다.

문은 닫히지 못했다. 케이가 문을 붙잡았다.

“죽다니요? 언제요? 어떻게요?”

집사가 아무리 힘을 써도 문은 닫히지 않았다. 어지간하면 조금쯤은 움직일 법했지만 꼼짝도 하지 않았다. 그때서야 집사는 케이가 만만치 않은 힘을 가졌음을 깨달았다.

그의 말투가 다시 바뀌었다.

“허엄. 마차 사고로 돌아가셨습니다.”

“에엑? 마차 사고요? 정말 사고 맞아요?”

“물론입니다. 그러니 이제 문 좀…….”

케이는 손을 놓았다. 집사는 즉시 문을 쾅 소리가 나도록 닫았다.

케이는 황당했다.

“이게 뭐야. 나오미 황녀가 커리클 자작만 찾으면 황제를 만날 수 있다고 큰소리 팡팡 치더니. 정작 자작이 죽어버렸잖아. 마차 사고라니.”

약간의 시간이 흐른 후, 황당함에서 깨어난 케이는 자기 입장을 정리해 보았다.

“어디 보자. 신성제국 황제를 만날 수 있는 선은 일단 끊어졌고. 내가 그냥 좀 보자고 한다면 만나줄 리가 없고. 그럼 내가 신성용병임을 밝히고 만나보자고 한다면?”

그 방법에도 문제는 있었다.

“워낙 인맥이 없으니 제일 밑바닥부터 타고 올라가야 한단 말이야. 그런데 그럼 내가 안전할까? 아니야. 애초에 커리클 자작이 이렇게 딱 맞춰서 사고로 죽어버린다는 것 자체가 의심스러워. 그럼 여기까지 첩자들이 침입해 있다는 소린데. 어떻게 하는 것이 가장 안전하고 확실하지? 어쨌든 이거 조심해야겠는데?”

＊　　　＊　　　＊

바이올렛은 초대장을 놓고 난감해하고 있었다.

"황태자 전하가 주최하는 가면무도회라고요?"

파인만이 대답했다.

"그렇습니다. 황태자 전하께서 직접 초대하셨습니다."

바이올렛은 지난번의 일 이후에 파티를 더 싫어하게 됐다.

"이거 안 가면 안 돼요? 저번에도 뭘 해야 할지 몰라서 무척 난처했어요."

"큰일 납니다. 황태자 전하께서는 우리 제국을 실질적으로 움직이시는 분이나 다름없습니다. 그분의 눈 밖에 나면 제국에서는 장사 못합니다."

"아이참. 정말 가기 싫은데… 할 수 없죠. 이것도 다 사업이니까요."

가면무도회는 지난번보다 더 크고 화려했다. 많은 사람이 웅성거렸다.

바이올렛은 큼직한 고양이 가면으로 코부터 그 위쪽으로 몽땅 가려놓았다.

사람들은 바이올렛을 제대로 알아보지 못했다. 그녀의 몸매와 입술을 보고 접근하는 사람들은 여전히 있었지만 지난번과 비교할 정도는 아니었다.

꽤 편한 마음이 된 그녀는 파티의 음식을 마음껏 즐기기 시작했다. 이것저것 주워 먹던 그녀는 붉은 조그마한 열매를 손가락으로 집어먹으며 말했다.

"어머나. 이건 또 뭐래? 새콤달콤하네?"

그녀는 최근 들어 부자가 됐지만 원래 가난한 산골 마을 출신이다. 아끼는 것이 몸에 배어 있는 그녀는 부자가 된 후에도 황궁에서 나오는 것과 같은 초호화 요리를 먹어본 일이 없다. 이 비슷한 것도 거의 먹어보지 못했다.

옆에서 젊은 남자의 허스키한 목소리가 들렸다.

"레드베리 열매를 가지고 만든 거랍니다."

바이올렛이 고개를 돌려보았다. 그녀의 곁에는 자신의 것과 비슷하게 생긴 고양이 가면을 쓴 남자가 서 있었다.

바이올렛이 손에 든 레드베리 열매를 얼른 입에 집어넣었다. 혀로 입술까지 살짝 핥은 후 방긋 웃었다.

"맛있어요. 하지만 그거 되게 비싸다고 들었는데."

"여기는 제국의 핵심부이니까요. 어떤 음식을 만들 때 돈이 얼마나 들어가는지는 중요하지 않답니다."

"하긴. 귀족 사회는 그런 거라고 들었으니까요. 아직 배고픈 마을이 무척 많은데……."

"그런데 레이디께서는 혼자 오셨습니까?"

"아녜요. 우리 파인만 경이 바로 근처까지 따라왔어요. 그런데 초대장이 한 장뿐이라서요. 초대해 준 분도 너무하죠? 겨우 한 장이라니."

남자가 씩 웃었다.

"어쩌면 다른 의도가 있었는지도 모릅니다."

"네?"

“방해자 없이 레이디와 만나고 싶어하셨을지도 모르죠.”

바이올렛이 작게 웃으며 레드베리 열매를 다시 하나 집어 들었다.

“호호. 그럴 리가요. 냠냠. 절 아시는 분이 아니거든요.”

“레이디, 세상일이라는 건 모르는 거랍니다.”

바이올렛은 문득 이 남자의 의도가 궁금해졌다.

‘혹시 나한테 접근하는 걸까?

바이올렛이 자신의 재능을 은밀히 발휘했다. 그는 고양이 가면 남자의 감정 상태를 알아보려고 시도했다.

‘호감. 그냥 호감이네. 앗!’

그녀의 눈이 동그래졌다.

남자가 가볍게 웃었다.

“후후후. 좋은 재능을 지니셨군요. 하지만 그 재능으로 모든 사람의 마음을 들여다볼 수는 없답니다.”

바이올렛은 이런 경험이 처음이다.

‘감정이 더 이상 느껴지지 않아. 마음을 닫았어. 세상에. 그런 재주를 가진 사람도 있구나. 하긴, 남의 마음을 들여다보는 나 같은 여자도 있는데, 안 보여주는 재주를 가진 사람이 있는 것도 이상하지 않지. 역시 황궁은 대단한 사람들이 많아.’

그녀는 재빨리 사과했다.

“죄송해요. 세상이 험하다 보니까 그만……..”

“죄송하시면 나중에 저랑 차나 한 잔 하시겠습니까?”

바이올렛은 자신과 비슷한 재능을 가진 남자에게 호기심이 조금 생겼다. 하지만 그녀는 따로 약속을 잡지 않고 웃었다.

"호호. 제가 누구인지 모르시잖아요? 나중에 저를 어떻게 알아보시려고요?"

"레이디, 세상일은 어떻게 될지 모르는 거랍니다."

무도회장 밖에서 황태자는 고양이 가면을 벗어 던킨에게 넘겨주었다.

던킨이 공손히 그 가면을 받으며 질문했다.

"전하, 어떠셨습니까?"

황태자가 웃었다.

"하하하. 아주 유쾌했어. 이렇게까지 나를 즐겁게 하는 여자는 처음이다."

"하지만 평민 여자입니다. 잠시 데리고 노시는 것으로 만족하심이 어떠신지요?"

황태자가 피식 웃었다.

"던킨, 내게 있어서 귀족이나 평민이라는 구분이 왜 중요한가? 내게는 모두 평등하다."

"그건 그렇습니다."

"인간은 모두 평등하게 보잘것없는 존재이지. 그러니 그녀의 신분은 문제되지 않아. 중요한 건 그녀가 모든 면에서 내 마음에 쏙 들었다는 거지. 이런 여자는 세상을 다 뒤져도 찾기 쉽지 않다."

"무엇이 가장 마음에 드셨는지요?"

“마음씨가 곱잖아. 내숭이 아니라 진짜로 마음이 고와. 여기서 음식을 먹으면서 얼굴도 모르는 세상 인간들 생각을 하더군. 나 같은 놈에게는 그런 착한 아내가 있어야지. 그래야 나도 조금은 인간임을 느낄 것 아닌가?”

“뜻대로 하십시오.”

황태자가 던킨의 목을 턱 잡았다. 그의 손을 타고 강력한 힘이 던킨의 몸으로 흘러들어 갔다.

던킨은 그 압도적인 힘을 감당하지 못하고 더듬거렸다.

“컥. 화, 황태자 전하.”

황태자가 던킨의 얼굴을 바짝 들여다보고 말했다.

“그러니 그녀에게 손댈 생각 하지 말란 말이다. 네 왕에게 똑똑히 전해라. 그녀를 건드리면 마왕이라고 해도 가만두지 않겠다고.”

던킨의 얼굴이 흙빛으로 변했다.

“죄, 죄송합니다. 절대로 손대지 않겠습니다.”

황태자가 던킨의 목을 잡은 손을 놓았다. 그리고 던킨의 어깨를 두드려 주면서 말했다.

“던킨, 잘해라.”

황태자가 걸어가고 던킨은 그 뒤를 따랐다. 던킨이 자기 목을 쓰다듬으며 생각했다.

‘상대의 생각을 읽는 능력이 더 강해졌다. 이젠 마계의 존재인 내 생각까지 읽다니. 정말 무서운 인간.’

앞에서 걷던 황태자가 말했다.

"던킨, 다 들린다."

＊　　　　＊　　　　＊

케이는 도시를 돌아다니며 정보를 모았다. 그가 찾는 것은 황제와 직접 대면이 가능한 귀족이었다.

그는 이번에는 에드워드 백작의 저택 앞에 서 있었다.

"좋아. 어떻게든 백작을 설득해서 황제와 만나야겠어. 젠장. 만나기만 해서 되는 게 아닌데. 인맥을 가지고 만나야 제대로 활동할 수 있는데. 할 수 없지. 일단 만나는 것이 급선무니까."

그는 결심을 하고 백작의 저택으로 걸어갔다.

백작은 자작보다 고위귀족이다. 자작보다 돈이 더 많고 권력이 더 강하며 병사도 더 많다.

그래서 치안 상태 좋은 수도의 저택임에도 불구하고 경비병이 지키고 있었다. 케이가 다가가자 경비병이 손을 들어 그를 제지했다.

"무슨 일이… 냐?"

케이의 꼴은 틀림없는 용병이다. 적어도 귀족다운 고급 옷이나 갑옷 따위는 아무것도 없다. 그저 평범한 옷에 칼 한 자루 걸쳤을 뿐이다.

"에드워드 백작님을 만나러 왔습니다."

백작을 찾는다는 말에 경비병이 의심스러운 눈초리로 말투를 바꾸었다.

"약속을 하셨습니까?"

"아니요. 하지만 꼭 좀 만나봬야 할 일이 있거든요."

"혹시 귀족이십니까?"

"물론 아닌데요?"

권력가의 병사라는 자부심을 가진 경비병이 피식 웃었다.

"백작님이 약속 없이 아무나 만날 수 있는 분인 줄 아나? 그것도 귀족이 아닌 평민이? 어림도 없으니 썩 물러가라. 기사분들에게 걸리면 다리가 부러질지도 모르니까."

케이도 쉽게 만날 수 있을 거라고는 생각하지 않았다.

"내 신분을 들으면 만나주실걸?"

"네 신분이 뭔데?"

"신성용병."

케이의 말에 경비병 두 명이 크게 웃음을 터뜨렸다.

"으하하하. 신성용병이 또 왔군."

"오늘은 대단한 날이야. 하루에 신성용병이라는 놈이 두 놈이나 왔잖아."

"그러게. 보통은 하루 걸러 한 명씩 오는데 말이야."

케이의 경비병들의 말에 상황이 이상하게 흐른다는 것을 깨달았다.

"저기, 내가 정말 신성용병인데."

경비병이 웃음을 완전히 멈추지도 않고 호통을 쳤다.

"하하. 이놈. 네가 신성용병이면 나는 옛이야기에 나오는 신의 용사겠다. 너 같은 놈이 얼마나 많이 찾아오는지 아냐?

오전에 온 놈도 고집을 부리다가 두들겨 맞았다. 어서 꺼져
라!"

케이는 머리를 긁었다.

"젠장. 나도 꽤 유명해졌나 보네."

"썩 꺼지래도."

"내가 증거를 보여주면?"

경비병이 다시 웃었다.

"하하하. 증거? 신성 마법 홀리 라이트?"

케이의 얼굴이 핼쑥해졌다.

"그, 그런데?"

"하하하. 이놈아. 홀리 라이트를 쓰는 놈들도 열흘에 한 놈
씩은 들렀다 간다. 에이. 한심한 놈들. 신성 마법까지 쓸 수 있
으면서 사기를 쳐서 먹고살려고 들어? 썩 꺼지래도!"

케이는 황당했다.

'왜 나를 가지고 사기쳐 먹는 놈이 이렇게 많아진 거야? 내
가 그렇게 유명해?'

신성용병은 유명하다. 하지만 그 정도 유명세를 떨치는 사
람은 많다. 그러나 그런 사람들은 보통 신체적 특징이나 가문
의 문장 등이 알려져 있다.

'젠장. 내가 그동안 다른 제국에 있어서야. 새로 이름이 퍼
져서 아직 얼굴이 알려져 있지 않아서야. 그래서 아직 잘 모를
때 한탕 해먹으려는 놈들이구나.'

케이는 결국 귀족들과 만나서 일을 추진하는 것에 장애가

많음을 깨달았다.

'곤란해. 나를 증명한다고 시간을 너무 끌면 방해꾼이 끼어들 수 있어. 괜히 시비를 일으켜서 시간 낭비할 수는 없어.'

케이는 다른 쪽으로 방향을 전환했다.

"마음에는 들지 않지만, 그럼 신전을 찾아가 볼까? 지들이 명색이 신관이면 날 알아보겠지. 어디로 갈까나? 제일 잘나간다는 천신의 신전으로 가볼까?"

천신의 신전에서는 처음에 케이를 단순한 방문객으로 보고 반갑게 맞았다. 방문객 중 일부는 기부금을 내거나 포션을 구입한다. 그래서 신전에서는 보통 방문객을 반긴다.

케이는 신관 한 명을 골라서 말을 걸었다.

"여기서 조금 높은 신관 분을 뵙고 싶은데요?"

케이의 말에 신관의 얼굴이 환해졌다.

"중급신관님의 축복을 받으시려는 거군요? 잠시만 기다려 주십시오. 제가 한 분 모시고 오겠습니다."

"아니, 저……."

케이가 미처 아니라는 말을 하기도 전에 신관은 횡하니 달려가 버렸다.

"쳇. 뭐 어때. 일단 만나기만 하면 되지. 신성용병이라고 하면 어떻게 되지 않겠어?"

돈이 되는 방문객이 왔다는 것을 전해 들은 중급신관이 웃으며 다가왔다.

"하하하. 반갑습니다. 저는 니트로라고 합니다. 그런데 성함이……."

"케이입니다."

"케이요? 성함이 꼭……."

말이 통한다 싶은 케이가 반가운 얼굴로 말했다.

"신성용병입니다."

중급신관이 의심스러운 얼굴로 그를 쳐다보다가 질문했다.

"정말이십니까?"

"물론입니다. 확인해 보십시오."

중급신관이 케이를 유심히 살폈다. 심지어 그의 몸을 만져 보기까지 했다.

"흐음. 확실히 약간의 신성력 비슷한 것이 느껴지기는 합니다."

케이의 몸속에는 신의 피가 있다. 그것에 영향받은 그의 몸은 상당한 신성력을 품고 있다.

하지만 그 신성력은 신의 피 근처에 봉인에 가까운 상태로 모여 있다. 평소에는 몸 바깥으로 흘러나오는 신성력이 거의 없다. 중급신관도 케이의 몸속에 얼마나 많은 신성력이 들어 있는지는 구분하지 못했다.

케이는 답답했다.

'무슨 중급신관이 이래?'

"제가 신성용병 맞거든요? 원하신다면 신성 마법을 보여 드릴 수 있어요."

중급신관이 거절했다.

"아뇨. 필요없습니다."

"에? 제가 사기꾼 같아요?"

"만에 하나의 가능성이지만, 당신이 정말로 신성용병일 수는 있습니다. 하지만 그것이 우리 신전이랑 무슨 상관입니까?"

"뭐라구요? 전 신성용병이라니까요? 신성용병. 같은 신성끼리 왜 그래요?"

중급신관이 코웃음을 쳤다.

"흥. 같은 신성? 이것 보십시오. 용병. 애초에 신성기사도 아니고 신성용병이 존재한다니. 그런 모욕적인 말을 어느 신관이 좋아한다는 말입니까?"

"에엑?"

"신을 모시는 일은 성스러운 일. 신성기사는 존재해도 신성용병은 존재할 수 없습니다. 어디 감히 용병 따위가 신성을 언급하다니."

"이봐요. 말 다 했어요?"

"다 못했습니다. 당신의 몸에서 흐르는 미약한 신성력을 생각해 보면 신성 아이템이라도 하나 가지고 있나 보군요. 신성용병이라고 떠들면 믿어주는 사람도 있을 겁니다. 그러니 그냥 그것으로 만족하고 사십시오. 신전에 찾아와서 우리 성스러운 신관들을 모욕하지 말고."

　케이는 결국 신전에서 쫓겨났다. 남의 신전에서 버티고 있을 명분이 없었다.
　케이는 기분이 상할 대로 상했다.
　"젠장. 세상 좀 구해보려고 했더니 개나 소나 왜 이렇게 시비를 걸어? 이놈의 세상. 구하지 말… 수는 없고. 미치겠네. 그럼 이제 어떻게 황제를 만나지? 배고픈데 밥이나 먹고 천천히 생각해 보자."

　케이가 찾아간 곳은 고급 식당이었다. 너무 비싼 집에서 먹으려고 하니 조금 찜찜한 마음이 들었다.
　"아니야. 나중에 이런 음식점을 차리려면 서비스를 먼저 접해봐야 하지 않겠어?"
　케이는 그런 핑계를 대며 거하게 차려먹었다. 그가 굳이 이런 비싼 집에 들른 목적은 음식이 전부가 아니었다. 그의 진짜 목적은 다른 데 있었다.
　그는 마법사를 불러 월 오브 위스프도 하나 만들게 했다. 비용은 별도 지불이었다.
　마법사의 주문은 로지의 것보다 훨씬 길었다. 느릿느릿 흐르는 마나의 흐름을 느끼며 케이는 많은 것을 배울 수 있었다.
　"흐음. 마나의 흐름은 이렇게 흐르는구나."
　마법사가 내심 우습게 생각했다.
　'건방진 놈 같으니라고. 마치 마법을 보는 것만으로 자기도 펼칠 수 있다고 말하는 것 같군.'

“마법은 보는 것처럼 간단한 일은 아닙니다.”

케이는 고개를 갸웃거렸다.

“하지만 꽤 쉬워 보이는데요?”

마법사가 발끈했다.

“어디 그럼 직접 해보시겠습니까? 성공하신다면 나가실 때 계산은 제가 하도록 하겠습니다.”

활동 자금을 사사로운 목적에 쓰는 것 때문에 마음이 불편했던 케이는 밥값과 마법값을 대신 내준다는 말을 듣고 크게 기뻐했다.

그는 우선 주변을 둘러보았다.

“아는 사람도 없으니 실패해도 창피할 일 없겠네. 한번 해볼게요. 마나의 힘은 신성한 힘의 지배를 받으니 나의 의지에 따라 내 앞에 모여 나의 움직임을 따르는 빛이 되어라. 나와라. 윌 오브 위스프.”

그가 외운 것은 로지가 썼던 주문이다. 마나의 흐름도 로지의 것과 유사하다. 부족한 부분은 지금 마법사의 것을 보고 느낀 것을 채워 넣었다. 수인은 두 사람의 것이 섞이다 보니 뒤죽박죽이 되었다.

주문이 끝나기가 무섭게 그의 앞에 빛 덩어리 하나가 떠올랐다. 빛은 마법사의 것보다 더 밝았다. 그럼에도 불구하고 조금도 눈부시지 않았다. 부드럽고 따뜻한 그 빛에 식당 사람들이 모두 쳐다보았다.

사람들이 박수를 쳤다.

“와아. 멋진 월 오브 위스프인데?”

“대단하군. 내가 본 월 오브 위스프 중에 가장 마음에 들어.”

마법사가 떨떠름한 표정으로 말했다.

“험험. 마법사셨군요. 그것도 최소한 2서클 마스터. 아니, 3서클이신가요? 이거 실례했습니다.”

자존심이 상한 마법사는 얼른 돌아가 버렸다. 하지만 케이는 자기가 만든 결과물을 보고 놀라서 입을 다물지 못했다.

케이가 멍하니 중얼거렸다.

“한 번에 되네?”

잠시 후에 케이의 눈이 반짝였다.

“나, 진짜 천재 아냐?”

식당을 나서는 케이는 기분이 대단히 좋았다.

“흐흐흐. 내가 천재일 리는 없고, 이게 다 마신상 덕분이다. 어쨌든 이제 월 오브 위스프를 쓸 수 있게 됐으니까 나중에 고급 식당을 차릴 수 있을 거야. 사람들이 다 감탄하는 멋진 빛이 나왔으니까 장사가 아주 잘될 거야.”

케이의 얼굴이 조금 어두워졌다.

“망할 놈의 전쟁만 끝나면 말이지. 그리고 내가 그 전쟁에서 살아남으면.”

기분을 망친 케이가 투덜거리며 식당을 떠나려는 찰나, 그의 귀에 익숙한 목소리가 들렸다.

"도대체 왜 그러세요!"

케이의 눈이 동그래졌다.

"에이미?"

에이미의 입은 요새 호강 중이다. 돈이 부족하지 않은 데이지와 같이 사느라 평소에 맛보지 못하던 오만 가지 요리를 먹으며 지냈다. 가난하게 사느라 바짝 말랐던 얼굴은, 이제 잘 먹은 덕분에 살이 오르고 피부도 뽀얗게 변했다. 키도 쑥쑥 자라기 시작했다.

지나치게 말랐을 때도 커뮨 시 빈민가에서 가장 예쁘다고 소문이 났던 에이미다. 때깔이 좋아지자 그녀의 아름다움은 본격적으로 빛나기 시작했다. 성숙한 여인의 향기와 아직 어린 소녀의 풋내가 적당히 섞인 그녀의 미모는 지나가는 남자들이 한번씩 돌아보며 침을 삼키기에 충분했다.

그리고 그녀를 아폴로가 노렸다.

"에이미, 내가 누구냐? 내가 바로 용사 아폴로 애버리스다. 용사께서 예뻐해 주시겠다는데 왜 반항하는 거냐?"

에이미는 이 고급 식당에서 데이지와 만날 약속을 하고 나왔다.

'재수없게 이 사람이랑 만나다니.'

"용사면 성녀나 찾아가라고요. 왜 나한테 와서 그래요?"

"물론 이 몸은 모든 성녀를 거느릴 거란다. 그리고 그 영광된 자리에 평범한 소녀인 너도 끼워주마. 나의 성은을 거절하지 마라."

"흥. 난 엘프의 탈을 쓴 드워프는 싫어요!"

에이미의 말에 아폴로가 발끈했다.

"감히 평민 주제에 못하는 말이 없구나!"

아폴로가 에이미의 손목을 재빨리 잡았다.

"가자. 네 버릇은 내 침대에서 고쳐 주겠다."

에이미가 비명을 지르려고 했다. 하지만 그녀의 비명은 갑작스러운 고함 소리에 쏙 들어가 버렸다.

"놔!"

아폴로는 그 호통 소리에 깜짝 놀라 저도 모르게 뒤로 후다닥 물러섰다.

"어, 어떤 놈이냐? 나는 용사다. 용사!"

에이미의 고개가 소리난 쪽으로 빠르게 돌아갔다. 그녀는 곧바로 후다닥 달려가며 소리쳤다.

"오빠!"

케이는 와락 안기는 에이미의 머리를 쓰다듬었다.

"잘 있었니?"

에이미는 케이의 가슴에 뺨을 비비며 대답했다.

"응. 응. 아주 잘 있었어. 왜 이제 왔어? 내가 보고 싶지도 않았어?"

"꼬맹아, 잠깐만 비켜봐라. 이 사태를 좀 해결하자."

에이미가 케이에게 파묻은 얼굴을 부비부비 비비며 말했다.

"이잉. 꼬맹이 아니라니까. 다들 아가씨라고 불러준다고.

오빠는 특별히 그냥 에이미라고 부르게 해줄게."

케이는 착 달라붙은 에이미를 억지로 떼어놓았다.

아폴로는 이제 누가 소리쳤는지를 구분했다. 그가 안심한 얼굴로 말했다.

"오호라. 너 그 케이 놈이구나. 그 건방진 삼급용병."

"정규 삼급용병 케이다."

아폴로가 신이 나서 검을 확 뽑았다.

"너 잘 걸렸다. 내가 그때 네 눈을 파내지 못해서 계속 아쉬웠거든. 어서 눈알을 바쳐라. 책을 읽지 못하게 해주겠다는 약속을 지키마."

케이가 히죽 웃었다. 그는 이제 옛날의 케이가 아니다. 평민은 평민이되 기사 하나쯤은 처리하고도 남을 명성을 가진 평민이다.

"웃기고 있네."

한쪽에 치워진 에이미가 걱정스러운 얼굴로 말했다.

"오빠, 저 사람 꽤 세졌대. 조심해."

"누가 그러든?"

"데이지 언니가."

그녀의 이름을 들은 케이가 반가운 얼굴로 물었다.

"데이지가 뭐라고 했는데?"

"개자식 주제에 실력이 제법이라고 했어."

케이가 크게 웃었다.

"푸하하하. 개자식? 확실히 화끈한 데이지다운 말투야."

아폴로가 분노로 부들부들 떨었다.

"이 건방진 평민들. 모두 눈을 파고 혀를 잘라 버리겠다!"

케이가 아폴로를 꼬나보며 말했다.

"아폴로, 내가 잊고 하지 않은 말이 있는데 말이야."

"이런 건방진 놈. 감히 귀족에게 반말이라니!"

"너 똥 밟고 자빠진 거 말이야."

아폴로의 얼굴이 붉어졌다.

"이놈. 비겁하게 그 일은 왜 꺼내는 것이냐?"

"그 똥, 내가 싼 거야."

그도 누가 쌌는지까지는 모른다. 하지만 아폴로는 그 말을 듣자마자 폭발했다.

"이, 이이. 네 이놈. 네가 일부러 그랬구나. 감히 귀족을 모욕했어. 죽여 버리겠다!"

아폴로가 케이에게 달려들었다. 그의 검에 검기가 서렸다.

케이가 기억하는 아폴로는 그저 그런 기사다. 기사라고 하기도 민망한 자다. 검기를 쓸 줄은 몰랐다.

'제법 세졌네.'

그래 봐야 달라지는 것은 없다. 케이가 그동안 죽였던 자들 중에는 대단한 검술가인 박스터나 브레이커 제국 황제도 있었다. 작은 기사단 하나가 동원돼야 잡을 수 있다는 마족도 그의 상대는 아니다.

케이가 아폴로의 공격을 가볍게 피하며 그의 손목을 잡았다. 그대로 던져 버렸다.

아폴로는 상황이 어떻게 된 것인지 이해하지 못했다.

"어?"

다만 세상이 빙글빙글 돈다는 것만 느끼다가 땅에 호되게 팽개쳐졌다.

"켁!"

충격을 받았지만 상당히 강화된 그의 육체가 그것을 극복했다. 그는 벌떡 일어서며 얼른 검을 들었다.

"이 건방진 평민 새끼가 잔재주를… 허억!"

케이는 어느새 아폴로에게 바짝 다가와 있었다. 케이의 발이 아폴로의 잘생긴 면상을 찍었다.

"케엑!"

아폴로가 다시 비명을 지르며 날아갔다. 그가 땅에 떨어지자마자 케이가 달려와 걷어차기 시작했다.

"귀족이면 다야? 웃기지 마. 나도 이제 잘나간다고! 기사면 다야? 사람 목숨이 그렇게 우스워? 어? 에이미는 왜 괴롭혀? 에이미가 니 장난감이야? 죽어, 이 쓰레기야!"

아폴로는 케이의 발길질이 너무 아파 정신이 다 나가는 것 같았다.

"케, 케엑, 케이… 케엑, 케, 켁켁."

아폴로는 케이에게 사정이라도 해보려고 했다. 하지만 케이는 그런 기회를 주지 않고 발길질을 했다.

갑자기 케이가 뒤로 훌쩍 물러섰다. 그가 서 있던 자리를 날카로운 기운들이 스치고 지나갔다. 그 기운에 스친 옷이 쩍 갈라졌다.

케이는 바짝 긴장했다.

'이거 위력이 장난이 아닌데?

케이가 공격이 날아온 위치로 돌아서며 소리쳤다.

"누구냐!"

신관 몇 명이 케이를 노려보고 있었다. 그중에 한 명이 외쳤다.

"나는 천신을 모시는 고위신관 조르. 네놈이 감히 용사를 노리다니. 누가 보냈느냐?"

고위신관이라는 말을 들은 케이는 머리를 굴렸다.

'고위신관이라면 내가 신성용병임을 알아볼 수 있을까? 잘하면 이자를 통해서 황제와 만날 수 있겠다.'

"잘 만났네요. 내가 누구냐 하면요. 바로 신……."

쓰러져 있던 아폴로는 원군이 왔다는 소리에 정신이 번쩍 들었다. 그는 땅을 기어서 도망치며 소리쳤다.

"조르 신관, 나를 암살하려는 자요. 암살!"

조르의 눈이 날카로워졌다.

"역시 마족이 보낸 놈이로구나."

케이는 황당했다.

"이봐요, 신관 아저씨. 누구보고 마족 따위에게……."

그때 조르 신관의 공격에 베어졌던 옷이 벌어지며 품속에 넣어둔 마신상이 굴러 나왔다.

케이는 이 마신상이 자신의 힘의 근원이라고 믿고 있다. 그는 얼른 그것을 잡아챘다.

"웃차. 이런이런. 이 귀한 것을 잃어버리면 큰일 나지."

그는 마신상을 다시 품속에 단단히 넣었다.

조르가 소리를 버럭 질렀다.

"마신상을 가지고 다니고 그것을 귀하게 여기는 것을 보면 넌 마족이 틀림없구나. 이 마족 놈. 잘 걸렸다. 내 손으로 너를 처단해 주마!"

케이는 당황했다. 이건 그가 원하던 사태가 아니었다.

"저, 저기요. 신관 아저씨. 오해거든요? 그러니까 조금 진정하고 우리 대화를……."

"마족과 할 대화 따위는 없다. 오직 죽음만을 내릴 뿐. 나와라. 홀리 커터!"

조르의 시동어만으로 신성력으로 만들어진 칼날이 잔뜩 만들어지더니 쫙 뿌려졌다.

케이가 기겁을 하며 몸을 움직였다. 취팔선보가 펼쳐지자 칼날들은 모조리 빗나갔다.

조르가 호통을 쳤다.

"그 빠른 몸동작을 보니 마족 중에서도 귀족이구나. 나와라. 홀리 해머!"

이번에는 꽤 큼지막한 신성력 덩어리가 케이를 향해 날아왔다. 물리적인 타격력과 신성력을 겸비한 복합 신성 마법 홀리 해머였다. 더구나 고위신관이 만든 것이다. 그 속도가 어마어마하게 빨랐다.

케이는 그 공격을 벗어나기 위해서 몸을 날렸다.

이제 조르를 따라왔던 다른 신관들도 신성 마법 준비를 마쳤다. 그들도 일제히 마법을 날렸다.

다양한 신성 마법이 케이에게 날아왔다. 심지어는 홀리 라이트를 펼친 신관도 있었다.

"나와라. 홀리 해머!"

그 마법들을 피하는 사이에 조르의 홀리 해머가 다시 날아왔다. 케이는 그것을 피할 수 없었다.

'이 각도에서 피하면 마법이 뒤쪽의 식당을 덮친다.'

지금 식당 안에 얼마나 많은 사람이 있는지는 바로 방금 확인했다.

오래 생각할 시간은 없었다. 케이는 상황을 파악하자마자 즉시 검을 뽑아 홀리 해머를 베었다.

"무슨 신관이 이따위야!"

케이의 고함 소리와 함께 검이 홀리 해머와 충돌했다. 신성력이 깃든 그의 검이 홀리 해머를 단숨에 터뜨렸다.

홀리 해머가 부서진 파편은 신성력이 되어 케이의 몸을 뒤덮었다.

조르가 반색을 했다.

"으하하하. 마족 놈아. 너는 내 함정에 빠졌다. 신성력을 뒤집어썼으니 죽을 맛일 거다."

그럴 리가 없다. 케이가 소리를 버럭 질렀다.

"내 말 좀 들어보라니까요. 귓구멍이 막혔어요?"

“오냐. 내 귀는 막혔다. 마족의 말을 듣느니 차라리 내 귀를 막아버리겠다. 그나저나 그 신성력을 뒤집어쓰고도 멀쩡하다니. 역시 용사를 죽이러 온 놈은 다르구나. 하지만 나는 물러서지 않는다. 너를 반드시 처단하겠다.”

조르가 옆에 있는 신관들에게 급히 말했다.

“누가 가서 신전에 연락해라. 이곳에 엄청난 고위마족이 나타났다. 아마 마왕의 직속부하 같다. 우리 신전에 있는 대마족 대응군을 모두 출동시켜라! 다른 신전에도 연락해서 닥치는 대로 모아와! 저놈은 내가 잡고 있겠다!”

조르의 말이 떨어지기가 무섭게 신관들이 사방으로 흩어졌다.

케이는 환장할 지경이었다.

“죽겠네. 할 일이 있으니 이걸 확 줘 팰 수도 없고.”

그는 황제를 만나 설득을 해야 한다. 그런 처지에 고위신관을 두들겨 팰 수는 없다.

“흥. 네가 할 일? 암살? 용사는 절대로 죽일 수 없다. 대마족 대응군이 오면 너를 박살 내버릴 것이다. 그때까지는 내가 너를 놓치지 않겠다.”

그때 고운 목소리가 들렸다.

“그럴 필요 없어요. 제가 왔으니까.”

조르 신관이 소리가 들린 곳을 돌아보더니 환한 얼굴로 말했다.

“데이지 성녀! 잘 오셨습니다. 같이 힘을 합쳐 저 마족 놈을 쳐부숩시다."

아폴로가 재빨리 데이지 쪽으로 달려가서 그 옆에서 섰다.

"성녀는 내가 지켜주겠소."

그러나 아폴로가 선 위치는 데이지의 조금 뒤쪽이었다. 오히려 데이지를 방패로 삼는 모습이었다.

케이가 경악한 얼굴로 데이지를 보았다.

"데, 데이지… 성녀? 성녀? 에엑! 성녀라고요?"

조르 신관이 신이 나서 말했다.

"으하하하. 그렇다. 우리 신전의 데이지 성녀님이시다. 네 이놈. 성녀님이 오셨으니 너 같은 마족 따위는 죽은 목숨이다."

케이가 조르를 무시하고 데이지에게 질문했다.

"데이지, 정말 성녀… 님이세요?"

데이지는 이 난감한 사태에 골치가 다 아플 지경이었다. 그녀가 이마를 짚으며 말했다.

"네. 케이, 오랜만이네요."

"아, 아하. 이, 이건 정말. 데이지가 성녀라니. 데이지가 왜 성녀예요? 데이지는 1서클 마법사 아녜요?"

"아이즈 왕국에 있는 마족을 찾느라고 잠시 위장한 거예요. 내 마법은 그렇게 낮지 않아요."

둘의 대화를 들은 고위신관 조르가 당황한 목소리로 질문했다.

"데, 데이지 성녀. 이 마족을 아십니까?"

데이지가 피식 웃었다.

"마족요? 누가요? 케이가요?"

"그렇습니다. 이 케이라는 마족을… 응? 케이라고요? 설마……."

"이 사람이 대신관님께서 찾으셨던 바로 그 케이예요."

조르의 얼굴이 핼쑥해졌다.

"시, 신성용병 케이?"

케이가 퉁명스럽게 말했다.

"신성용병은 무슨. 정규 삼급용병 케이네요."

조르는 자기가 실수한 것을 깨달았다. 그는 사태를 무마하기 위해서 급히 따졌다.

"그러면 그렇다고 말하지. 왜 그 사실을 말하지 않았소?"

"어이구. 언제 말할 기회는 줬고요? 다짜고짜 공격한 게 누군데요?"

"그, 그거야 용사 아폴로를 공격하는 것을 보고 당연히 마족인 줄 알았으니까 아니겠소?"

케이는 어이가 없었다.

"용사요? 신의 용사? 누가요? 저 아폴로가요? 데이지, 정말이에요?"

데이지가 단호하게 고개를 흔들었다.

"아뇨. 절대로 그럴 리가 없어요. 하지만 신전에서는 그렇게 믿는 사람들이 있어요. 저기 조르 고위신관님처럼."

조르는 계속 여기 있어봤자 본전도 찾지 못할 것임을 깨달았다.

'모피어스 신전의 카트리나 성녀가 신성용병은 용사가 아니라고 선언했지. 그럼 나중에라도 아쉬운 소리 할 처지가 될 리는 없지.'

조르가 헛기침을 했다.

"허, 허엄. 나, 나는 이만 바쁜 일이 있어서……."

조르는 도망치듯이 그 자리를 떠났다.

깜짝 놀란 아폴로가 급히 그 뒤를 쫓아 뛰어갔다.

"조, 조르 신관. 같이 갑시다, 같이!"

조르는 신탁을 받을 때 신의 기운을 직접 느껴보았다. 그가 케이를 조금만 느긋한 마음으로 봤다면 그 기운을 다시 느낄 수 있었다.

그러나 그는 케이를 발견하자마자 분노해서 격렬한 공격을 퍼부었다. 일이 끝난 후에는 당황해서 도망치느라 여유가 없었다. 결국 아무것도 알아내지 못했다.

케이는 데이지의 집으로 안내되었다. 그곳에서 차를 얻어 마시던 케이는 비비대는 에이미를 밀쳐 놓고 질문했다.

"저기, 데이지… 성녀님이라고 불러야 하는 거예요?"

"아뇨. 그냥 데이지라고 불러도 돼요."

"아, 하하. 다행이네요. 그게 더 익숙해서요."

"그런데 케이, 케이가 여기 어쩐 일이세요?"

"네? 데이지 만나러 오겠다고 했잖아요."

데이지의 얼굴이 조금 붉어졌다.

"그래서 온 거예요?"

"사실은 겸사겸사해서 왔어요."

"쳇. 그럴 줄 알았어요. 하여간 브레이커 제국 수도에서 본 사람이 갑자기 여기 나타나서 저도 놀랐다고요."

이번에는 케이가 놀랐다.

"네? 거기서 저를 봤어요?"

"그럼요. 황제를 죽도록 쫓아갔잖아요. 그때 저도 그 자리에 있었어요."

"아아, 그때? 미안해요. 그놈 죽이는 데 집중하느라 못 봤어요."

"그나저나 그건 어떻게 된 일이에요?"

"에, 그게 어떻게 된 일이냐 하면……."

그때의 일을 설명하려던 케이는 갑자기 떠오르는 생각이 있었다.

"데이지, 데이지는 신전에서 얼마나 높은 사람과 이야기가 가능해요?"

"저요? 대신관님과도 가능하죠. 저는 성녀거든요, 성녀."

"아, 다행이다. 알았어요. 그럼 제가 겪은 일들을 이야기해 줄게요."

케이는 자기가 왜 신성용병이라고 불리게 됐는지, 그리고 박스터라는 자와 브레이커 제국 황제의 정체가 무엇이며 어떻게 죽였는지, 그리고 자기가 의심하는 진짜 대적자가 누구인지를 데이지에게 설명했다.

이야기를 가만히 듣고 있던 데이지가 말했다.

"케이, 그럼 케이는 피스 제국 황태자를 의심하고 있는 거예요?"

"그놈밖에 없어요. 틀림없어요."

데이지가 생각을 하다가 말했다.

"겨우 케이 정도의 명성으로 그런 주장을 하면 큰일 나요. 상대는 피스 제국의 황태자. 그 제국을 실질적으로 통치하는 자. 그리고 피스 제국은 신성제국과 관계가 대단히 좋아요."

"쩝. 알아요. 그걸 함부로 소문내고 다니면 언제 수배가 떨어지거나 암살자들이 몰려들지 모르죠."

"잘못하면 신성제국까지 적으로 돌려요. 그런 건 케이가 바라는 일이 아니잖아요."

"그래서 고민이에요. 황제를 설득해야 하는데 마땅치가 않네요. 신성용병이라는 이름값으로는 어림도 없겠더라고요."

데이지가 부드럽게 웃었다.

"케이, 방법이 있어요."

"뭔데요?"

"내가 케이에 대해서 꽤 여러 가지 조사를 했어요. 그 결과 어떤 결론을 얻었는지 알아요?"

"몰라요."

"케이가 신의 용사일 가능성이 꽤 높다는 결론을 얻었어요."

케이가 입을 다물었다. 그러더니 크게 웃음을 터뜨렸다.

"아하하하. 데이지, 농담도 잘해요. 그게 말이 되는 소리예요?"

데이지가 인상을 썼다.

"못 믿겠어요?"

"당연히 못 믿죠. 제가 용사라니. 그런 말을 어떻게 믿어요. 더구나 카트리나 성녀께서 제가 용사 아니라고 결론 내렸다고 들었어요."

"홍. 카트리나 고것이 또 방해를 하네. 하여간 케이, 여러 가지 정황을 보면 케이가 용사일 가능성이 무척 높아요. 이건 성녀의 판단이에요. 성녀로서의 명성은 카트리나보다 내가 더 높아요."

그 말을 들은 케이가 잠시 생각을 하다가 말했다.

"내가 용사라… 그렇게 가정하면 내 실력이 왜 이렇게 빨리 늘어났는지 설명이 되기는 해요. 그런데 왜 내가 그 사실을 모르는 거죠?"

"그, 그건 저도 잘 모르겠어요. 하지만 아폴로도 자기가 용사임은 모르고 있어요. 물론 그놈은 용사가 아니니까 모르는 건 당연하지만요."

"데이지가 보기에는 제가 용사 같나요?"

"으음. 사실은요. 신전에서 용사의 조건으로 내세운 항목이 여러 가지 있는데, 케이는 실력이 빨리 늘어난 것 말고는 일치하는 것이 전혀 없어요."

"하하하. 그것 봐요. 용사는 무슨. 좋아요. 데이지한테는 특별히 제 실력이 늘어난 비밀을 가르쳐 줄게요. 짜잔!"

그는 품에서 마신상을 꺼냈다.

"이거 한번 보세요."

데이지가 인상을 찌푸렸다.

"이거 마신상이네요? 이런 건 왜 가지고 다녀요?"

"이거 원래 데이지 주려고 한 건데요."

"에엑? 저는 성녀라고요. 마신상 따위를 가질 리가 없잖아요."

말은 그렇게 했지만 속내는 달랐다.

'쳇. 처음 주는 선물이 마신상이라니. 무드 없는 남자 같으니라고. 그래도 케이가 주는 첫 선물이니까.'

그녀는 못 이기는 척하면서 마신상을 받으려고 했다.

케이가 마신상을 도로 당기며 말했다.

"그렇죠? 나도 이제 알아요. 안 줄 테니 걱정 말아요. 그것보다도 이 마신상에는 비밀이 있어요."

데이지는 선물을 안 준다는 말에 크게 실망했다. 그래도 여자의 자존심을 지키느라 억지로 웃으며 말했다.

"무, 무슨 비밀인데요?"

케이가 주변을 살피며 낮은 목소리로 말했다.

"내 생각에는 이 마신상 속에 천신의 피가 약간 들어 있을 것 같아요. 내가 이걸 품고 있었더니 실력이 쭉쭉 늘어났거든요."

데이지가 생각하기에는 말도 안 되는 소리다.

"그런 아이템이 있다는 말은 들어본 적이 없어요."

"이거 틀림없다니까요. 만져 보세요. 아, 부수는 건 안 돼요. 아직 이걸 가지고 할 일이 많이 있거든요."

데이지는 혹시나 해서 마신상을 만져 보았다.

'순수한 신성력으로 채워져 있네. 이 정도면 꽤 좋은 신성 아이템이라고 할 수 있겠다. 쳇. 케이가 그래서 착각한 거구나.'

데이지가 마신상을 툭 치듯 밀치며 말했다.

"신성력은 좀 있는데 잘 모르겠네요."

그녀의 심통이 든 손길에 부딪친 마신상은 쭈르륵 밀려나더니 탁자 너머 단단한 바닥을 향해 떨어졌다.

케이는 그것이 바닥에 떨어지기 전에 얼른 잡아챘다.

"아이고. 이거 깨지면 큰일 난다니까요. 내 힘의 근원은 이거예요, 이거."

데이지는 영 미심쩍었다.

"아닌 거 같은데……."

"틀림없다니까요. 정규 삼급용병의 감을 믿으세요."

데이지는 케이가 용사라는 확신은 가지고 있지 못했다. 아폴로와 만난 때가 신탁을 받은 그날이라는 것을 듣고 추측한 것일 뿐이다.

'본인이 이렇게까지 아니라고 하니 자신이 없어지네.'

"그렇게 생각한다니 아쉽네요. 케이가 신성용병이 아니라 신의 용사라면, 황제를 만나기 쉬웠을 텐데."

케이의 눈이 반짝였다.

"그게 정말이에요?"

"당연하죠. 신의 용사는 황제보다 더 유명한 사람이에요. 황제는 한 시대에 세 명이나 있지만 신의 용사는 옛날 이야기

책에나 나오잖아요. 용사 한 명 나오는 기간이면 황제는 수십 명 나와요."

케이가 데이지의 손을 덥석 잡으며 말했다.

"데이지, 나 좀 도와주세요."

옆에서 가만히 이야기를 듣던 에이미가 얼른 둘의 손을 떼어놓았다.

"오빠, 말로 해요. 말로. 그렇게 다짜고짜 데이지 언니 손을 잡으면 어떻게 해요?"

데이지가 아쉬운 얼굴로 에이미를 째려보았다.

'요게. 좋았는데.'

에이미가 혀를 살짝 내밀었다.

'누구 좋으라고.'

케이가 사과했다.

"아, 미안해요, 데이지. 워낙 중요한 일이라서요."

"말하세요. 무슨 일인데요?"

케이가 침을 꿀꺽 삼키고 말했다.

"나 사기 좀 치게 도와주세요."

데이지의 눈이 커졌다. 에이미도 마찬가지였다.

"사기요? 돈이 필요해요?"

"다른 사기요. 황제를 만나려면 신의 용사여야 한다면서요? 그렇다면 내가 신의 용사라고 사기를 쳐주세요."

데이지는 당황했다.

"무슨 말씀이신지 잘 이해가 안 돼요."

"간단해요. 카트리나 성녀는 내가 신의 용사가 아니라고 말했어요. 신전은 그 말을 믿었죠. 하지만 데이지도 성녀예요. 데이지가 내가 신의 용사라고 주장해 주면 신전도 그 말을 완전히 무시하지 못할 거예요."

"하지만 케이, 케이는 신의 용사가 아니라면서요?"

"그러니까 미안하다고 하는 거예요. 데이지가 거짓말을 해 줘요. 내가 신의 용사라고. 정말 미안해요. 하지만 말이죠, 이건 꼭 해야 하는 일이에요."

"꼭 해야 하는 일이요?"

"난 신성제국 황제를 만나서 이 음모를 알려야 해요. 신의 용사가 황태자 놈이 대적자라고 주장한다면 신성제국 황제도 그냥 무시하지는 못할 거예요. 잘하면 피스 제국 황제도 설득할 수 있을지 몰라요. 아, 거기는 이미 늦었을까?"

데이지는 이 거짓말에 큰 죄책감을 느끼지 못했다.

'난 어차피 케이가 신의 용사일 가능성이 꽤 높다고 믿고 있으니까 아주 거짓말은 아니지.'

데이지가 대답했다.

"알았어요. 케이의 부탁이니까 특별히 들어줄게요."

케이의 얼굴이 환해졌다.

"고마워요, 데이지. 역시 데이지는 착해요."

데이지의 얼굴이 다시 살짝 붉어졌다.

'착한 건 케이면서.'

그녀는 문득 생각나는 일이 있었다.

“아, 케이. 물어볼 게 있어요.”

“뭔데요?”

“아이즈 왕국의 커뮨 시를 떠날 때, 남작의 집사를 죽였어요?”

“아, 그 마족의 개?”

데이지가 기쁜 얼굴로 질문했다.

“네. 역시 케이가 죽였군요? 그런데 그 집사를 왜 죽였어요?”

‘나를 보호하려고 미리 죽였나요?’

케이가 즉시 대답했다.

“그놈이 먼저 덤비더라고요. 그래서 죽였죠. 그놈이 덤비지만 않았으면 그냥 갔을 거예요.”

데이지의 얼굴에 경련이 일어났다.

“그, 그랬군요.”

“그런데 그 일이 왜요?”

“홍. 아니에요. 그냥 대마족대응군 보고서 때문에 물어봤어요. 홍홍.”

＊　　＊　　＊

바이올렛은 다시 황궁의 파티에 초대되었다.

그녀가 여러 젊은 귀족들에게 꽤 시달리고 난 후에 파티의 분위기가 갑자기 바뀌었다.

"황태자 전하 납시옵니다."

시종 한 명의 고함에 사람들은 모두 적당한 자리를 찾아 황태자의 등장을 기다렸다.

사람들이 잠시 기다려도 단상에는 아무도 나타나지 않았다.

바이올렛이 고개를 갸웃거렸다.

"전하가 늦네. 여기 떠나기 전에 얼굴이나 보고 상단 사람들한테 자랑하려고 했더니."

그녀의 옆에서 낮은 저음의 목소리가 들렸다.

"바쁜 일이 있나 봅니다."

바이올렛은 그 목소리를 기억한다. 그녀는 작은 목소리로 인사를 했다.

"어머. 안녕하세요?"

황태자도 고개를 살짝 숙였다.

"실제로 얼굴을 보니 정말 미인이십니다. 황태자가 반할지도 모르겠는데요?"

바이올렛이 조그맣게 웃었다.

"저는 평민이에요. 황태자 전하가 반하다니요. 말도 안 돼요."

"아름다우시잖습니까?"

"전 그 정도로 예쁘지는 않아요."

"레이디, 세상일이라는 건 모르는 거랍니다."

바이올렛이 자기 주변 사람 대하듯이 황태자의 팔을 작은 주먹으로 툭 치며 말했다.

"어머나. 순진한 소녀 함부로 공중에 띄우지 마세요."

감히 평민이 황태자를 주먹으로 치는 모습을 본 회의장의 사람들은 크게 놀랐다. 모든 사람들의 얼굴에서 핏기가 사라졌다.

바이올렛은 뭔가 분위기가 이상함을 깨달았다. 그녀는 자기 실수를 깨달았다.

'여기는 황궁 파티장. 이 남자의 능력은 특별했어. 혹시 이 남자… 고위귀족?'

"죄, 죄송해요."

황태자가 유쾌하게 웃었다.

"하하하. 괜찮습니다."

그 큰 웃음소리에 이번에는 그녀가 다른 의미로 당황했다.

"황태자 전하가 오신다고 했는데 그렇게 크게 웃으시면 어떻게 해요?"

"황태자는 이미 왔습니다."

그녀는 그 말에 깜짝 놀라 단상을 돌아보았다. 거기에는 아무도 없었다.

"어머, 농담도 잘하세요. 아직 안 오셨잖아요."

황태자가 그녀를 보고 웃어준 후 단상으로 걸어 올라갔다.

"파티는 즐겁게 즐기도록. 다들 굳어 있으니 바이올렛 양께서 싫어하시잖은가."

그의 말에 사람들이 즉시 활발히 움직이기 시작했다. 음악도 신나는 곡으로 연주되었다.

하지만 더 이상 바이올렛에게 접근하는 남자는 없었다. 귀족들은 황태자가 바이올렛을 찍었음을 깨달았다.

대신에 귀부인들이 그녀에게 다가오며 말을 걸기 시작했다.

바이올렛은 귀부인들의 말이 귀에 들어오지도 않았다. 그녀는 완전히 울상이 되었다.

'화, 황태자 전하셨어? 황태자 전하를 함부로 대하고 때리기까지 하다니. 나 이제 어떻게 해. 큰일 났네.'

사태는 그녀 생각보다 훨씬 더 나빴다. 그녀는 그 사실을 짐작도 하지 못했다.

*　　　*　　　*

대신관은 고위신관들과 이야기하고 있었다.

"데이지 성녀가 신성용병을 신전으로 데려왔다고?"

조르 신관이 얼른 대답했다.

"그렇습니다. 그리고 데이지 성녀님은 지금 신성용병이 바로 신의 용사라고 주장하고 있습니다."

"나야 그게 사실이면 좋지. 하지만 그 문제는 이미 결론이 난 것이잖은가? 카트리나 성녀가 명확하게 아니라고 했는데? 다른 여러 조건도 어긋나고. 특히 그는 평민 아닌가? 용사답지 않아. 그런데 왜 이제 와서 그런 소리를 하는 거지?"

"데이지 성녀는 신성용병과 꽤 친분이 있어 보였습니다. 아무래도 이번 일은 개인적인 감정이 깊이 개입한 것 같습니다."

대신관이 고개를 끄덕였다.

"기억나는군. 확실히 케이라는 용병을 위해서 신전이 힘써 달라고 부탁했지."

"그렇습니다. 데이지 성녀는 원래 마음 가는 대로 일을 저지르는 분. 이번에도 그런 것이 아닐까 합니다."

"그래도 성녀가 데려왔는데 안 만날 수는 없지. 우리는 그저 그가 신의 용사가 아님을 밝혀주면 그만 아닌가?"

"그렇습니다. 이 기회에 미련을 버리게 해야 합니다."

"알았네. 그럼 들어오라고 하게."

대신관이 명령하자 회의실의 문이 열렸다. 곧바로 데이지와 케이가 들어왔다.

이 회의실에 있는 것은 모두 고위신관이다. 그리고 그들 중 일부는 신탁이 내려올 때 신의 기운이 어떤 것인지 확실히 느껴보았다.

케이가 회의실에 완전히 들어오고 나자 그 신관들의 안색이 일제히 변했다.

대신관도 잠시 얼이 빠졌다.

'이, 이건……'

데이지가 케이를 소개했다.

"대신관님, 그리고 여러 고위신관 분들. 신의 용사를 데려왔어요. 케이 씨예요."

대신관이 침을 꿀꺽 삼키고 말했다.

“그대가 신의 용사 케이?”

케이는 사람들의 분위기를 보고 기뻐했다.

‘아싸. 반응을 보니 이거 일이 잘 풀리겠는데? 역시 성녀의 말은 그냥 믿는구나. 너무 잘 속으니까 거짓말하기 조금 미안한데?’

“예. 제가 신의 용사 케이입니다.”

“그, 그대가 신의 용사임을 확신합니까?”

케이는 너무 앞서 나가지 않기로 했다.

“여기 데이지 성녀께서 제가 신의 용사라고 증명해 주셨습니다. 저는 그 말을 믿을 뿐입니다.”

신탁을 받을 때 그 자리에 없었던 고위신관 루이스가 상황을 눈치 채지 못하고 질문했다.

“하지만 카트리나 성녀께서 그대가 단순한 용병이라고 선언했습니다만?”

케이는 자신이 신의 용사라고 너무 강하게 주장하지 않았다.

‘증거 내놓으라고 하면 곤란하지. 난 신은 별로 좋아하지도 않으니까.’

“물론입니다. 분명히 그러셨지요. 하지만 저는 데이지 성녀의 말을 더 믿습니다.”

루이스는 사전에 다른 고위신관들과 합의한 대로 케이에게 말했다.

“우리가 보기에 그대는 신의 용사인 것 같지 않습니다. 그러니 그만 물러가 보시지요."

루이스의 돌발적인 발언에 깜짝 놀란 대신관이 급히 말했다.

"자, 잠깐. 확실한 건 아니니까 잠시 나가서 기다려 주시겠습니까?"

케이는 어차피 처음부터 많은 것을 얻을 욕심이 없었다.

"알겠습니다. 그럼 이만."

대신관이 데이지와 케이를 회의실 바깥으로 내보내고 나자 루이스가 의아해하며 질문했다.

"대신관님, 왜 그러십니까?"

"루이스 신관, 아무것도 느끼지 못했는가?"

"뭘 말씀이십니까?"

"그의 기운, 그 따뜻한 것 같은 그 기운을 느끼지 못했는가?"

"그거야 느꼈습니다. 신성용병다운 기운이더군요. 그런데 그게 문제가 됩니까? 마기는 아니었습니다만?"

"루이스 신관, 내 평소에 루이스 신관을 유심히 보고 있었는데 이거 실망이군. 그게 바로 그거네."

"예?"

"그게 바로 신의 기운이라고."

"에엑?"

다른 고위신관들이 앞 다투어 말하기 시작했다.

"확실히 아폴로의 것보다 엄청나게 강한 기운이었습니다."

신의 기운, 특히 천신의 기운은 경험해 보지 않으면 느껴봐도 그게 뭔지 알지 못한다.

더구나 케이가 가진 신의 피는 거의 대부분이 심장에 뭉쳐 있다. 그 때문에 바깥에서 느껴지는 기운은 많지 않다.

하지만 고위신관 자리는 돈을 주고 살 수 없다. 모두 신력에 관한 감각이 탁월하다. 신탁을 받아본 신관들은 케이에게서 신의 기운을 명확하게 느꼈다.

"전설에 나오는 신의 용사다운 기운입니다. 저 사람이 신의 용사인 것 같습니다."

"그렇습니다. 적어도 더 이상 아폴로는 신경 쓰지 않아도 되겠습니다."

"하하하. 다행입니다. 아폴로 그놈이 신의 용사가 되지 않아서. 저는 그놈만 보면 제 신앙심이 흐트러질 지경이었습니다."

"저는 신전을 관두려고까지 했습니다."

그들이 안에서 희희낙락하는 동안 바깥에서는 케이와 데이지가 소곤거리며 의견을 나눴다.

"데이지, 이야기가 길어지는 걸 보니 잘 안 되는 것 같죠?"

"그러네요. 루이스 고위신관이 단번에 아니라고 선언을 했어요."

"하지만 대신관님은 기다려 보라고 했잖아요."

"그분은 원래 신성용병이 신의 용사일지도 모른다는 이야기를 듣고 좋아하셨거든요. 이제 제가 케이 씨가 신의 용사라고 주장하고 있으니 이 기회를 그냥 포기하고 싶지 않으신 거겠죠. 말 그대로 지푸라기라도 잡는 거예요."

"좋았어요. 그럼 데이지가 더 강하게 밀어붙이는 거예요. 대신관님 한 명만 집중적으로 공략해서 어떻게든 내가 신의 용사일지도 모른다고 생각하게 만드는 거예요."

"알았어요. 저만 믿어요."

"미안해요, 데이지. 내가 신의 용사라는 얼토당토않은 거짓말을 하게 해서."

데이지가 방긋 웃었다.

"괜찮아요. 케이 부탁이잖아요."

그들을 다시 회의실로 불러들인 후 대신관이 말했다.

"신의 용사 케이. 우리는 그대가 신의 용사라는 데이지 성녀의 주장을 인정하기로 했습니다."

케이와 데이지의 얼굴이 잠시 굳었다.

케이가 먼저 소곤거렸다.

"데이지, 이렇게 금방 인정을 할 수도 있어요?"

데이지도 놀라고 있었다.

"아무래도 대신관님의 발언권이 더 강해졌나 봐요. 케이가 밀어붙여요."

"알았어요."

케이가 당당하게 가슴을 내밀고 말했다.

"감사합니다, 대신관님. 저도 제가 신의 용사인지 조금 불안한 마음이 있었습니다. 대신관님께서 이렇게까지 믿어주시니 이제 확신을 가지게 됐습니다."

그는 은근슬쩍 일의 책임을 대신관에게 떠넘겼다.

'이건 신전 최고 대빵까지 잘못 판단한 일이야. 나중에 거짓말임이 밝혀져도 뭐라 하지 못하겠지. 이거로 데이지랑 내가 빠져나갈 구멍은 완성됐다.'

희희낙락한 것은 그만이 아니다. 다른 고위신관들도 웃음을 잔뜩 머금고 있었다.

대신관이 케이를 보고 말했다.

"용사 케이, 앞으로 잘해봅시다. 일단 그대를 환영하는 간단한 파티를 마련하고 싶습니다."

케이는 원하는 것을 손에 넣었다. 이제부터는 시간을 절약할 때다.

"일단 회의부터 좀 했으면 하는데요."

케이의 이야기를 다 듣고 난 신관들의 얼굴이 어두워졌다.

대신관이 인상을 잔뜩 쓰며 말했다.

"흐음. 그런 일들이 있었군요. 더구나 피스 제국의 황태자가 대적자일 가능성이 가장 높다니. 그는 현재 피스 제국을 움직이는 실질적인 지배자이거늘."

케이가 자기 의견을 말했다.

"신전의 권위로, 피스 제국 황제한테 이 사실을 전한다면 어떻게 방법이 나지 않을까요?"

대신관이 씁쓸한 표정으로 말했다.

"불가능합니다."

"해보지도 않고 불가능하다니요. 잘만하면 될 거예요. 미리 준비를 갖추고 단숨에 몰아치면 될 거라고요."

대신관이 고개를 좌우로 흔들었다.

"피스 제국 황제는, 얼마 전부터 혼수상태에 빠졌습니다. 현재 그곳 신관들이 최선을 다하고 있지만 깨어나지 못하고 있습니다."

케이가 입을 떡 벌렸다.

"에엑? 그런 소리 들은 적 없는데요?"

"기밀 사항입니다. 피스 제국 황제가 혼수상태에 빠진 시점은 브레이커 제국과의 전쟁이 일어난 직후입니다. 전시에 사기를 떨어뜨릴 발표를 할 수는 없었으니까."

케이가 탁자를 쳤다.

"젠장. 황태자 이 개자식이 선수를 쳤군."

"허어. 그런가 봅니다. 그걸 이제야 알다니."

케이가 대신관을 보고 말했다.

"신성제국 황제 폐하를 만나게 해주세요."

"일단 소식을 넣어 일정을 잡아야 합니다. 황제 폐하는 갑자기 만날 수 있는 분이 아니니까. 우리가 일정을 잡는 동안 용사 케이가 할 수 있는 일은 없습니다. 그동안 식사라도 하고 계시지요."

"밥? 맞아요. 배가 불러야 싸움도 할 수 있는 거니까. 전 지금부터 배 빵빵하게 채우고 올 테니까 서둘러 주세요."

케이가 고위신관들을 이끌고 밥 먹으러 간 후에 데이지가 대신관에게 다가왔다.

"고마워요, 대신관님. 제 의견을 믿어주셔서."

대신관이 기분 좋게 웃었다.

"허허허. 데이지 성녀께서 이리 큰 공을 세웠는데 내가 더 고마워해야지 무슨 소리신가?"

데이지는 조금 미안했다.

'아주 거짓말은 아니야. 난 케이가 신의 용사일 가능성이 높다고 믿고 있으니까.'

이번에는 대신관이 그녀에게 질문했다.

"그런데 데이지 성녀, 그대는 용사 케이와는 무슨 관계이신가?"

"무, 무슨 관계냐니요?"

"혹시 그와 사귄다거나 하는 관계 아닌가 해서 묻는 거라네."

데이지는 대신관의 말에 뜨끔했다.

'내가 케이와 사귀니까 그를 용사로 미는 게 아닌가 하고 묻는 거구나. 조심해야지. 할아버지가 눈치는 빨라가지고.'

"호호호. 그럴 리가 있나요. 절대로 아니에요."

대신관이 고개를 갸웃거렸다.

"그거 조금 이상하군. 하긴, 요새는 성녀 수가 너무 많으니 그럴 수도 있지."

"뭐가요?"

"데이지 성녀도 들어본 적 있지 않으신가? 성녀는 용사를 좋아한다는 거."

데이지가 안심하고 웃었다.

'휴우. 그 이야기구나.'

"그건 옛날이야기잖아요. 아이들에게 들려주기 위해 만든 용사 이야기. 전 어른이에요. 그런 건 믿지 않아요."

대신관이 푸근한 웃음을 지으며 말했다.

"우리는 신의 용사를 찾기 위해서 옛날 자료를 엄청나게 조사했지. 거기 매달린 신관들 수가 엄청났으니까."

"알아요."

"그래서 알아낸 것 중에 하나가 바로 그거라네."

"예?"

"역사에 의하면 옛날 용사와 성녀는 결혼하는 경우가 많았더군. 이건 옛날이야기가 아니라 확실한 기록에 근거한 사실이라네."

데이지의 얼굴이 환해졌다.

'케이가 용사라면 나와? 그럼 케이는 꼭 용사가 돼야 되겠네.'

"사실이라면 좋겠네요."

"그런데 요새는 성녀의 숫자가 많고 용사는 한 명뿐이라 어떻게 될지 모르겠군. 나도 궁금하다네. 그 많은 성녀 중에서 누구와 맺어질까? 설마 모든 성녀들과 동시에 맺어지는 건 아니겠지."

데이지의 표정이 딱딱하게 굳었다.

'케이를 다른 성녀들과 나눠 가져? 아니면 다른 성녀에게 빼앗겨?'

데이지가 작은 두 주먹을 꼭 쥐었다.

'케이는 용사가 아니야. 틀림없어. 절대로 용사여서는 안 돼.'

황제와의 접견 약속은 빠르게 잡혔다. 케이는 식당에서 밥을 다 먹기도 전에 소식을 들었다. 그 즉시 황궁으로 달려갔다.

케이가 용사라는 이야기를 미리 전해 들은 황제는 시큰둥한 표정으로 앉아 있었다.

"그래, 그대가 신의 용사일지도 모른다고 추정되는 그자라고?"

케이는 상당히 긴장하고 있었다.

'젠장. 신성제국 황제다, 황제. 케이 너 정말 출세했구나. 황제하고 마주 서보기도 하고.'

하지만 그는 곧바로 다른 생각이 들었다.

'가만, 내가 왜 긴장하지? 내가 누구야? 케이야, 케이. 브레이커 제국 황제를 쳐 죽인 바로 그 케이라고. 그래. 긴장할 필요 없어. 내 주장을 밀어붙이려면 기세에서 눌려서는 안 돼.'

그 생각을 하자 마음이 조금씩 안정되었다.

'그 황제나 이 황제나 황제이기는 마찬가지라고. 그런데 그때는 왜 조금도 떨리지 않았지? 그놈이 나의 적이라서? 죽여야 할 대상이라서.'

그 생각이 떠오르자 케이는 드디어 긴장을 풀어낼 방법을 찾아냈다.

'그래. 신성제국 황제는 지금 내가 극복해야 하는 대상일 뿐이야. 황제가 별거야? 결국은 사람의 아들이라고. 나와 같은 사람의 아들.'

마음이 편안해진 케이가 대답했다.

"저는 아직 잘 모르겠습니다. 하지만 성녀와 여러 신관들은 제가 신의 용사라고 말하고 있습니다. 제가 뭘 알겠습니까? 전문가들의 말을 믿어야지요."

"크흐흠. 그러니까 신의 용사일 가능성이 상대적으로 좀 높다는 소리로군."

"상대적? 현재 용사로 생각할 수 있는 사람은 저 하나뿐으로 알고 있습니다."

"무슨 소리. 아폴로가 있지 않느냐? 그 아이는 네가 나타나기 전까지만 해도 분명히 용사였었다."

케이는 황제가 떨떠름해하는 이유를 알 것 같았다.

'오호라. 귀족인 아폴로가 용사인 것이 낫다 그거지? 웃기지 말라고. 천신이 아무리 막 나간다고 해도 설마 아폴로 그놈을 용사로 삼겠어?

"제가 나타나기 전까지의 이야기입니다. 현재 용사는 저 하나뿐입니다. 이제 아폴로는 잊으십시오."

황제는 속이 쓰렸다.

'젠장. 아폴로 그 녀석이 용사일 거라고 사방에다 잔뜩 자랑해 놨는데. 이제 와서 아니라고 하면 이거 황제의 체면이 말이 아니군.'

"그래서? 무슨 이야기가 하고 싶어서 나를 불렀는가? 만찬을 중지하고 급히 왔으니 그에 걸맞은 이야기를 해보아라."

케이는 자신이 했던 일들을 간략하게 이야기했다. 그의 이야기를 다 들은 황제는 자기도 모르게 목을 쓰다듬었다.

"그러니까 브레이커 제국의 새 황제를 네가 죽였다고? 소문이 사실이었군."

"그렇습니다. 하지만 그는 마신의 피를 받은 자였습니다."

"그래도 그를 죽인 것이 확실하지 않은가? 그런데 이상하군. 브레이커 제국의 경호는 맨체스터 백작이 책임지고 있었을 텐데? 그는 소드 마스터라고. 자네는 소드 마스터를 이길 수 있는가?"

"못 이깁니다. 하지만 그는 황제 경호에 참여하지 않았습니다."

"왜?"

"맨체스터 백작도 새 황제를 의심하고 있었습니다."

황제의 얼굴이 밝아졌다. 그가 옆을 가리켰다.

"여기 조이너스 백작은 소드 마스터라네. 내 경호를 책임지고 있지. 기억해 두게나."

황제의 경고에 조이너스는 어이가 없어서 웃음을 지었다.

황제가 다시 질문했다.

"그렇다 하더라도 실력이 보통이 아닌가 보군. 황제의 경호가 대단했을 텐데?"

"말씀드렸다시피 경호의 빈틈을 이용했습니다."

황제가 옆으로 고개를 돌렸다.

"야, 조이너스. 내 옆으로 좀 바짝 붙어라. 너 지금 너무 멀리 있잖아."

"예, 폐하."

조이너스가 황제의 옆에 서서 케이에게 난처한 얼굴로 웃어 보였다.

안심한 황제가 말했다.

"자, 이야기를 정리해 보지. 자네 말은 그러니까 제국 세 개 중에 두 개가 대적자란 놈의 손에 놀아나고 있다는 거지?"

"그렇습니다."

"그런데 오직 이곳. 내가 다스리는 나의 신성제국만이 마신의 수작을 무시하고 굳건히 버티는 곳이란 거지? 그런 거지?"

"무, 물론입니다."

"하하하. 내가 그럴 줄 알았어. 역시 나는 제대로 다스리고 있는 거였어. 나만 제대로 다스리고 있었어. 이건 모든 신께서 나를 보살피는 거로군. 아, 마신 쪽 신들은 빼고."

"예?"

"조상 대대로 여러 신전을 적극 유치한 보람이 내 대에 나타나는군. 좋아, 좋아. 나도 이제 자네가 신의 용사인 것을 믿어보기로 할까? 물론 아폴로가 용사가 아니라는 소리가 아니야. 성녀가 여럿인데 용사라고 꼭 하나뿐일 필요는 없지. 암, 당연하지."

황제의 관심이 무엇인지 알게 된 케이는 어이가 없어서 속으로 웃음이 나올 지경이었다.

'근엄하다던 신성제국 황제가 뭐 이런… 하긴, 근엄이 밥 먹여주는 건 아니지.'

케이가 정색을 했다.

"폐하, 사태가 엄청나게 나쁜 쪽으로 흐르고 있습니다. 마신 놈은 대적자를 이용해 이미 제국 하나를 장악하고 다른 하나를 반쯤 수중에 넣었습니다. 막아야 합니다."

"그렇지. 막는 게 중요하지. 어떻게 막아야 하겠나?"

"피스 제국은 이미 늦었습니다. 하지만 거기에도 저항 조직이 생길 것은 자명한 일. 그들을 적극 지원해 주십시오."

"자네 말이 완전히 사실이라고 밝혀지면 그렇게 하지. 그리고?"

"브레이커 제국에 압력을 행사해서 나오미 황녀를 지원해 주십시오. 그녀는 황제의 반대파로 유일하게 살아남은 황녀입니다."

"그전에 브레이커 제국에서 자네를 내놓으라고 요구하겠지. 그런 일은 정치적으로 풀어야 하는 문제. 해법으로 나오미 황녀 쪽을 선택하는 것도 괜찮은 선택이지. 나도 혈통의 정통

성은 꽤 중요하게 생각하거든.”

황제는 최악의 경우에도 자기 자식들 중의 하나가 신성제국을 물려받기를 원한다. 자신이 그러다 보니 나오미 황녀 쪽에 마음이 쏠렸다.

“그리고 신성제국의 문제입니다.”

“응? 내 제국이 왜?”

“저는 얼마 전에 아이즈 왕국의 한 도시, 그리고 이어즈 왕국의 한 도시를 들렀습니다. 한곳에서는 마족의 노예, 다른 한 곳에서는 마족 자체를 죽였습니다. 그 후 브레이커 제국의 도시에 들렀을 때는 마족 두 마리를 죽였습니다.”

황제의 눈가에 호기심이 일어났다.

“대단하군. 마족들이 자네만 따라다니나 보지? 역시 신의 용사라서 그런가?”

“그럴 리가 없습니다. 이것은 오히려 마족들이 인간계 전체에 퍼져 있다는 반증입니다. 하도 많이 깔려 있으니 그만큼 쉽게 부딪친 겁니다.”

황제의 얼굴이 핼쑥해졌다.

“설마 그 정도일까? 대신관, 이게 어떻게 된 건가?”

대신관이 즉시 대답했다.

“폐하, 대마족대응군이 마족을 찾느라 열심히 뛰고 있습니다. 이미 상당한 성과를 이뤄 마족 여럿을 죽였습니다.”

“그것 말고. 지금 용사 케이가 한 말을 들어보면 마족이 엄청나게 많은 것 아닌가?”

“마족이 발견되는 빈도가 점점 더 늘어나고 있습니다. 놈들의 수가 꾸준히 증가하고 있다는 것이 우리 신전의 결론입니다.”

“이유가 뭔가?”

“이유는 조사 중에 있습니다. 하지만 아직 결론을 내리기는 이릅니다.”

케이가 끼어들었다.

“대신관님, 제가 아까 이야기할 때 마계의 문에 대해서 말씀드렸잖아요. 도시에 사는 사람들을 다 죽이고 그 피로 마계의 문을 한 번씩 연다고.”

대신관이 반박했다.

“하지만 용사 케이, 그렇게 했다면 소문이 나지 않을 수가 없네.”

“소문? 황제가 직접 나서서 하는데 어떻게 소문이 나요?”

“그런 일을 하려면 당연히 엄청난 숫자의 군대가 동원되잖은가? 소문이 나야지.”

“사람들은 마족과 몬스터가 죽이죠. 마족들이 흔적을 다 지우면 황제는 신관이 포함되지 않은 군대를 보내서 결과 확인하게 하고. 절대 권력만 있다면 사람 몇만 명 죽이고 흔적을 없애는 건 쉬워요.”

“하지만 첫 번째 마계의 문은 그러기 어려웠을 거 아닌가? 제일 첫 번째 도시 하나를 전멸시키고 마계의 문을 연 자들은? 그들의 입을 어떻게 막는다는 건가? 불가능하네.”

케이가 인상을 썼다.

“그래서 더럽게 무서운 가정을 하나 할 수 있어요.”

“어떤 가정?”

“대적자 그놈에게는, 몇만 명이 사는 도시 하나를 혼자서 전멸시킬 힘이 있다는 가정.”

황제와 대신관은 물론이고 소드 마스터 조이너스까지 얼굴이 굳었다.

조이너스가 참지 못하고 말했다.

“불가능합니다. 혼자의 힘으로 가능한 일이 아닙니다. 소드 마스터도 그런 건 못합니다. 그러기 전에 힘이 빠져서 죽습니다.”

“아뇨. 가능해요. 마신의 피를 잔뜩 먹어치웠다면 가능해요. 아마 혼자라면 마계에 갔다 오는 것도 어렵지 않을 거예요. 미리 마왕과 적당히 협상하고 처음 마계의 문을 열었을 거예요. 그 후부터는 쉽죠. 처음에 불러낸 마족과 몬스터들을 시켜서 계속 마계의 문을 열면 되니까요. 황제는 단지 소문만 안 나도록 뒷처리하면 끝.”

케이는 이제 공식적으로 신의 용사로 인정받았다. 적어도 이 방에 있는 사람들은 그 사실을 인정한다. 용사가 하는 말의 무게는 가볍지 않다. 무조건 아니라고 할 수 없다.

황제가 긴장했다.

“무섭군. 정녕 무섭군. 그 대적자라는 자를 그럼 어떻게 막는단 말인가?”

케이는 사람들을 잔뜩 공포에 몰아넣었다. 이제 풀어줄 차

레였다.

"대적자 혼자서 인간계 전체를 점령할 힘은 없어요. 그래서 그는 제국이라는 배경이 필요했을 거예요."

"그럴까?"

"당연하죠. 아니라면 벌써 세상을 뒤엎었겠죠. 그러지 못했다는 건 아직 힘이 부족하다는 뜻이에요."

황제가 마음 턱 놓고 웃었다.

"하하하. 다행이군. 나에게는 백만 대군이 있다. 각 귀족이 가진 사병들을 빼고도 백만 대군이야. 대적자 하나라면 얼마든지 상대할 수 있어."

"하지만 대적자도 백만 대군이 있죠. 브레이커 제국을 먹는다면 이백만 대군이 될 거예요. 여러 왕국들을 잔뜩 끌어들이면 정규군만 세도 삼백만이나 사백만 대군이 될지도 모르죠."

황제의 얼굴에서 핏기가 사라졌다.

"그, 그러면 어떻게 해야 될까? 용사 케이, 어서 말을 해주게."

케이는 침을 꿀꺽 삼켰다.

'세상을 내가 꿈꾸던 모양으로 바꿀 기회다. 모두 바꾸지는 못해도 조금, 아주 조금이라도 바꿀 기회.'

"내부에 숨어든 마족을 모조리 제거해야죠."

"그렇지. 어떻게? 신관을 동원하면 될까?"

케이가 고개를 흔들었다.

"신관들은 그들을 감지해 내지 못해요. 아마 감지하지 못하게 하는 아이템이나 마법 같은 것이 있을 거예요.”

“어떻게 그렇게 확신하는가?”

“피스 제국 황태자가 주변에 마족 부하 하나 안 거느리고 있었겠어요? 마계와의 연락을 위해서도 필요할 거예요. 하지만 그곳 황궁의 신관들은 감지하지 못했어요. 그럼 황태자 놈이 마족을 거느리지 않았거나, 아니면 마족이 마기를 숨길 방법이 있다는 소리죠.”

대신관이 동의했다.

“마족들에게 그런 아이템이 존재한다는 자료가 있습니다. 하지만 그 아이템은 꽤 귀한 것이라 그 수가 그리 많지는 않다고 알고 있습니다.”

“수를 늘리는 방법을 찾아냈나 보죠. 대량 생산이라도 하고 있던지. 어쨌든 그런 것이 있다고 생각하고 그들을 골라내야 해요.”

“구분하지 못하는데 어떻게 말인가?”

케이가 씩 웃었다.

‘이런 날이 올 줄은 몰랐어.’

“제가 경험해 보니까 말이죠, 아주 지독하게 사람들 피를 빨아먹는 귀족들이 마족과 관계를 맺는 경우가 많더라고요. 귀족들 중에서도 특히 지독한 놈들. 그놈들은 전부 조사해 봐야 해요.”

“사람들의 피를 빨아? 뱀파이어?”

“비슷한 놈들이에요. 세금을 너무 과하게 걷어 사람들이 굶

게 만드는 놈. 사람들 목숨을 파리 목숨으로 아는 경우도 마찬
가지. 권력을 함부로 남용해서 자기 재산을 불리는 데 집중하
는 놈도 그렇고. 기타 등등 인간 같지 않은 귀족들 말예요.”

황제가 조금 머뭇거렸다.

“하지만 용사 케이, 그들 모두가 마족일 리는 없네. 귀족은
원래 그런다네. 세상에 그런 귀족이 어디 한둘인가?”

황제의 망설이는 표정을 본 케이는 자기가 칼자루를 잡았음
을 깨달았다.

케이가 느긋하게 말했다.

“그럼 마족을 뱃속에 품고 재주껏 싸워보시던가요. 아마 신
성제국에는 마족이 없을 거예요. 다른 왕국에는 다 있어도 여
기는 없겠죠 뭐. 명색이 신성제국인데.”

“그러다가 있으면 어떻게 하지?”

“할 수 없죠. 황제 폐하께서는 그럼 뱃속에 마족을 품은 채
로 대적자와 싸우시던가. 그냥 몸으로 때우십시오.”

“그런 상황에서 때울 수 있을까?”

“잘 안 때워지면 마족에게 잡아먹히시던가.”

이건 그가 피를 얻은 직후 글래시스 남작의 영지를 떠나던
때에 소규모 상단주에게 써먹었던 수법이다. 오크가 나온다는
핑계를 대면서 이 수법을 써서 동전 오십 개를 챙겼다.

‘작은 상단주와 신성제국의 황제 둘 다 알고 보면 거기서 거
기인 인간이지 뭐.’

황제는 조금씩 겁이 났다.

‘케이의 이야기를 들어보면 내 땅에 마족 놈들이 득실거리는 것이 틀림없는데. 그것들 다 쓸어버려야 하는데. 하지만 현실적으로 어려운 문제야.’

“하지만 케이, 그런 일을 벌였다가는 당장 반란이 일어난다네. 어느 귀족들이 자기 죽을 일을 감수하고 있을까?”

“저항하는 귀족? 다 밟아버리면 돼요. 황제 폐하가 직접 특명을 내려서 마족을 찾는다고 하시고, 각 신전에서 동의하고, 군대가 직접 움직여서 반란을 일으킨 귀족들을 다 밟아버리면 돼요.”

“내 군대의 지휘관들 역시 귀족이라네. 군대가 오히려 들고 일어날걸?”

“그런 귀족 놈들은 다 목을 쳐버려야죠. 명심하세요. 내부의 마족과 싸우는 것보다는 그게 훨씬 더 쉬워요.”

“말이 쉽지. 그들도 죽기 싫어서 버틸 텐데.”

“죽기 싫으면 사람들 착취하지 않으면 되는 거예요. 자기 영지를 사람답게 다스리면 되는 거예요.”

“쉽지 않은 일인데… 우리 시간을 충분히 가지고 토의를 해보세나.”

케이는 황제에게 시간을 많이 주고 싶은 생각이 전혀 없다. 그러고 싶지도 않고 그래서도 안 된다.

“당장 해야 해요. 시간을 끌면 정보가 새요. 귀족들이 반란을 준비해요. 게다가 브레이커 제국과 피스 제국 사이의 전쟁이 끝나요.”

"그들의 전쟁이 끝나는 게 왜 문제가 되는가?"

"현재 피스와 브레이커는 전쟁 상태. 대적자는 아직 브레이커 제국도 완전히 장악하지 못했어요. 이럴 때 피스 제국이 병력을 잔뜩 빼서 신성제국을 치면 브레이커 제국에게 뒤통수를 당하죠. 그런 짓은 할 리 없어요."

"그건 그렇지."

"전쟁이 끝난 후에는 피스 제국 황태자가 당장 여기를 잡아먹으려고 들 거예요. 그러니 그들이 전쟁을 끝내기 전에 최단 시간 내에 내부 정리를 시작해서 단숨에 끝내야 해요."

"듣고 보니 그렇군."

케이가 황제에게 다가갔다. 갑작스런 그 행동에 조이너스가 긴장하며 검을 잡았다.

케이는 황제에게 가까이 가서 슬쩍 웃었다.

"폐하, 선택하시죠. 세상을 바꾸실래요? 아니면 마족의 뱃속에 들어가실래요?"

황제가 선택할 수 있는 길은 어차피 한 가지다.

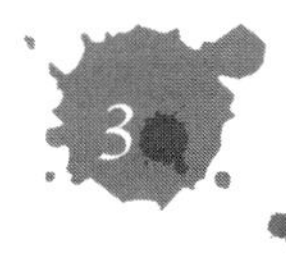

신성제국 황제의 포고문은 사전 준비도 없이 갑자기 내려졌다. 그야말로 기습적으로 날린 한 방이었다.

포고문의 내용은 길었지만 그 내용을 요약하면 단 두 가지였다.

첫째. 다수의 마족이 신성제국에서 귀족으로 위장한 채 활동하고 있다.

둘째. 귀족으로 위장한 마족은 착취를 일삼는다.

첫 번째 이야기에 모든 사람들이 몸을 떨었고, 두 번째 이야기에 귀족들이 자기 목을 쓰다듬었다.

어느 나라에나 정보부서는 있다. 신성제국도 마찬가지다.

신성제국 정보부의 회의실 한곳에 귀족 수십 명이 모여서 쑥덕거리고 있었다. 그들이 정보부를 실질적으로 움직이는 귀족들이었다.

"황제가 미쳤습니다. 이건 우리 귀족들을 탄압하고 황권을 강화하려는 수작입니다."

"이대로 당할 수는 없습니다."

"제국은 제정신을 가진 황제가 필요합니다."

정보부장 제키 후작이 손을 저어 사람들을 조용히 하게 만들었다.

"일단 우리 정보부 내의 의견을 알아보고 싶군. 어떻게 해야 좋겠는가? 폐하의 말을 따라야 하겠는가? 아니면 그것을 막아야 하는가?"

귀족들이 서로의 안색을 살폈다. 이건 민감한 문제다. 잘못하면 작위가 날아가는 건 기본이고 최악의 경우 가문이 몰살당한다.

하지만 모든 귀족이 그런 상태에 빠진 것은 아니다.

세금을 뜯는 것도 정도의 차이가 있다. 상대적으로 덜 착취한 귀족들은 이번 조치가 그다지 아쉬울 것이 없다. 영지 자체가 없는 귀족도 있다. 그들은 황제의 말을 듣는다고 해서 별로 손해 볼 것이 없다. 오히려 이런 때에 황제에게 붙으면 일이 끝나고 난 후 더 큰 이익을 얻을 수 있다.

귀족 하나가 조심스럽게 발언했다.

"하지만 마족이 우리 제국 내부에 침투해 있다고 하잖습니까? 그간 대마족대응군과의 정보 교류 결과를 보면 그게 아주 거짓말은 아닙니다. 다만 지금까지는 그 숫자가 아주 적다고 알려졌을 뿐이지요."

영지를 제법 가지고 있는 집안의 귀족이 즉시 반발했다.

"그것을 핑계로 우리를 탄압하려는 수작입니다. 겨우 마족 몇 마리가 우리 제국을 어떻게 할 수는 없습니다."

다른 귀족이 호응했다.

"그렇습니다. 이건 다 핑계입니다. 그는 제국의 황제 자리에 있기에 적당하지 않습니다."

귀족들은 여기가 정보부의 회의실임을 생각하고 말을 함부로 했다. 기존에도 이곳의 이야기는 바깥으로 새어나가지 않았다.

귀족들의 의견이 둘로 나뉘었다. 황제의 말을 따르자는 쪽과 그럴 수 없다는 쪽이었다. 반대파는 반란까지 가정하고 떠들었다.

정보부장이 다시 말했다.

"일단 상황을 알아야지. 어떻게 우리가 알지 못하는 상태로 이런 일이 일어날 수 있었을까?"

워낙 사전 조짐 없이 일어난 일이다. 사람들은 아직 제대로 상황을 파악하지 못했다.

그래도 귀족 한 명은 이번 일과 관련된 정보를 가지고 있었다.

"폐하께서는 신성용병 케이라는 자와 천신의 신전 대신관을 접견한 후 곧바로 이런 포고문을 발표하셨습니다."

제키 후작의 눈이 날카로워졌다.

"신성용병 케이는 어떤 자이지?"

"접견을 위해 통보받은 바에 의하면, 그가 바로 신의 용사라고 합니다."

"뭐? 아폴로 애버리스는 어쩌고?"

"그건 잘 모르겠습니다. 하지만 이번이 진짜라고 합니다."

귀족 하나가 반발했다.

"이건 신전의 음모입니다. 신전에서 우리 제국을 차지하려는 음모입니다."

"어허. 그래도 그분들은 신을 모시잖소. 무슨 말을 그렇게 하시오?"

"내 돈을 노리는 놈들은 신관이고 뭐고 용서하지 않아!"

여전히 정보부의 귀족들은 두 세력으로 나뉘어 설전을 벌였다.

정보부장 제키 후작이 자리에서 일어섰다.

"일단 구분을 좀 하지. 포고령에 찬성하는 사람은 내 오른쪽으로, 반대하는 사람은 왼쪽으로 모여라."

귀족들의 그의 명령에 따라 우르르 움직였다. 사람들을 두 무리로 나눠놓은 후 제키 후작이 왼쪽으로 걸어갔다.

반대파 사람들의 얼굴이 환해졌다.

"후작님!"

제키 후작이 찬성파를 보며 말했다.

"미안한 일인데. 이런 결정이 폐하의 귀에 들어가면 우리 목이 위험하거든. 반란 모의까지 비밀이 유지된다는 보장이 없잖은가? 자네들이 입을 다물어야겠네.”

찬성파 사람들의 안색이 바뀌었다. 정보부서의 밥을 먹던 그들은 일이 이상하게 흐른다는 것을 깨달았다.

“후작님, 설마…….”

후작은 냉정하게 말하며 박수를 한번 짧게 쳤다.

“죽은 자는 말이 없지. 미안하네. 이번에는 내 목숨까지 걸린 일이라서.”

그 소리에 맞춰 회의실 문이 열렸다. 후작이 찬성파를 보고 말했다.

“그러게 줄을 잘 섰어야지. 잘 가게. 그동안 수고 많이 했네.”

문을 열고 한 사람이 들어오며 말했다.

“놀고 있네.”

처음 듣는 목소리에 예상 못한 대사다. 제키의 고개가 획 돌아갔다.

“뭐라고?”

그가 기다리던 부하들은 없었다. 대신에 케이가 검을 어깨에 걸친 채 서 있었다. 그 뒤에는 성기사들이 늘어서 있었다.

“인간계가 마족 손에 날아가게 생겼는데 뱃속이나 채울 궁리나 해? 니들은 감옥에서 반성이나 해라.”

반대파 귀족들이 일제히 검을 뽑았다.

“누구냐!”

“내 공식 신분? 정규 삼급용병 케이.”

“겨우 삼급용병 따위가 여기 나타나? 목숨이 아깝지 않은가 보구나. 응? 케이?”

“신성용병이라는 별명도 있지.”

반대파 귀족들의 안색이 딱딱하게 굳었다.

“용사 케이!”

케이가 씩 웃었다.

‘거짓말해서 미안하지만.’

“어. 그게 나야.”

케이는 가장 강력한 정보력을 가진 정보부를 제일 먼저 장악했다. 정보 조작 및 통제를 위해서였다.

그 다음은 미처 대비하지 못하고 있는 중앙군 사령부를 덮쳤다. 다행히 중앙군 총사령관은 황제파였다. 더구나 명분은 황제 쪽이 훨씬 강했다.

거기에 더해서 귀족들에게 도망갈 길은 넉넉하게 만들어주었다. 황제의 결정에 반대하는 귀족들은 대부분 저항하기보다는 달아나는 쪽을 택했다.

황제 직속의 기사단들도 마찬가지 방법으로 빠르게 장악되었다.

그 모든 일을 하는 동안 충돌도 여러 번 있었다. 곳곳에서 피가 흘렀다.

하지만 황제가 포고문을 내렸다. 그것도 사람들이 가장 두려워하는 마족을 걸고넘어진 포고문이다. 사람들은 그 포고문을 무시할 수 없었다. 신전들이 황제를 적극 지지하고 나섰기 때문이다.

더구나 천신의 신전에서 신의 용사가 나타났다고 공식적으로 발표했다. 그 신의 용사가 앞장서서 반대파 귀족들을 잡아족쳤다. 제국 수도는 순식간에 황제에게 장악되었다.

황궁의 회의실에서 황제가 직접 주최하는 회의가 열렸다. 회의 참석자들은 황제를 시작으로 고위귀족들, 고위신관들과 성녀 데이지, 그리고 케이와 아폴로였다.

아폴로는 아직 용사의 가능성이 있다는 이유로 이 회의에 참석했다. 그걸 주장한 사람은 황제다.

다들 환히 웃고 있었다. 특히 황제는 너무 좋아서 입이 쭉 찢어졌다.

"어허허허. 성공이로군, 성공이야. 수도 일대의 군사력을 완전히 장악했어. 수도에 와 있던 귀족들도 물론이고. 이게 다 내가 잘 통치해서지."

황제가 그렇다고 하는데 아니라고 할 수 있는 사람은 거의 없다. 케이는 예외다.

케이가 말했다.

"확실히 여기가 신성제국이기 때문에 일이 수월했어요. 신전에서 밀어주는 효과가 대중에게 끼치는 영향이 아주 강했죠."

"험험. 용사 케이, 그것도 무시할 수는 없지만 기본적으로 내가 잘해서 아니겠는가? 인상 좀 펴게나. 용사가 그렇게 인상을 쓰면 어떻게 하나?”

케이는 인상을 펴지 못했다.

“하지만 지방군 쪽은 전혀 해결이 안 됐어요. 여덟 개 방면군 팔십만 명 중에 겨우 절반만 장악했다고요.”

“그게 어디인가? 내 중앙군과 합치면 육십만이고 반란군 놈들은 겨우 사십만인 것을. 내 명령을 거부한다면 전부 죽여 버리면 그만이네.”

케이가 인상을 더 썼다.

“병사들이 무슨 죄가 있다고 사십만 명이나 죽여요?”

“나에 대한 반란에 동참한 것이 죄 아니겠나?”

“명령대로 움직이는 것뿐이라고요. 무슨 정보 조작을 당하고 있을지 알게 뭐예요? 더구나 그만한 병력이 사라지면 피스 제국은 어떻게 막으려고요?”

황제는 피스 제국 이야기가 들리자 조금 멈칫했다.

“험험. 하긴 그렇지. 그래서 무슨 좋은 생각이 있나?”

케이가 씁쓸한 표정으로 말했다.

“귀족들이 첫 전투에 전 병력을 끌고 오지는 못할 거예요. 그 첫 전투에서 확실히 승리해야 해요. 너무 일방적이라서 나머지 귀족들이 감히 계속 싸울 생각을 못하도록.”

“그 정도만으로 그만둘까? 그들도 목숨이 걸린 일이라네. 차라리 이 기회에 싹 쓸어버리는 것이 좋겠는데…….”

“잘못을 뉘우치고 우리 쪽으로 넘어오면 죄를 묻지 않으면 돼요. 물론 다시 예전처럼 사람들을 착취하면 마족 조사를 곧바로 들어가야 하지만."

'쳇. 이 기회에 썩어빠진 놈들을 싹 쓸어버리고 싶었는데. 그렇다고 수십만 명을 죽일 순 없잖아. 역시 한번에 다 바꿀 수는 없구나.'

귀족들을 친다는 것이 못내 마음이 편치 않던 고위귀족들이 즉시 찬성을 했다.

"그거 좋은 생각입니다."

"사실 그 친구들이 조금 독한 구석이 있었지만 알고 보면 그리 나쁜 놈들은 아니거든."

"용사 케이의 말처럼 첫 전투를 확실하게 이기기만 하면 돼. 그때 내가 잘 설득하면 좋은 조건에 넘어올 거야."

사람들의 얼굴에 웃음꽃이 피었다.

하지만 케이의 인상은 여전히 나빴다. 데이지가 케이에게 질문했다.

"케이, 일이 잘됐잖아요. 왜 그래요?"

"그래도 너무 많이 죽어요."

"예?"

"너무 많이 죽을 거예요. 첫 전투에서."

황제가 그 말을 들었다.

"용사 케이, 자네는 오해하고 있네. 고대 격언에 의하면 평소에 한 명을 죽이면 살인자가 되지만, 전쟁터에서 만 명을 죽이면 영웅이 된다고 하지. 싸움에서 승리하면 자네는 영웅이 될 걸세."

케이가 황제를 쳐다보지도 않고 대답했다.

"난 그런 영웅 되고 싶지 않아요."

*　　　*　　　*

바이올렛은 피스 제국 황궁에 머물고 있었다. 그녀의 의지가 아니다. 황태자의 명령이다.

황태자가 그녀에게 찾아와서 차를 마시고 있었다.

"바이올렛, 얼굴이 밝지 않군."

바이올렛은 걱정이 많았다.

"전하, 우리 상단에는 처리할 일이 많아요. 제가 여기 있으니 참 곤란하네요."

"우리 피스 제국이 상단과의 거래를 적극 지원하고 있으니 걱정하지 마."

그녀의 상단은 어차피 잘나가고 있다. 곳곳에서 몬스터들이 준동하고 전쟁이 각지에서 일어나는 현 시점에서는 생산이 수요를 못 쫓아가고 있다.

"그래도 할 일이 많아요."

'다른 상단들이 몰래 소비자 가격을 올려 받을지 몰라. 그걸 막아야 하는데……'

황태자가 푸근한 미소를 지으며 말했다.

"다 잘될 거야."

바이올렛은 황태자의 이런 미소도 부담스럽다.

'왜 이렇게 친절하게 대하시는 걸까? 나에게는 케이드 씨가 있는데.'

그녀는 보기 드물 정도로 대단한 순정파다. 황태자보다 케이가 더 좋다.

황태자의 능력은 바이올렛을 넘어선다. 그는 그녀의 생각을 읽었다.

'확실히 요즘 세상에 이런 여자는 없지.'

그는 그녀의 순수함을 좋아한다. 그렇다고 그녀의 바람대로 일을 진행할 생각은 조금도 없다.

'케이, 신성용병 케이. 그놈이 죽어야 할 이유는 너무 많아. 브레이커 제국과의 전쟁을 서둘러 종결지어야겠군.'

*　　　　*　　　　*

신성제국은 넓다. 지리적인 문제 때문에 전 병력이 처음부터 한곳에 집중하기는 어렵다. 양쪽 세력 모두 마찬가지다.

수도를 노리고 진격하는 귀족군 부대 중 가장 빠른 진격 속도를 보이는 곳은 열 개 군단, 총 오만여 명의 대군이다. 그 지휘는 백헤드 후작이 맡았다.

그리고 그들을 요격하기 위해 황제군 오만여 명이 나섰다.

황제군의 공식적인 사령관은 따로 있었지만 실질적인 지휘관은 케이다. 그는 제국 수도에서 후작에 대한 정보는 잔뜩 챙

겨왔다. 하지만 케이는 그 이상의 정보를 원했다.

백헤드 후작은 제국군을 지휘하던 자다. 그가 거느렸던 병사들은 무수히 많았고 그들 중 일부는 지금 황제군에 포함되어 있다. 그는 그 점을 주목했다.

케이는 병사들 중에서 백헤드 후작에 관한 가치있는 정보를 제공하는 자에게 포상을 한다고 선언했다. 병사들은 포상금이 탐나서, 그리고 케이의 얼굴을 자세히 보고 싶은 욕심에 별의별 정보를 다 가져왔다.

사령관이 잡다한 정보들을 뒤적이는 케이를 보고 질문했다.

"용사 케이님, 이런 것들은 정보의 가치가 없습니다. 왜 이런 것을 수집하려고 하십니까?"

케이가 서류에서 눈을 떼지 않은 채 대답했다.

"그 인간 자체를 좀 알려고요."

"인간을 알다니요?"

"내 움직임에 그 인간이 어떻게 반응할지 예상을 좀 해보려고요. 그 인간 머릿속을 들여다보면서 작전을 짤 수 있으면 일을 쉽게 할 수 있잖아요."

"그, 그런 것이 가능합니까?"

"그저 열심히 하는 거죠 뭐. 요새 제가 좀 똑똑해졌거든요. 그리고."

케이가 씩 웃었다.

"대충 어떤 인간인지는 알겠네요."

황제군을 따라 이동하던 케이는 황제군의 마법사를 붙잡고 늘어졌다.

"가는 동안 마법 좀 가르쳐 주세요."

5서클 마법사 지브라는 어이가 없었다.

"케이님, 마법은 체계적으로 배워야 하는 것입니다. 잠깐 배운다고 되는 학문이 아닙니다."

"그러니까 좀 가르쳐 주세요. 저도 하는 마법이 좀 있거든요?"

지브라가 나름대로 납득하고 말했다.

"하긴, 아무래도 신의 용사는 일반인과 다르겠지요. 그래, 어떤 마법을 하실 줄 아십니까?"

"1서클 라이트 핸드. 2서클 윌 오브 위스프."

"그리고요?"

"그게 끝인데요?"

지브라는 어이가 없어서 입을 다물지 못했다.

"자, 잠깐만요. 윌 오브 위스프를 쓸 줄 알면서 1서클은 라이트 핸드 하나만 쓴다고 하셨습니까?"

"네. 보여 드릴게요."

"됐습니다. 안 봐도 뻔합니다. 하여간 참 특이하게도 마법을 공부하셨습니다. 그래, 무슨 마법이 배우고 싶습니까?"

케이는 생각해 둔 마법이 있다.

"매직 애로우요."

"2서클 원거리 공격 마법이군요. 왜 그게 필요하십니까?"

“첫 전투에서 좀 써먹을 일이 생겼거든요.”

케이는 이번 전투에서 자신의 역할을 이미 결정해 놓고 있었다.

“어떤…….”

“그냥 검만 가지고는 좀 버거운 거라고 생각하세요. 이거 기밀이거든요.”

지브라는 기분이 조금 나빴다.

마법사는 보통 독서량이 많다. 따라서 군대의 마법사는 참모의 역할을 같이 하는 경우가 대부분이다. 지금 이동하는 부대에서 최고의 마법사이자 참모인 지브라는 자신에게도 작전 내용을 알려주지 않겠다는 말에 기분이 좀 상했다.

“알겠습니다. 그럼 제 말을 잘 들으십시오.”

지브라는 케이가 2서클 마법 이론을 대충 알고 있다고 생각했다.

‘그걸 모르면 윌 오브 위스프도 못 만들어냈을 테니까. 그럼 기초적인 건 생략하고 설명해 볼까?

지브라가 시간깨나 들여가면서 케이에서 매직 애로우의 마법 원리에 대해서 설명했다. 슬슬 목이 아프다는 것을 느낀 지브라가 케이에게 질문했다.

“이것이 매직 애로우의 구현 원리입니다. 이해하셨습니까?”

케이가 즉시 대답했다.

“아뇨.”

“흐음. 한 번에 다 이해하는 건 어렵지요. 그럼 얼마나 이해하셨습니까?”

“공용어로 말하신 거 맞아요? 전혀 모르겠는데요?”

지브라는 어이가 없었다.

“전혀 몰라요? 아니, 그렇게 자세히 설명했는데 어떻게 전혀 모를 수가 있습니까?”

“모르는 걸 모른다고 하지 안다고 하나요?”

“허어. 너무하시는군요. 신의 용사가 이렇게 마법 재능이 없다니. 믿어지지가 않습니다.”

케이는 뜨끔했다.

‘아이고. 이러다가 용사라고 사기 치는 거 들킬지도 모르겠다.’

“아직 능력을 완전히 자각하지 못해서 그래요.”

“그래도 그렇지. 어떻게 이렇게 쉬운 것을. 나와라. 매직 애로우!”

5서클 마법사 지브라가 시동어를 외자 2서클 원거리 공격 마법 매직 애로우가 즉시 튀어나왔다. 그가 손가락을 쭉 뻗어 길가의 나무를 가리켰다. 그의 손짓을 따라 매직 애로우가 빠르게 날아가 나무와 충돌했다.

“이 쉬운 걸 어떻게 못한다는 말입니까?”

케이는 지브라가 시동어를 외울 때 움직인 마나의 흐름을 느꼈다. 예전보다 훨씬 예민해진 그의 감각에 세세한 변화 하나하나까지 걸려들었다.

“확실히 월 오브 위스프보다 조금 복잡하기는 하네요. 마나가 대충 이런 흐름이었나? 나와라. 매직 애로우.”

케이는 별 생각 없이 마나를 움직이며 시동어를 외웠다.

즉시 매직 애로우가 튀어나왔다. 그것이 그의 눈앞에 둥둥 떠 있었다.

지브라가 기겁을 했다.

“헛. 이게 무슨 짓입니까?”

케이가 급히 손을 흔들어 마나를 흐트러뜨렸다.

“아, 그냥 한번 해봤는데 되네요.”

만들어졌던 매직 애로우가 그의 손짓을 따라 스르르 사라졌다.

지브라가 펄쩍 뛰었다.

“으허억. 만들어진 마법을 그냥 해제하다니. 왜 그게 되는 겁니까?”

케이는 마법에 대한 지식이 정말 부족하다. 거의 모른다는 것이 맞다.

“에? 그럼 안 되는 건가요?”

“할 수는 있습니다. 하지만 낮은 서클의 마법사가 그런 짓을 하면 즉시 마나 역류가 일어납니다. 하지만… 멀쩡해 보이시는군요.”

“히히. 그러네요.”

지브라가 케이를 쏘아보았다.

“저를 놀리셨군요?”

“예?”

"5서클. 역시 신의 용사답습니다. 마법 경지가 5서클에 이른 마검사셨군요."

"에엑?"

이번에는 케이가 놀랐다.

"무슨 소리예요? 저는 마법 쓰는 게 겨우 두 개, 아니, 이제 세 개밖에 없는데요?"

"말도 안 되는 소리 하지 마십시오. 제가 눈으로 다 봤는데 5서클이 아니라고 하시다니요."

"아니라니까 그러시네. 용사의 말을 좀 믿으세요. 용사는 거짓말 안 해요."

'이젠 입만 열면 거짓말이네. 쳇. 이러다가 거짓말쟁이 되겠다.'

케이가 자신의 마법 실력을 적극적으로 부정했다. 지브라는 아예 안 믿을 수는 없었다. 그는 케이의 마법 지식을 시험해 보았다. 마침내 케이의 말이 거짓이 아니란 것을 깨달은 지브라가 뒷골을 잡고 자빠졌다.

"으윽. 이건 너무 불공평해. 마나의 흐름만 가지고 마법을 구현하는 능력이라니."

그 이후부터 부대가 이동하는 동안 케이는 지브라에게 집중적인 마법 교육을 받았다. 시간이 모자라니 주로 전투 마법 위주였다.

신의 피 중에서 케이에게 흡수된 것은 아직 일부뿐이다. 그의 마법 감각이 대단해지기는 했지만 천신이 의도했던 정도까지는 아니다. 그 감각만 가지고는 고위 서클 마법을 원리도 모르고 쓸 수 없다.

그가 마법을 손쉽게 쓰는 원인은 따로 있었다. 그의 머릿속에는 신성임무수행체가 각인시킨 공격 마법이 여러 개 잠들어 있었다. 그것과 일치하는 마법을 배울 때, 각인된 기억이 잠재의식에서 떠올랐다. 세부적인 이론은 기억해 내지 못해도 마나의 흐름은 몸에 익은 것처럼 느껴졌다.

신의 힘에 의해서 강화된 그의 마법적 재능 덕분에, 그는 흐름이 몸에 익은 마법 정도는 능숙하게 펼칠 수 있었다.

어느 날 지브라가 감탄하며 말했다.

"대단하십니다. 이제 꽤 여러 개의 공격 마법이 구현 가능하시군요."

"마법이란 게 생각보다 쉽네요."

"쉬… 쉬워요? 휴우. 그런데 왜 파이어 계열 마법은 제대로 쓰지 못하실까요? 아이스 계열이나 다른 계열은 이렇게 잘하시는데."

"글쎄요?"

케이도 그게 궁금했다. 전쟁터에서는 폭발형 파이어 계열 마법이 제일 효과가 좋다. 하지만 파이어 계열 마법은 쓰려고만 하면 실패했다.

케이가 불평했다.

"재능이 모자라서 그럴까요?"

"커윽. 재능이… 세상의 모든 마법사들은 나가 죽으란 말씀
이십니까?"

어느 날 병사 한 명이 케이를 찾아왔다. 그동안 백헤드 후작
에 관한 정보를 가진 자가 수없이 찾아왔다. 이번에도 그런 경
우였다.
하지만 그는 머뭇거렸다.
"저, 용사님. 이거는 아무래도 전쟁과는 상관없는 정보 같은
데요."
케이가 웃어주었다.
"어떤 정보라도 상관없어요. 그것이 진실이기만 하면 돼
요."
"그래도 워낙 동떨어져서……."
"백헤드가 오줌 누고 나면 평균 다섯 번 터는 건 아세요?"
"예?"
"그런 것도 정보가 돼요. 그 정보를 가져온 사람은 은화 하
나를 받았어요. 그러니까 걱정 말고 말해요. 가치가 있으면 포
상금이 나갈 거예요."
병사의 얼굴이 좀 밝아졌다.
"그럼 안심하고 말씀드리겠습니다. 이건 십오 년 전에 일어
났던 일입니다."
"십오 년 전이면 백헤드 후작의 재산이 크게 늘어난 시점이
네요?"

“그렇습니다. 바로 그때입니다. 그자는 그 당시 평민들의 상단 몇 개를 강제로 빼앗았습니다. 대부분 큰 상단이었지요.”

“다섯 개였죠.”

“여섯 개였습니다.”

병사의 말에 케이가 큰 흥미를 가졌다.

“여섯 개요? 이거 원래 정보와는 좀 다른데요?”

“여섯 개가 틀림없습니다. 꽤 작은 상단의 일이라 아는 사람이 별로 없습니다.”

케이가 입맛을 다셨다.

“이거 구미가 당기는데요? 그런데 왜 작은 상단에 손을 댔죠?”

“백헤드 후작은 그 상단의 성장 가능성을 높게 평가했습니다. 하지만 상단주가 상단을 넘기지 않으려고 했죠.”

“그래서요?”

“후작이 심복부하 몇을 시켜 그 상단주의 집에 불을 질러 버렸습니다. 그 부하 중 하나가 제 상관이던 기사였는데 어느 날 술에 잔뜩 취해서 이 이야기를 저에게 해주었습니다.”

케이가 화를 버럭 냈다.

“그 개새끼가 집에 불을 질러요? 와, 이거 정말 박살을 내버려도 시원찮겠네.”

케이에게서 뿜어지는 기세에 말 잘하던 병사가 놀라서 입을 다물었다.

케이가 얼른 기운을 풀고 병사를 달랬다.

“아, 미안해요. 그래서요?”

“그, 그 집이 불타면서 상단주의 일가족이 모두 타 죽었습니다. 백헤드 후작은 그 불이 상단주의 어린 아들이 실수로 낸 것으로 처리했습니다.”

“내가 백헤드 그놈은 꼭 박살을 낼 거예요. 더러운 새끼.”

“그래서 상단주가 없어진 케이 상단은 결국 후작의 손에 넘어갔습니다.”

케이의 몸이 굳었다. 얼굴에서 핏기가 사라졌다.

“사, 상단 이름이 뭐라고요?”

“케이 상단입니다. 얼마나 상단을 아꼈는지 아들 이름도 상단명과 같게 지었다고 하더군요.”

케이가 입을 다물었다. 미동도 하지 않았다.

멈춰진 그의 몸에서 엄청난 기운이 폭풍우처럼 뿜어져 나왔다. 그가 있던 막사의 천막이 펄럭였다. 병사는 그 기운에 놀라서 도망쳤다.

갑자기 폭풍이 멈추고 주변이 고요해졌다. 그 대신에 케이의 표정이 싸늘해졌다.

케이의 한쪽 입꼬리가 올라갔다.

“우리 집에 내가 불낸 게 아녔어? 백헤드 니 짓이었어?”

케이의 얼굴은 웃고 있었다. 그러나 그의 눈빛은 지독하게 차가웠다.

케이가 손바닥을 털었다.

“파이어 볼이라는 거, 정말 센데요?”

케이는 자기가 만들어놓은 구덩이를 보고 있었다. 방금 성공시킨 파이어 볼의 폭발 자국이다. 그의 잠재의식에 각인된 마법 중에 파이어 볼 역시 있었다. 잠재의식 속의 볼에 대한 두려움을 떨치고 나자 파이어 계열 마법에 대한 기억이 떠올랐다. 일단 기억이 떠오르고 나자 펼치는 건 쉬웠다.

“4서클 파이어 볼은 공격 마법의 꽃이라고 할 만한 거지요.”

“4서클에서는 이게 제일 폭발력이 센가요?”

“그럴 리가요. 통상적으로 근거리 폭발 마법의 위력이 원거리보다는 몇 배는 더 강합니다. 원거리 마법은 마나와 수식의 일부가 이동에 사용되니까 위력이 줄지요. 하지만 근거리에서 폭발을 하면 자기도 죽는데 누가 그런 것을 쓰겠습니까?”

“하긴 그렇군요. 여하튼 이거 정말 대단하네요. 마음에 들었어요.”

“파이어 볼을 마나의 흐름만 조절해서 쓰다니. 그걸 가르친 전 이제 죽어도 여한이 없습니다.”

케이가 머리를 긁적거렸다.

“그런데 이거 마나 흐름이 너무 복잡해요. 마나의 흐름을 조종하기가 너무 어렵네요.”

“보통 사람은 마나의 흐름을 조종해 마법을 펼치는 것이 불가능합니다. 자기가 익힌 것보다 몇 서클이나 아래 마법을 펼칠 때나 가능한 방법입니다. 그러니까 지금 정말 대단하신 겁니다.”

"그래도 급할 때 쓰기 어렵겠는데요?"

"용사 케이님, 그러니까 마법에 대해서 공부를 하셔야지요. 마법 공부를 차근차근 해서 그 원리를 이해하고 나면 더 쉽게 쓸 수 있습니다. 그러니 공부를 하십시오. 제가 책임지고 가르쳐 드리겠습니다."

"그거 오래 걸리죠?"

"말이라고 하십니까? 마법 이론은 어렵습니다. 5서클까지 공부하려면 재능이 있어도 수십 년은 기본으로 잡아먹지요. 하지만 용사 케이님이라면 그 시간을 많이 단축시킬 수 있을 겁니다. 몇 년이면 충분할 겁니다."

케이가 고개를 흔들었다.

"우리에게는 시간이 없어요."

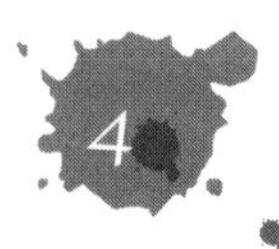

황제군 군단 열 개와 귀족군 군단 열 개, 총 십만 명의 병력이 평원을 가운데 두고 대치하고 있었다.

각 군대는 사각형 방진 형태로 배치되어 있었다. 커다란 사각형 아홉 개를 세 개씩 늘어놓아 다시 거대한 사각형 하나를 만든 모습이었다. 그리고 그 한가운데에는 특별히 두 개 군단을 놓아 사령부로 삼았다.

그것은 전형적인 신성제국 부대 배치였다.

케이는 그런 현실이 아쉬웠다.

"원래 제대로 하려면 먼저 보급 부대를 치고, 나머지 놈들은 유인 작전으로 끌어들이고 매복으로 뒤를 쳐서 섬멸해야 해요."

사령관이 웃으며 말했다.

"하지만 이렇게 싸우자고 주장하신 것도 용사 케이님이십니다. 더구나 저들은 별도의 보급 부대를 두지 않고 점령지에서 보급품을 강제 징발해서 사용하고 있습니다. 놈들이 지나간 곳은 폐허가 되고 있다는 소문입니다."

"놈들에게 보급 부대가 없는 건 빠른 진격을 위해서예요. 강수를 쓴 거지만 사실 미친 짓이지요. 그리고 매복 작전으로 가면 저 사람들, 다 죽어요. 그러니까 이렇게 해야 해요."

"매복에 의한 승리도 승리입니다."

"아뇨. 첫 전투는 매복이 아니라 반드시 정면 대결로 이겨야 해요. 용사가 이끄는 군대는 신의 군대. 힘 자체가 압도적으로 강함을 보여줘야 해요. 이건 정말 어쩔 수 없이 하는 거라고요."

귀족군 쪽에서 한 사람이 말을 타고 나왔다. 그를 본 사령관이 말했다.

"예상대로 트라이암 백작이 나오는군요."

"자기 목숨을 엄청나게 소중하게 생각한다면서 결국 나왔네요? 하긴, 사람의 목숨은 다 소중하지요. 누가 안 그러겠어요?"

"언젠가는 소드 마스터가 될지도 모른다고 알려진 대단한 실력자입니다. 조심하셔야겠습니다."

케이가 트라이암을 보며 말했다.

"설마 말 타고 싸우는 건 아니겠죠?"

“용사 케이님을 상대로 미치지 않은 다음에야 그런 짓을 하겠습니까? 말이 검법을 아는 것도 아닌데요.”

이 세계 기사들의 실력은 인간의 한계를 넘어선다. 기사에게 말은 이동과 돌격 수단이다. 하지만 절대로 결투용은 아니다.

아무리 잘 훈련된 말도 기사의 능력을 쫓아오지 못하기 때문이다.

“대장전이라. 대장전 한 번으로 전투를 끝낼 수 있으면 참 좋겠는데. 젠장.”

케이는 투덜거리며 검을 챙겨 앞으로 걸어갔다.

십만 명이 양쪽에 늘어선 곳 한가운데에 케이와 트라이암이 마주 보고 섰다.

트라이암이 케이를 보고 비웃었다.

“흥. 신의 용사? 네가 신의 용사일 리가 없다. 너는 사기꾼이다. 사기꾼이 틀림없다.”

케이는 그 말이 딱히 기분 나쁘지 않았다.

‘눈치 빠른 놈 같으니라고.’

“나는 신의 용사다. 이 모든 것은 신의 뜻이니 순순히 항복해라.”

‘느끼한 소리를 하니 소름이 다 돋네.’

트라이암이 검을 뽑았다.

“네가 정말 용사라면 나를 이길 수 있겠지. 하지만 내가 너를 죽여 그것이 거짓말임을 증명해 주마.”

케이도 검을 뽑아 단단히 쥐었다.

'이놈 세겠지? 오래 걸릴까?

"얼마든지."

잠시 동안 둘은 서로를 노려보았다.

트라이암의 모습이 갑자기 사라졌다. 그는 잔상이 남을 정도로 빠른 속도로 이동한 후 케이의 옆쪽으로 검을 날렸다.

케이의 눈은 트라이암을 잡았다.

'빠르긴 정말 더럽게 빠르군.'

케이가 즉시 몸을 튕기며 검을 뻗었다. 두 자루의 검이 충돌했다. 서로의 검이 연달아 공간을 베고, 둘 사이에서 불꽃이 순식간에 수십 번이나 번쩍였다.

한차례 격돌을 끝낸 그들은 빠른 속도로 멀어졌다. 두 사람 모두 특별한 부상은 없었다.

양측 부대에서 함성이 터져 나왔다.

"우와아아!"

북소리도 요란하게 울렸다. 다들 자기편의 사기를 돋우기 위해서 난리를 쳤다.

트라이암이 케이에게 검을 겨누면서 말했다.

"제법이군. 실력은 인정해 준다."

"이런 시시한 것 말고 제대로 된 걸 내놔봐. 네 본전이 겨우 이거야? 우습군."

트라이암이 발끈했다.

"진짜로 끝내주지. 죽기 전에 알려주마. 내가 가진 것은 '낙화검'이라는 무서운 고대검법이다."

트라이암의 검에 검기가 서렸다. 그 날카로운 느낌에 주변 공기가 부르르 떨렸다.

케이가 웃었다.

"나도 그만 끝내야 할 것 같아. 신의 용사가 너 정도 상대로 오래 걸리면 곤란하잖아."

이번에도 트라이암이 먼저 움직였다. 그의 검이 검기를 번뜩이며 케이의 몸을 향해 날아왔다. 마치 꽃잎이 떨어지며 흔들리듯 변화가 극심한 검법이었다. 눈으로 봐서는 도대체 어디를 찌르려는 건지 알 수 없었다.

케이의 눈이 반짝였다.

'정보대로군. 이걸 기다렸지. 나도 연습 많이 했다고.'

케이의 검이 부드러운 원을 그렸다. 그 원에 트라이암의 검이 단숨에 빨려들었다.

트라이암은 자기 검의 공격 궤도가 틀어지자 이를 악물며 용을 썼다.

"흐아아압!"

그의 검이 다시 흔들렸다. 하지만 케이의 원이 빠르게 작아지며 검의 움직임을 봉쇄했다.

결국 두 자루의 검이 충돌했다. 서로 검을 부딪친 상태에서 힘으로 밀어붙이는 자세가 되었다.

트라이암이 케이를 잡아먹을 듯이 노려보았다.

"처음부터 내 '낙화검'을 노리고 있었군? 하지만 '낙화검'

은 노린다고 노려지는 검법이 아니다. 이걸 막아낸 네 검법은 무엇이냐?"

" '태극검'. 고대검법이려니 하고 있어."

"대단하군. 좋아. 그럼 그 '태극검'이란 것을 다시 한 번 경험해 볼까? 이번에는 만만치 않을 거다."

케이가 미안한 얼굴로 말했다.

"그러면 좀 곤란하거든. 알다시피 지금 전쟁 중이잖아?"

케이가 왼손을 검에서 슬쩍 뗐다. 그 손을 트라이암의 가슴 쪽으로 뻗었다.

손을 타고 마나가 빠르게 조합되었다. 그 즉시 손끝에서 매직 애로우가 튀어나왔다. 시동어조차 없었다.

워낙에 근접한 상황에서 이 의외의 마법 공격을 받은 트라이암은 기겁을 하면서 뒤로 몸을 날렸다. 하지만 매직 애로우는 너무 가까운 곳에서 날아왔다. 더구나 막아내야 할 시점에는 케이의 검이 방해가 되었다.

매직 애로우가 물러서는 트라이암의 가슴에서 폭발했다.

"컥!"

트라이암이 신음 소리를 내며 비틀거렸다.

구경하던 병사들 사이에서 고함 소리가 터져 나왔다.

"마검사!"

"신의 용사는 마검사다!"

"당연하지. 그러니까 신의 용사지. 마검사는 기본이야!"

모두 황제군 쪽에서 터져 나오는 소리들이다. 미리 케이에게 지시를 받았던 목청 좋은 사람들이다.

당연히 황제군 쪽의 사기가 치솟았다. 당장이라도 뛰쳐나갈 것처럼 움찔거렸다.

반면에 귀족군들의 사기는 땅에 처박혔다. 이건 단순한 대장전의 패배가 아니었다.

"그 강한 트라이암 백작이 벌써 당했어."

"정말로 신의 용사인가 봐."

"그럼 우리가 마족 편인 건가?"

"설마……."

병사들은 전쟁터에서 자기가 좋은 편이고 정의라고 믿고 싸운다. 적군은 단지 죽여야 하는 악당이다.

하지만 첫 전투가 시작하기도 전에, 귀족군은 자기들이 악당일지도 모른다는 걱정을 하기 시작했다. 그건 정말 치명적인 일이다.

귀족군 사령부의 귀족들이 재빨리 의견을 교환했다.

"사기가 더 떨어지기 전에 차라리 공격 명령을 내리는 것이 낫겠습니다."

"트라이암이 이기기는 어렵겠군요."

백헤드가 혀를 찼다.

"쯧쯧. 아무래도 그게 낫겠군. 대장전을 하지 말 것을. 우리 실수다."

케이가 비틀거리는 트라이암에게 말했다.

"이제 이리 와서 목이나 내밀어. 그만 죽어줘야겠어."

트라이암이 자기 몸 상태를 점검했다.

'젠장. 오른 어깨를 당했다. 이놈은 몸이 멀쩡할 때도 쉽지 않은 상태였다. 더 싸워봤자 이길 수가 없다.'

결론을 내린 그는 슬금슬금 물러서다가 귀족군 쪽으로 후다닥 달려갔다.

"두고 보자!"

케이는 구경만 하지 않았다. 오히려 트라이암의 뒤를 바짝 쫓아갔다.

'역시 목숨이 위험해지면 도망칠 자. 너무 예상대로 되니까 오히려 불안할 지경이네.'

트라이암이 도망쳐 오고 그 뒤를 케이가 바짝 쫓아오자 귀족군 쪽이 술렁거렸다.

귀족군 사령관 백헤드가 소리 질렀다.

"죽여라! 그놈이 끝까지 쫓아오면 놓치지 말고 죽여!"

다른 귀족들이 손에 땀을 쥐며 말했다.

"저놈이 결투에 눈이 멀었군요. 우리 본진으로 혼자 달려오다니."

"자기 실력을 자신하는 거겠지요. 이렇게 많은 군대를 뚫고 트라이암을 죽일 수 있다고 믿나 봅니다."

"바보 같은 놈. 혼자서 오만 명을 상대하겠다고? 정말 성공한다면 신의 용사라는 말을 믿어주지."

백헤드는 주변을 지키던 기사들에게 명령했다.

"어차피 저놈 혼자 오고 있다. 너희들이 나가서 놈의 퇴로를 막아라. 다 와서 도망치지 못하도록 미리 뒤를 막아. 그리고 저놈을 반드시 죽여야 한다. 저놈만 죽이면 이 전쟁은 우리의 승리다. 저놈을 죽인 자는 남작, 아니, 자작 작위를 포상으로 받도록 내 명예를 걸고 약속하겠다. 가서 큰 공을 세워라."

기사들의 눈이 욕심으로 번뜩였다. 일반 기사들의 꿈은 귀족 작위를 받는 것이다. 남작도 아니고 자작이라면 목숨을 걸 가치가 있다.

귀족군이 가진 힘을 케이 한 명에게 집중시킨 백헤드는 손에 흐르는 땀을 느꼈다. 그는 케이를 노려보며 중얼거렸다.

"조금만 더 와라. 조금만 더."

트라이암은 대단히 빨랐다. 케이는 그의 뒤를 바짝 쫓고 있었다. 그들이 달리는 방향에는 귀족군이 있었다.

귀족군의 발 빠른 기사들이 큰 원을 그리며 몰려나왔다. 그들은 케이의 뒤쪽을 먼저 차단한 후 포위망을 좁혔다.

"용사를 죽여라!"

케이는 앞쪽에 오만여 명의 병사. 뒤쪽에 수많은 기사들이 있는 상황을 빠르게 확인했다.

"됐군."

병사들은 창칼을 들고 케이를 겨누고 있었다. 그들의 얼굴에는 신의 용사를 상대한다는 공포가 깃들어 있었다. 그리고 그 병사들을 지휘하는 귀족들은 큰 공을 세울 기회에 들떠 있었다.

어느새 트라이암은 병사들 속으로 도망쳐 들어갔다.

그 뒤를 쫓던 케이는 이제 병사들의 눈동자에 비친 공포를 볼 정도로 거리가 가까워졌다.

최초의 병사들과 충돌하기 직전에, 그는 달리는 방향을 직각으로 급격히 틀었다. 그를 노리던 창칼들이 허공을 베는 사이에, 그는 잔뜩 늘어선 병사들의 앞을 빠른 속도로 달렸다. 그가 지나가는 잔상을 따라 창칼이 연달아 휘둘러졌다.

귀족군 사령부는 조금 높은 언덕에 있었다. 그는 전장의 상황을 한눈에 볼 수 있었다. 케이의 움직임도 그의 눈을 벗어나지 못했다.

백헤드는 케이가 왜 그렇게 움직이는지 이해하지 못했다. 하지만 반사적으로 명령을 내렸다.

"당장 죽이지 않고 뭘 구경만 하는 거냐! 제이군단. 앞으로 튀어나가서 죽어!"

그가 명령을 내릴 때, 케이는 이미 방진 형태로 늘어선 제이군단을 완전히 벗어나고 있었다. 그리고 군단과 군단 사이로 달렸다.

백헤드가 다시 소리를 질렀다.

"제이군단 왼쪽으로, 제삼군단 오른쪽으로 공격해라. 사이에 끼워 죽여. 놈을 당장 죽여!"

두 개의 군단이 백헤드의 명령을 받고 움직였다.

하지만 군단급 부대의 이동이 그렇게 즉각적으로 이뤄질 리가 없다. 오히려 기사들이 튀어나가는 것이 더 빠르다. 하지만 백헤드의 명령이 있기에 지휘관들은 고래고래 소리를 질렀다. 두 군단이 서서히 하나로 합쳐졌다.

케이는 직접적인 공격을 당하기 직전에 두 군단의 틈을 빠져나왔다. 이제 그의 앞에는 제국군 제오, 제육 군단이 버티고 있었다. 사령부였다.

백헤드는 물론이고 사령부의 귀족들도 이제 케이가 노리는 것이 무엇인지 깨달았다.

백헤드가 어이가 없어서 말했다.

"이런 미친놈. 단독으로 사령부를 요격하러 온 거냐? 그게 가능할 줄 알아? 기사단을 보내서 놈을 잡아!"

귀족 하나가 조금 질린 얼굴로 말했다.

"사령부 직속 기사단은 모두 용사를 잡으러 내보내셨잖습니까?"

백헤드의 얼굴이 조금 굳었다.

"젠장. 함정이었군. 하지만 얕게 판 함정으로는 오우거를 잡을 수 없다는 속담이 있지. 놈은 어차피 죽는다. 여기까지 올 수 없어!"

사령부의 외곽에는 두 개의 군단이 버티고 있었다.

케이는 망설이지 않고 일만 명의 군대 속으로 뛰어들었다. 병사들은 두려워하면서도 창을 뻗었고, 귀족들은 공을 노리고 검을 날렸다.

케이는 그들과 싸울 생각이 없었다.

'여기서 지체하면 죽는다.'

혼자서 만 명을 다 죽일 자신은 없다. 그럴 생각도 없다. 그는 날아오는 공격을 걷어내며 사령부를 향해 달렸다.

창칼을 다 막을 수가 없었다. 그의 몸에 상처가 하나씩 늘어났다. 몸을 보호하는 신성력의 도움으로 하나하나의 상처는 단순한 베임으로 끝났다. 하지만 베인 상처의 숫자가 너무 많았다. 그의 온몸이 피로 물들었다.

"젠장. 정말 아프다."

케이는 이를 악물고 달렸다. 이제 병사들로 가득 차서 길이 없었다. 그의 몸이 공중으로 솟아올랐다. 병사들의 머리를 밟고 달리기 시작했다.

그 즉시 사방에서 마법이 날아왔다. 대부분은 피했지만 애로우 계열 마법 몇 방이 그의 몸을 때렸다.

"큭. 아주 나를 패 죽이는구나."

기사 하나가 위로 솟아올라 그의 앞을 막으며 검을 날렸다. 검기가 번쩍이는 진짜 실력자였다.

케이는 그 검을 가볍게 비껴 막았다. 막아선 기사의 어깨를 잡았다.

“웃차!”

기사의 몸을 힘껏 밀치며 그의 몸이 앞으로 튕겨 나갔다. 몸이 제비처럼 앞으로 빠르게 날아갔다. 그가 날아가는 공간은 병사들의 머리 위였다.

그의 엄청난 움직임에 병사들의 얼굴은 점점 질려가고 있었다.

병사들은 온몸이 피에 젖은 채 머리 위를 달려가는 케이가 두려웠다.

마침내 사령부가 눈앞에 보였다. 케이는 마지막으로 덤벼드는 기사를 가볍게 젖히고 사령부에 뛰어들었다.

그가 땅에 내려섬과 동시에 파이어 볼 세 발이 날아왔다. 미리 준비하고 있던 마법사가 날린 것이다. 파이어 볼 외에 여러 개의 애로우 계열 공격 마법이 그를 노리고 쏘아졌다.

“이런 미친놈들!”

케이의 뒤에는 귀족군이 잔뜩 있다. 이 공격을 피하면 그들이 불벼락을 맞는다.

파이어 볼은 빠르다. 케이는 더 빠르다. 그는 곧바로 앞으로 달려나가며 검을 휘둘렀다.

매화 꽃잎 모양 검기 다섯 개가 날아가며 파이어 볼들을 두 조각으로 쪼개놓았다. 세 개의 파이어 볼은 쪼개짐과 동시에 마나 역류가 일어나서 폭발했다. 역류에 의한 폭발은 본래 위력의 몇 분의 일밖에 되지 않았다.

나머지 애로우 계열 공격 마법들은 모조리 피했다. 그것까지 걸러줄 처지가 아니었다.

그는 똑바로 백헤드에게 달려갔다.

"백헤드!"

새로운 파이어 볼이 케이의 뒤를 때렸다. 케이는 뒤돌아서며 검을 휘둘러 그것을 막았지만 폭발을 완전히 피할 수는 없었다.

"크윽!"

강력한 압력이 그를 밀어붙였다. 케이는 폭발에 휘말려 날아갔다. 백헤드에게서 멀지 않은 곳이었다. 그러나 그는 쓰러지지 않았다. 검으로 지팡이 대신 땅에 짚으며 버텼다.

"백헤드. 너는 반드시 죽인다!"

백헤드는 케이의 엄청난 실력에 심장이 쿵덕쿵덕 뛰는 중이다.

"저놈을 죽이는 자는 이번 전쟁에서 가장 큰 공을 세우는 것이다. 그 영광은 클 것이다. 죽여!"

백헤드 주변에 있던 귀족들은 케이가 겨우 서 있는 것을 두 눈으로 똑똑히 보고 있었다. 케이는 피칠갑을 하고 거기에 파이어 볼의 역류 폭발에 당해 꺼멓게 그슬려 있었다.

'쉬운 먹잇감이다.'

'먼저 칼로 찌르는 놈이 임자다.'

'늦게 찔러도 저 몸에 칼을 꽂기만 하면 공을 세울 수 있다.'

귀족들이 케이에게 우르르 달려들었다. 사령부에 있던 귀족

대부분이었다.

그들의 검이 케이를 찌르려고 몰려들었다.

'계획대로 되고 있어. 젠장.'

케이가 작게 중얼거렸다.

"미안해."

수많은 검에 동시에 찔리기 직전에, 케이가 왼손을 펴서 하늘을 향해 뻗었다.

그의 팔 주변에 마나가 급속도로 몰려들었다. 모여든 마나는 그의 손을 따라 재배치되었다. 몸속의 신성력이 그것에 강력한 힘을 더했다.

"정말 미안해."

케이가 주먹을 꽉 쥐었다.

마법이 발현되었다.

꽈아앙!

케이를 중심으로 강력한 폭발이 일어났다. 4서클 근거리 폭발 마법이었다. 원래부터 강력한 힘을 자랑하는 근거리 폭발 마법에 신성력이 섞였다. 케이를 중심으로 파이어 볼 수십 개를 모아놓은 것 같은 폭발이 일어났다.

충격파가 주변으로 쫙 퍼졌다. 화염이 그 뒤를 따라 공간을 덮었다. 반경 수십 미르가 단숨에 박살났다.

케이를 노렸던 귀족 대부분이 그 마법 단 한 방에 끝장이 났다. 가장 가까이 접근했던 귀족들은 시체도 남기지 못했다. 폭발 영역의 외곽 쪽은 겨우 살아남았지만 모두 중상을 입었다.

　귀족군 사령부의 위치는 언덕 지대이다. 모든 병사들이 그 폭발을 볼 수 있었다. 다들 그 엄청난 마법의 결과를 궁금해하며 침을 삼켰다.

　백헤드가 반쯤 넋이 나가 멍하니 중얼거렸다.

　"자, 자폭 마법 위도우 메이커?"

　폭발 지대에의 화염이 가라앉기 시작했다. 그리고 그 속에서 한 사람이 튀어나왔다.

　케이였다. 옷은 폭발에 휘말려 반쯤 날아갔지만 그는 아직 멀쩡히 살아 있었다.

　케이는 얼이 빠진 백헤드를 덮쳤다. 케이의 왼손이 백헤드의 목을 틀어쥐었다.

　백헤드가 부들부들 떨었다.

　"커억, 사, 살려줘."

　케이가 백헤드의 목을 잡은 손에 힘을 뺐다. 그리고 조용히 말했다.

　"백헤드, 뭐 좀 묻자."

　"마, 말해라."

　"너 케이 상단이라고 알아?"

　백헤드가 모를 수 없다. 자기가 잡아먹은 여섯 개 상단 중의 하나다.

　"무, 물론이다."

　"니가 불을 질렀어?"

백헤드는 그 말이 무슨 소리인지 알았다. 자기가 직접 지시한 일이다.

"나, 나는 그저 혼이나 내주라고……."

케이의 입이 쭉 찢어졌다. 그가 이빨을 드러내며 웃었다.

"그거면 됐어. 너, 뜨거운 게 뭔지 알아?"

케이의 왼손에 마나가 모여들었다. 그것이 백헤드의 몸 주변에서 재조합되었다.

케이가 중얼거렸다.

"나, 정말 뜨거웠어."

케이의 말이 끝남과 동시에 백헤드의 몸 전체에서 불길이 거세게 솟아올랐다.

"으, 으아아악!"

백헤드가 비명을 질렀다. 불길이 그의 몸을 천천히 잡아먹었다.

케이가 불타는 백헤드를 바닥에 던져 버렸다. 백헤드는 잠시 더 발광하다가 움직임을 멈췄다.

케이는 그 모습을 아무 말 없이 물끄러미 보고만 있었다. 그러다 갑자기 밝은 얼굴로 어깨를 툭툭 쳤다.

'사람들이 보고 있어. 약한 모습 보이면 끝장이야.'

"에고. 삭신이 쑤시네."

케이는 지금 죽을 정도로 힘들었다.

자폭 마법 위도우 메이커는 강력한 파괴력을 자랑하는 근거리 공격 마법이다. 그리고 쓰는 사람에게는 폭발의 압력이 상당히 감소되어 전달된다. 힘의 상쇄를 이용한 생존 방법이다.

물론 보통의 마법사라면 그 정도 압력에 떡이 되어 죽을 수밖에 없다. 하지만 케이라면 버틸 만한 압력이었다. 그래서 그는 살아남았다.

폭발 압력에 의한 부상은 작지 않았다. 몸에 난 상처도 마찬가지였다.

케이는 주변에 쓰러진 자들의 몸을 뒤져 회복 포션을 하나 찾아냈다. 그가 가진 것은 폭발로 날아가고 없었다.

케이는 보란 듯이 회복 포션을 쭉 들이켰다.

"크으. 이 야리꾸리한 맛은 정말 죽인다니까. 오랜만이다. 회복 포션."

그의 몸에 난 상처에서 옅은 빛이 새어 나오기 시작했다. 몸 속의 신성력에 의해 효과가 극대화된 회복 포션의 효과였다. 그의 상처는 순식간에 모조리 아물었다.

케이가 귀족군을 둘러보았다. 이제부터 할 말을 위해서 이런 무리한 위험을 한 것이다.

케이가 크게 외쳤다.

"나는 신의 용사 케이다!"

'미안. 사실은 정규 삼급용병이거든요.'

귀족군은 이제 그 말을 쉽게 부정할 수 없었다.

"저, 정말로 신의 용사인가 봐."

"그 엄청난 마법은……."

"혼자서 사령부를 박살 냈어."

"그 많던 상처가 단숨에 다 나았다. 전부 다."

귀족군이 술렁거리자 케이가 고함을 질렀다.

"나는 신의 용사. 내 편은 신의 전사. 내 적은 마족의 개다. 너희들은 누구 편이냐!"

그의 고함 소리를 신호로 황제군이 서서히 진격하기 시작했다. 그들은 서두르지 않고 천천히 귀족군을 향해서 걸어왔다.

전투의 결과는 명확하다. 귀족군은 이제 목숨을 걱정해야 하는 처지가 되었다.

후퇴를 명령할 사령부는 거의 전멸했다. 각 군단은 독자적인 움직임이 가능했지만 병사들이 모두 혼란에 빠진 지금 그런 것이 통할 리가 없다.

여기는 신성제국이다. 신을 믿는 병사의 수가 압도적으로 많다. 그리고 신전들의 지지를 받는 케이는 정말 신의 용사처럼 보였다.

귀족군 병사들이 울상이 되었다.

"우, 우리는 몰랐습니다."

"알았다면 절대로 용사를 상대로 싸우지 않았을 겁니다."

케이가 다시 외쳤다.

"늦지 않았다. 아무도 늦지 않았다. 지금 나에게 항복하는 자, 신의 편에 서서 마족을 죽일 것이다. 항복하라!"

수많은 병사들이 칼을 집어 던지기 시작했다. 항복이 전파되는 속도는 빨랐다.

케이에게 반발하는 자들도 소수가 있었다. 그러나 그들도 머리는 있다. 여기서 감히 홀로 저항하다 죽고 싶은 생각은 없었다.

결국 황제군이 도착하기도 전에 모든 병사들이 무기를 버렸다. 병사들은 이제 황제군의 처분을 걱정하며 케이만 바라보고 있었다.

케이가 다시 외쳤다.

"모두 무기를 들어라!"

병사들은 케이의 명령을 이해할 수 없었다. 그러나 지금은 이해하지 못해도 무조건 명령을 따를 때이다. 그들은 자기가 방금 버린 무기를 다시 찾아 들었다.

"너희들은 이제 신의 군대다. 무기가 없으면 어떻게 마족을 죽인다는 말이냐. 신의 품에 들어온 것을 환영한다!"

'나 사이비 교주라도 하면 떼돈 벌겠다. 아주 타고난 거 아냐?'

케이의 외침에 귀족군 병사들은 상황이 어떻게 돌아갔는지 깨달았다. 병사들이 일제히 환성을 질렀다.

"와아아!"

"신의 용사 만세!"

싸움은 끝났다. 케이는 최소한의 손실로 귀족군 오만 명을 흡수해 버렸다.

뒤처리가 한창인 현장에서 케이는 자기가 만든 폭발 현장을 보았다.

‘이들이 모두 틀렸을까? 어쩔 수 없이 여기 서 있던 사람도 있었겠지?

케이가 조그맣게 중얼거렸다.

“저도 어쩔 수 없었어요. 미안해요.”

황제군 쪽에서 실제로 싸운 것은 케이 혼자다. 당연히 그 외에는 부상자가 없다. 반면에 귀족군은 케이를 상대로 창칼깨나 휘둘렀다. 그러다 보니 부상자들이 양산되었다. 케이가 직접 걷어찬 사람들은 물론이고 마지막 폭발에 영향을 받은 자들까지 포함해서 부상자의 숫자는 백여 명이었다.

케이는 미안한 마음에 그들에게 다가가서 신성 마법을 펼쳤다. 신의 용사가 직접 뿌리는 홀리 라이트를 맞은 부상자들은 감격했다.

“이게 옛날이야기에 나오는 용사의 빛입니까? 와아. 벌써 아픈 것이 줄어들었습니다.”

“이건 기본적인 치료만 하는 거니까 나중에 제대로 치료받아야 해요.”

케이는 마지막 부상자에게 홀리 라이트를 쓴 후에 귀족군의 치료 책임자를 불렀다.

“가지고 있는 치료약을 아끼지 말고 쓰세요.”

치료사가 차려 자세로 대답했다.

“걱정 마십시오. 우리에게는 ‘케이’ 시리즈 치료약이 다양하게 갖추어져 있습니다.”

케이가 멈칫했다.

“케이 시리즈라고요?”

“그렇습니다. 귀족 분들을 위한 진품 케이의 회복약을 비롯해서 병사들용의 케이의 치료제, 케이의 회복제 등이 있습니다. 심지어는 밤일하는 데 쓰는 케이의 벌떡벌떡까지 조금 준비되어 있습니다.”

“컥.”

케이가 뒷목을 잡았다.

‘내가 바쁘게 사느라 세상의 일반적인 소문을 제대로 못 듣고 살았더니 별의별 약이 다 나왔군. 신성용병 시절에 알려진 내 이름을 딴 건가? 그런데 케이의 회복약? 바이올렛이 파는 거잖아. 그게 귀족용으로 팔려? 그 정도 약효는 없는데 이상하네?’

케이는 회복약의 약효를 잘못 알고 있었다. 처음 약을 만든 직후에, 바이올렛의 상처가 약을 써도 잘 낫지 않은 것을 보고 착각했었다.

“케이의 회복약보다 더 좋은 건 없어요?”

“회복 포션을 말씀하시는 거라면 따로 준비된 것은 없습니다. 하지만 귀족 분들이 가진 것을 구할 수 있습니다.”

“아니, 회복 포션은 워낙 귀하니까 말고요. 좀 더 좋은 치료약 말예요.”

케이는 몬스터 사냥하던 용병 출신이다. 그가 아는 치료약만 해도 여러 가지다.

치료사가 고개를 갸웃거렸다.

"케이의 회복약보다 효과가 좋은 약이 물론 있습니다. 하지만 그런 것들을 너무 비싸고 귀해서 군대에서 준비하기에는 적절하지 않습니다. 죄송합니다."

케이는 이제 이야기가 좀 이상하게 흐른다는 것을 깨달았다.

"저기요, 제가 잘 몰라서 물어보는 건데요. 케이의 회복약이 효과 좋아요?"

치료사가 엄지손가락을 세웠다.

"끝내줍니다."

"상처가 잘 낫는다고요?"

"제가 군대에서 치료사 일을 한 세월이 적지 않은데 이런 대단한 치료제는 처음 봤습니다. 우수한 약효에 많은 물량. 군용으로는 최고입니다."

케이는 이제 상황을 나름대로 정리할 수 있었다.

'내가 만든 약은 효과가 그냥 쓸 만한 정도였어. 이건 다른 약. 결국 바이올렛이 시장 진출에 실패했군. 그 아가씨, 기대 많이 하더니 오히려 상표권만 빼앗겼나 본데?'

"이거 그럼 누가 팔아요?"

"아주 여러 상단에서 취급합니다. 물론 가장 크게 취급하는 것은 이걸 직접 생산하는 케이 상단이라고 알고 있습니다."

케이는 케이 상단을 들어본 적이 있다.

'그레인 시에 레드배리 열매 사러 오기로 했던 그 상단. 젠

장. 치료약까지 같은 이름으로, 그것도 더 좋은 걸 팔더니, 그
걸로 부족해서 상단 이름도 선점하고. 젠장. 그래도 한 가지만
은 내가 더 낫다고.'

케이가 분한 마음에 치료사를 째려보며 말했다.

"이거 비싸죠? 그렇죠?"

그는 치료약을 너무 비싸지 않게 팔아달라고 바이올렛에게
부탁해 놓았다.

치료사는 케이가 왜 째려보는지 몰라 바짝 긴장하며 두 팔
을 벌렸다.

"이만한 거 한 상자가 금화 열다섯 개입니다."

"헉! 그렇게 싸요? 이 효과 좋다는 약이?"

"그렇습니다. 그래서 돈을 줘도 물건을 구할 수 없을 정도입
니다."

"어떻게 그렇게 싸요?"

"듣기로는 케이 상단에서 최종 소비자가격을 통제하고 있
다고 알고 있습니다. 비싸게 파는 곳은 물건 공급을 끊는다고
들었습니다. 상단에 넘기는 가격이 금화 열 개라고 합니다."

케이가 주먹을 쥐었다.

"크윽. 졌다."

"예?"

"아, 아니에요. 휴우. 하여간 모든 면에서 나보다 낫네. 그
대단한 케이 상단의 주인이 누구래요?"

"케이라고 알려져 있습니다."

"커억. 상단 이름을 듣고 예상은 했지만 역시 상단주 이름이 나랑 같았어. 그러니까 다 똑같은 이름으로 나오지. 어이구 뒷골이야."

치료사가 얼른 말했다.

"용사 케이님과 같은 이름입니다. 역시 그 이름에는 특별한 성스러움이 있나 봅니다. 저도 손자가 생기면 꼭 그 이름을 붙이겠습니다."

"안 그러셔도 되는데."

"하지 말라고 명령하신다면 하지 않겠습니다."

"아녜요. 써도 돼요. 흔한 이름인데요 뭐."

케이는 힘이 빠져서 터벅터벅 걸어갔다.

"그러니까 케이라는 이름 쓰는 놈 중에 내 것보다 더 좋은 치료약 만든 놈이 있다는 거지? 그놈이 치료약을 만든 후에 자기 이름을 붙였군. 그걸 대량으로 만들어 팔아먹으려고 자기 이름을 딴 상단도 하나 만들고. 게다가 싸게 팔기도 하고. 에휴."

케이가 한숨을 푹 쉬었다.

"케이투 상단이라고 만들었다가는 본전도 못 찾을 텐데. 젠장. 그나저나 바이올렛에게 좀 미안하네. 그 마을 사람들. 내약이 살림에 보탬이 좀 됐을까? 이익이 동전 한 주머니라도 남았으면 좋겠는데."

바이올렛의 마을은 금화가 넘쳐서 주체를 못하고 있다.

“바이올렛한테 꼭 다시 들른다고 약속했는데. 언제 가지?”

*　　　　*　　　　*

황태자는 언제나 바이올렛에게 친절하다. 그녀 앞에서는 카리스마 따위는 풍기지 않는다.

황태자는 다른 마신의 피를 받은 자나 마족과 완전히 다르다. 그는 단 한 줌의 마기도 흘리지 않는다. 마신의 기운 역시 전혀 느낄 수 없다. 모든 기운을 완벽하게 통제한다.

그런 상황에서는 바이올렛이 아니라 데이지가 와도 구분할 수 없다.

바이올렛은 이제 황태자를 대하는 것에서 큰 부담을 느끼지 못했다.

원래부터 산골에서 자란 아가씨다. 도시에서 몇 년 공부를 했지만 귀족의 예의에 대해서는 무지에 가깝다. 황태자가 워낙 높은 사람이라 긴장했지만 친하게 지내다 보니 대하기 편했다.

그래서 바이올렛이 황태자에게 조심스럽게 요청했다.

“저, 황태자 전하. 저 이제 정말 가봐야 하거든요?”

황태자가 편안히 웃었다.

“여기가 불편해?”

“그건 아닌데요. 여기에만 있을 처지가 아니잖아요. 저는 평민인걸요. 그리고 상단도 운영해야 하고요.”

“초장거리 통신 수정구를 마음대로 사용할 수 있도록 해줬잖아. 그걸 쓰는 게 상단 운영에는 더 유리하지?”

“그렇기는 하지만요. 그거 쓰는 데 돈이 아주 많이 들어간다고 들었고요. 그리고 고향 분들도 보고 싶고…….”

“고향 사람들도 다 불러줄까?”

결국 바이올렛이 포기하고 웃었다.

“안 돼요. 마을 분들은 케이의 회복약 만드느라고 바쁘세요.”

“그럼 편안히 있어. 정 가고 싶다면 내일이라도 이야기해. 그때 보내줄 테니까.”

바이올렛이 눈을 반짝였다.

“정말요?”

‘고향 가는 길에 케이 씨도 찾아봐야겠다.’

그녀의 생각을 읽은 황태자는 여전히 웃었다. 하지만 속으로는 불길이 타올랐다. 그 감정을 느낀 황태자는 진짜로 웃었다.

‘질투. 후후. 역시 내가 인간임을 느끼게 해주는 건 바이올렛뿐이군.’

“하지만 오늘은 여기서 편히 지내. 바이올렛이 없으면 내가 너무 쓸쓸하니까.”

바이올렛은 황태자가 이렇게까지 말하자 미안해졌다.

“네.”

그녀의 미안한 마음을 읽은 황태자는 여전히 웃었다. 앞으로의 계획을 생각하자 유쾌했다.

다음날 바이올렛은 황태자를 찾았다. 정말로 떠나겠다는 말을 하기 위해서였다.

황궁의 그 누구도 그녀가 돌아다니는 것을 제지하지 않는다. 오히려 나이 많은 고위귀족들도 그녀에게 먼저 인사를 한다.

바이올렛은 노인들에게 먼저 인사받는 것이 미안해서 그런 사람들이 보이면 멀리서 재빨리 인사를 한다. 결국 그녀를 보는 사람들은 멀리서부터 인사하는 것이 습관이 될 지경이었다.

어쨌든 황궁의 사람들은 그녀를 좋아했다. 그녀는 황태자의 총애를 받는다고 콧대를 세우지도 않았다. 사람들이 모두 황송해하는 것이 부담스러운 그녀는 자신을 스스로 낮추었다. 그런 아가씨가 얼굴까지 예뻤다. 금상첨화였다.

권력의 미묘한 함수 관계에 걸려든 사람들을 제외하고 모든 사람이 그녀를 좋아했다.

오늘은 돌아갈 생각에 여기 왔을 때 입었던 옷을 입었다.

"아이참. 황태자 전하는 어디 계신 거지?"

사람들에게 물어도 다들 모른다고 할 뿐이었다. 그렇게 황궁을 조금 돌아다닌 후, 그녀는 뭔가 분위기가 이상해졌다는 것을 깨달았다.

황궁을 돌아다니는 사람들의 걸음이 빨라졌다. 얼굴을 굳힌 사람들이 하나둘 늘어났다.

바이올렛이 그중의 한 사람을 잡고 물어보았다.

"무슨 일이 생긴 건가요?"

"바이올렛 양을 뵙습니다. 죄송합니다. 그건 저도 모르겠습니다."

"그런데 왜 그렇게 급히 움직이세요?"

"여기는 황궁입니다. 뭔가 큰일이 터졌다는 소문을 들었습니다. 무슨 일인지는 모르지만 대비할 수 있는 것은 다 해두어야 합니다."

사람들은 황궁에 흐르는 분위기를 느끼고 알아서 빨리빨리 움직이고 있었다.

이 분위기에 익숙하지 않은 바이올렛은 난처했다. 그런 그녀에게 고위귀족 한 명이 눈에 띄었다.

그녀가 먼저 인사를 했다.

"네트 후작님, 안녕하세요?"

평소라면 '허허허. 오늘은 바이올렛 양께서 먼저 인사를 하셨군요. 늙은이가 한발 늦었습니다' 라고 말할 사람 좋은 네트 후작의 얼굴은 딱딱하게 굳어 있었다.

"아, 바이올렛 양. 여기는 무슨 일로……."

"황태자 전하를 뵈러 왔는데요. 분위기가 이상해서요."

네트 후작이 가만히 고개를 흔들었다.

"오늘은 황태자 전하를 뵙기 어려우실 겁니다."

“네? 무슨 일인데요?”
“황제 폐하께서 돌아가셨습니다.”
바이올렛의 얼굴도 굳었다.

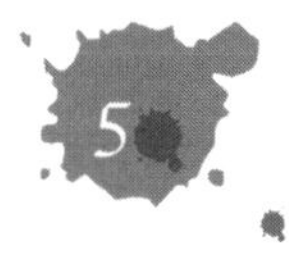

바이올렛은 결국 그날 돌아간다는 말을 하지 못했다. 황태자의 얼굴도 볼 수 없었다. 그리고 저녁때가 되서야 황태자가 그녀의 거처로 찾아왔다.

황태자의 얼굴은 슬픔으로 가득했다.

"바이올렛, 나를 찾았다고? 그대도 나를 떠나려는 건가?"

바이올렛은 착한 아가씨다. 황태자가 슬픔에 잠겨 있는 걸 보고 떠나겠다는 말을 할 수는 없다.

"아니에요, 황태자 전하. 저는 아직 떠나지는 않아요."

그녀는 한동안 황궁에 있기로 마음을 고쳐먹었다. 매정하게 가기에는 황태자의 슬픔이 너무 커 보였다.

"고마워, 바이올렛. 이제 나에게는 그대밖에 없어."

황태자의 입은 웃고 있지만 눈은 울고 있었다. 그걸 보는 바이올렛은 가슴이 아팠다.

'불쌍한 분. 마음이 얼마나 아프실까?

황태자의 마음은 조금도 아프지 않다. 황태자는 바이올렛의 생각을 읽고 만족했다.

'아버지를 예정보다 조금 더 일찍 죽인 보람이 있군. 바이올렛을 붙잡았으니까. 이제 케이만 죽이면 바이올렛의 마음을 차지할 수 있겠지.'

*   *   *

신성제국은 그 이후로 내전다운 내전을 겪지 않았다. 케이가 처음 선봉대 오만여 명을 어떻게 흡수했는지 알려진 이후, 귀족군의 사기는 땅에 떨어졌다.

황제군은 항복한 병사들을 차별없이 한편으로 받아들였다. 편제조차 바꾸지 않았다.

항복하는 귀족들도 마찬가지였다. 일단 한편으로 받아들이는 데 차별은 없었다. 일단 마족만 아니면 괜찮았다.

결국 전투다운 전투 한 번 없이 귀족군은 빠르게 무너졌다. 내전이 빠르게 종결되었다. 신성제국이기에 가능한 일이었다.

황궁에서 신성제국 황제가 크게 웃었다.
"으하하하. 역시 용사 케이로군, 대단해. 정말 대단해. 용사 아폴로, 너도 좀 보고 배워라. 으하하하."

황제는 정말 기분이 좋았다. 꽤 걱정하고 추진한 일이 대성공을 했다. 이런 일방적인 승리는 들어본 적도 없다.

'결국 황권이 강해졌으니 이건 신께서 내게 내리시는 상이 틀림없어.'

황제의 생각이 어떻든 케이는 아직 모든 문제를 해결한 것이 아니다.

케이가 말했다.

"반란이 끝났으면 이제 마족을 잡아야죠."

황제는 이제 케이의 말이라면 껌뻑 죽는다. 황제만이 아니다. 황제파 귀족들도 다 마찬가지다.

황제가 고개를 크게 끄덕였다.

"당연하지. 감히 나의 제국에 숨어들어 온 마족 놈들. 하나도 남기지 않고 모두 쓸어버리겠다!"

황제의 명령에 의해서 본격적인 마족 색출 작업이 시작됐다.

마족인지 조사하는 가장 첫 번째 작업은 귀족이 영지 사람들을 얼마나 착취했느냐를 알아보는 것이다. 착취를 많이 했을수록 마족일 가능성이 높다고 생각하고 더 적극적으로 조사했다.

실제로 그런 조사에서 마족이 몇 마리 발견되었다. 마족들이 정말로 영주 자리를 차지하고 있었고, 그들은 영지 사람들

에게 인정사정없었다. 그렇게 발견된 마족 중의 일부는 성기
사와 군대의 공격에 죽었고 나머지는 살아서 도망쳤다.

이제 인간 귀족들은 발등에 불이 떨어졌다. 잘못하다가는
마족이라는 누명을 쓰고 죽을 판이다.

그들은 서둘러 창고를 열어 사람들에게 식량을 나눠주었고
빼앗은 돈을 돌려주었다. 많이 빼앗은 자일수록 돌려줄 것도
많았다.

많이 빼앗은 자는 이미 용의선상에 오른 상태다. 그런 귀족
이 많이 내놓는다고 조사가 안 들어가는 것은 아니다. 케이 때
문이다.

케이가 신의 용사라는 권위를 내세워 사람들을 움직였다.
그는 재물을 안 뱉은 귀족들은 수상하다는 논리를 만들었다.
그의 말을 믿은 사람들은 귀족들을 더 철저하게 조사했다.

그러다 보면 마족이 아니더라도 오만 가지 비리가 드러나
고, 직위가 달아나거나 심할 때는 목이 달아나는 귀족들도 있
었다.

사람들은 이제 모이기만 하면 그 이야기를 했다.

"우리 영주 놈이 나를 부르기에 찾아갔지. 나는 혹시나 해서
얼른 찾아갔다네."

"뭘 돌려주던가?"

"암, 돌려줬지. 그렇게 독한 짓을 하면서 빼앗아갔던 내 밀
밭. 그걸 고스란히 돌려주더라니까. 제발 가져가라면서."

"하하하. 자기도 살고 싶으면 그렇게 해야지."

“그럼그럼. 본격적으로 조사를 하면 제깟 놈이 버티겠어? 미리 뺄는 것이 낫지.”

“설사 버텨도 그렇지. 마족이란 의심을 받는 영주를 누가 믿겠나? 나라도 못 믿어. 혹시 진짜로 정체를 숨긴 마족이면 어떻게 하려고.”

여러 가지 이유로 귀족들은 뺄을 수 있는 만큼 뺐었다. 귀족 제도 자체를 없애지는 못했다. 하지만 신성제국은 빠르게 변하고 있었다.

“그런데 자네 이게 다 누구 덕분인지 아는가?”

“왜? 황제 폐하 덕분이냐고?”

“그럴 리가 있나. 이게 다 신의 용사 케이님께서 하신 일 아닌가?”

“하하하. 이 친구. 당연히 알지. 내가 그럴 모를 리가 있는가? 이게 다 케이님 덕분이지.”

케이가 의도한 바가 아니지만 그는 신성제국 평민들 사이에서 절대적인 지지를 받았다.

정작 케이는 황궁에 처박혀서 앞으로 닥칠 작전 회의에 전념하느라 일반인들 사이에 도는 자신의 이야기를 알지는 못했다.

하지만 그런 소문이 도는 것에 불안해하는 사람도 있었다.

데이지가 찻잔을 탁 소리가 나도록 내려놓았다.

“큰일 났네. 우리 케이 명성이 너무 높아졌어.”

에이미도 옆에서 과자를 먹다 말고 투덜댔다.

"우리 케이 오빠가 유명해지는 건 좋은데, 요새는 얼굴 보기도 힘들어요."

"더 큰 문제도 있단다. 성녀 몇 명이 이곳으로 오고 있어."

"성녀님들이 오시는 게 왜요?"

데이지가 초조한 마음에 손톱을 깨물며 말했다.

"대신관님이 그러시는데 성녀는 용사에게 끌린대. 아마 고것들도 그럴 거야. 게다가 신은 아름다움을 사랑하시기 때문에 성녀들은 하나같이 예뻐. 물론 나보다는 못하지만. 하여튼 케이가 고것들에게 넘어가면 어떻게 하지?"

에이미의 안색이 변했다.

"하지만 케이 오빠는 진짜 용사가 아니라면서요? 그거 나만 알고 있으라고 하고 말해줬잖아요?"

"내가 틀렸을지도 몰라."

용사가 성녀에게 주는 가장 큰 호감은 첫인상이다. 지속적으로 좋은 느낌을 줄 수는 있지만 그것까지다. 성녀의 마음은 성녀의 것이다. 정말로 성녀의 마음을 얻고 싶으면 용사가 알아서 잘해야 한다.

하지만 데이지는 자신이 케이에게 받았던 따뜻한 느낌을 기억한다. 거기에 더해서 용사 케이의 명성이 더해지면 성녀들에게 그것이 어떤 의미를 가질지 잘 알고 있었다.

"카트리나 같은 년들이 케이에게 잔뜩 꼬일 거야."

에이미가 입가에 과자 가루를 묻힌 채로 벌떡 일어섰다.

"막아야 해요."

"나도 막고 싶단다. 그런데 어떻게?"

"몰라요. 하여간 막아야 해요."

두 아가씨의 눈빛이 부딪쳤다.

데이지가 말했다.

"힘을 모아 최선을 다해보자."

"네, 데이지 언니."

케이는 신성제국의 고위귀족들, 그리고 여러 신전의 신관들과 함께 각 왕국을 끌어들이는 작업을 하느라 여념이 없었다.

이미 신성제국에서 거사가 한번 이뤄졌다. 그것이 빠른 속도로 다른 왕국으로 퍼져 나갔다.

신성제국은 그 일을 지원하는 데 모든 힘을 다 기울였다.

귀족 한 명이 보고했다.

"이번에 아이즈 왕국이 정화 사업에 동참하기로 했습니다."

사람들이 박수를 쳤다.

"하하하. 수고했소."

"이것으로 우리 힘이 더 강해지겠군."

"마족 놈들, 이제 다 쓸어버리겠어."

다들 환성을 지를 때 대마족대응군의 신관이 말했다.

"그런데 이상한 것이 있습니다."

"뭐가 말입니까?"

"각국의 정화 사업에서 더 이상 마족들이 잡히지 않고 있습니다.”

이야기를 듣고만 있던 케이의 눈이 반짝였다.

“무슨 소리예요?”

“정화 사업 초기에는 마족들이 자주 잡혔습니다. 하지만 이제는 귀족들을 아무리 조사해도 마족이 나오지 않습니다.”

귀족들이 걱정스럽게 말했다.

“이놈들이 더 단단히 신분을 숨기는 마법을 개발한 걸까?”

“그렇다면 큰일이군. 그놈들을 어떻게 찾지?”

“혹시 지금 우리 중에도……”

케이가 손을 흔들어 사람들의 시선을 끌었다.

“신관 아저씨, 조사받기 전에 도망친 귀족들도 있죠?”

“물론입니다. 그런 자들은 항상 있어왔습니다.”

“그놈들 숫자가 늘었을 거예요. 이것들이 앉아서 죽을 수가 없으니 다 도망친 거예요.”

사람들의 표정이 환해졌다.

“하하. 그렇군요. 그런 거였어.”

“이거 그럼 안심이 되는데요?”

“귀족 사회는 이제 깨끗해진 것 아닙니까?”

귀족 한 명이 감탄하며 말했다.

“역시 신의 용사 케이님이십니다. 그런 것들을 어떻게 다 아시게 되셨습니까?”

케이가 씩 웃었다.

“그냥 떠오르네요.”

케이의 머릿속에 마족을 상대하기 위해서 각인시킨 정보들은 한번에 깨어나지는 못하고 있다. 하지만 그가 마족을 상대하기 위해서 고민하면 그것과 관계된 지식이 조금씩 풀려 나왔다.

고민을 하도 많이 하다 보니 상당히 많은 지식이 의식의 표면으로 올라왔다. 그것들은 마치 오래된 지식인 것처럼 어렴풋이 떠올랐다.

케이는 그 기억들을 최대한 이용해서 상황을 추론했다.

대마족대응군의 신관이 질문했다.

"그럼 마족 놈들은 어디로 갔을까요?"

케이가 대답했다.

"뻔하죠. 피스 제국. 대적자에게 갔겠죠."

그때 회의실 문이 벌컥 열렸다. 기사 한 명이 뛰어들어 오며 외쳤다.

"큰일 났습니다! 피스 제국과 브레이커 제국의 전쟁이 끝났습니다!"

케이가 벌떡 일어섰다.

"젠장. 너무 빨라!"

신성제국 황실과 브레이커 제국 황실 사이에는 수정구에 의한 초장거리 마법 통신망이 만들어져 있다. 제국과 제국 간의 초장거리 마법 통신은 비용이 무척 많이 들어가는 일이지만 어쨌든 불가능한 것은 아니다.

케이는 마법 통신실 문을 벌컥 열어젖히며 뛰어들었다.

"브레이커 제국에서 연락이 왔다고요?"

수정구의 크기는 마법 통신 거리에 영향을 끼친다. 제국 간 초장거리 통신을 위한 수정구는 거의 사람 키만큼 컸다.

수정구에는 나오미 황녀의 전신상이 비춰지고 있었다. 거의 실제 사이즈였다.

케이가 수정구 앞으로 걸어가자 나오미 황녀가 반갑게 말했다.

"아, 케이. 오랜만이에요. 요새 활약이 대단하다는 소문은 들었어요."

케이는 한가하게 인사하고 있을 여유가 없다.

"황녀님, 어떻게 된 건가요?"

"미안해요. 정권 장악에 실패했어요."

"어쩌다가요? 잘하고 계셨잖아요? 적어도 크게 밀리지는 않으셨잖아요?"

나오미 황녀는 슬픈 표정이었다.

"그놈들이 갑자기 습격해 왔어요."

"그놈들이라니요?"

"마족요. 우리 쪽 주요 인사 몇 분이 마족에게 당했어요. 중요한 순간에 그런 일이 터져서 세력이 밀려 버렸어요."

케이의 얼굴이 굳었다. 결국 수정구에 바짝 다가서며 소리를 버럭 질렀다.

"신관은요? 성기사는요? 경호 부대에 그런 사람들도 배치하기로 했잖아요!"

마족 하나를 상대하는 데는 보통 수준의 기사 수십 명이 필요하다. 그래서 마족 하나를 잡으려면 기사단 하나가 필요하다고 말한다.

하지만 신성력을 쓰는 신관이나 성기사가 섞인다면 상황이 달라진다. 그들의 적절한 지원을 받는다면 보통 기사 십여 명으로도 마족을 상대할 수 있다. 아주 실력 좋은 기사가 괜찮은 신관의 도움을 받는다면 혼자서도 마족을 상대할 수 있다. 그리고 고위귀족들은 보통 그 정도 실력자를 경호원으로 데리고 다닌다.

나오미는 울먹였다.

"흐윽. 미안해요. 신관과 성기사가 모자랐어요."

"모자라다니요?"

"신관들을 모으는 것보다, 우리 편 기사들의 수를 늘리는 데 더 집중했어요. 우리는 나중에도 쓸 수 있는 힘이 필요하다고 생각했어요. 그래서 대부분의 자금이 그쪽으로 집행됐어요. 미안해요, 케이."

케이는 상황을 알 수 있었다.

"물리적인 위협이 있었어요?"

"네. 반대파의 귀족들이 우리가 세력을 모으는 것을 감지했어요. 그리고 우리는 설마 마족이 정말 이곳까지 쳐들어올 줄은 모르고… 그래서 그만……."

케이는 더 닦달할 수가 없었다. 이미 지난 일이다.

“휴우. 알았어요. 당분간 황녀님 쪽 사람들의 안전에 집중
하세요.”

나오미 황녀가 눈물을 글썽거리며 말했다.

“케이의 힘만 이곳에 있었어도… 이렇게 되지 않을 수 있었
는데…….”

“미안해요. 하지만 저는 지금 그리 못 가요. 다른 방법을 찾
아볼게요.”

나오미 황녀가 머뭇거리다가 마지막으로 말했다.

“미안해요, 케이.”

그 말을 마지막으로 거대한 수정구는 빛을 잃었다.

옆에서 장거리 통신용 마나를 공급하느라고 고생했던 마법
사가 파리해진 얼굴로 말했다.

“마법 통신이 끊어졌습니다. 저쪽에서 끊었습니다. 정상적
인 종료였습니다.”

들어온 소식은 그것만이 아니다. 피스 제국 황제의 사망 소
식도 들려왔다.

회의실에서 신성제국 황제가 슬픈 얼굴로 말했다.

“아까운 일이야. 그래도 괜찮은 황제였는데. 나보다는 못했
지만.”

케이는 탁자를 톡톡 두드리며 생각에 잠겨 있었다. 그가 작
게 중얼거렸다.

“너무 빨라.”

황제가 얼른 질문했다.

"뭐가 말인가?"

"지금 시점에서 황제를 죽일 거라면, 왜 여태까지 기다린 걸까요? 황제는 우리와의 전쟁을 일으킬 명분으로 쓸 거라고 생각했는데."

"용사 케이, 자네는 그럼 누군가 그 황제를 암살했다는 말인가?"

케이가 사람들을 둘러보았다. 사람들이 모두 케이의 대답만 기다렸다.

케이는 어이가 없었다.

"아니. 이렇게 명확한 상황을 모르겠어요? 누구기는 누구예요? 황태자죠. 황태자가 황제를 암살한 거라고요."

신성제국 황제는 믿고 싶지 않았다.

"설마. 그래도 자기 아버지를……."

"놈은 마신의 피를 처먹은 놈이라고요. 어차피 인간계를 멸망시키려는 놈인데, 그런 거 가리겠어요?"

"흐음. 그렇게 들으니 그럴 법도 하군."

"지금 중요한 건 그게 아니에요. 놈이 왜 이런 짓을 벌이고 있느냐가 중요하죠."

"이유가 뭘까?"

케이가 인상을 잔뜩 썼다.

"그놈은 지금 제국 세 개 중에 두 개를 먹었어요. 하지만 왕국은 하나둘씩 우리 정화 계획에 동참하고 있죠. 시간을 끌면 그만큼 우리 힘이 강해져요. 그래서 지금 움직인 것 같아요. 영향력을 행사하는 왕국들이 우리에게 넘어오기 전에 장악하려고.”

황제가 침을 꿀꺽 삼켰다.

“그래서 뭐를 하려고⋯⋯.”

케이가 조용히 대답했다.

“놈이 할 일이라면 한 가지밖에 없죠. 일단 정규군을 최대한 국경 지대에 배치하자고요.”

*　　　*　　　*

피스 제국에서는 황제의 장례식이 거창하게 치러졌다.

장례식의 주관은 고위신관이 맡았다. 황태자는 무척 슬픈 얼굴을 하고 있었다.

수많은 고위귀족, 그리고 그 가족들이 황태자의 주변에서 그를 위로했다. 장례식장의 손님 중에 귀족이 아닌 사람은 단 한 명뿐이었다.

바이올렛은 장례식장에서 황태자가 잡는 손을 차마 뿌리치지 못했다. 손을 놓아달라고 말하기에는 황태자의 얼굴이 너무 슬펐다.

그녀는 상대의 마음이 어떤 상태인지 알아보는 재능을 가지고 있었다. 하지만 황태자의 능력이 훨씬 더 강했다. 그녀는 황태자의 마음만은 전혀 알아볼 수 없었다.

평소에 남의 마음을 보는 능력에 의존하던 바가 컸기 때문에, 지금 그녀는 황태자에게 완벽하게 속고 있었다. 황태자의 슬픔이 거짓이라고는 상상도 하지 못했다.

오히려 그녀 자신도 황제의 죽음 때문에 슬펐다. 그걸 슬퍼하는 황태자를 보고 있으면 더 슬펐다.

'나까지 이러면 안 되지. 황태자 전하가 이렇게 슬퍼하시는데.'

그녀는 마음을 굳게 먹고 황태자의 곁에서 그를 위로했다.

"좋은 곳으로 가셨을 거예요."

황태자는 슬픈 얼굴로 바이올렛의 손을 꼭 잡으며 생각했다.

'이제 케이만 죽이면 돼.'

귀족들은 그 모습을 보고 조그맣게 수군거렸다.

"황태자 전하와 바이올렛 양의 사이가 보통이 아니지?"

"당연한 것 아닌가? 황태자 전하가 여자에게 저렇게 관심을 보이는 것은 본 적이 없다네."

"하지만 그녀는 평민이네. 후궁이라면 모를까 황후로는 부족하지."

"다른 사람도 아니고 황태자 전하가 그녀를 원하신다네. 황태자 전하는 역사상 가장 강력한 황제가 되실 분. 어느 귀족이 감히 그녀가 평민이라고 반대할 수 있을까?"

"하긴. 죽고 싶지 않다면 그럴 수 없겠지."

“여하튼 바이올렛 양이라면 나는 기쁜 마음으로 찬성하겠
네. 어쩐지 남 같지 않거든.”
“나도 그렇다네. 참 좋은 아가씨야. 내 딸이 좀 보고 배웠으
면 좋겠는데.”

장례식이 끝나고 나서 황태자는 곧바로 황제의 자리에 올랐
다.
그는 황제가 된 후에 고위귀족들을 모아놓고 말했다.
“아버지는 암살당하셨다.”
귀족들의 얼굴에서 핏기가 가셨다.
“그, 그럴 수가……”
“어느 놈이 감히!”
“당장 잡아서 죽여야 합니다!”
황제가 대답했다.
“범인은 케이다.”
이번에는 귀족들이 다른 의미에서 멈칫거렸다. 귀족 하나가
조심스럽게 질문했다.
“폐하, 혹시 신성제국에서 활동하는 신의 용사 케이를 말씀
하시는 겁니까?”
“그렇다. 바로 그 케이다.”
“하지만 폐하, 그는 신의 용사라 불릴 정도로 유명……”
“닥쳐라!”
황제의 호통 소리에 귀족이 즉시 입을 다물었다.

“그놈은 가짜 용사다. 더구나 그는 이미 브레이커 제국 황제를 죽였다. 이번에는 나의 아버지를 죽였구나. 내가 자식 된 도리로 어찌 그자를 용서할 수 있겠느냐?”

귀족들은 황제가 이미 마음을 굳혔음을 깨달았다.

“폐하, 신성제국에 요청해서 그를 잡아들이겠습니다.”

황제가 다시 호통을 쳤다.

“브레이커 제국에서는 요청하지 않았겠느냐? 신성제국 놈들이 그를 보호하고 있다. 그 죄 역시 용서할 수 없다. 아니, 애초에 신성제국 놈들이 그를 이용해서 아버지를 암살했겠지.”

귀족들의 얼굴이 다시 창백해졌다.

“서, 설마…….”

황제가 선언했다.

“전쟁이다. 놈들을 멸망시키겠다.”

귀족들이 즉시 반대했다.

“폐하, 그곳은 신성제국입니다.”

“다시 생각해 주십시오.”

“충분한 조사를 해보고 나서 전쟁을 해도 늦지 않습니다.”

황제가 기세를 와락 일으켰다.

“전쟁을 반대는 놈들이 있다면, 나에게 충성할 생각이 없다는 것으로 알고 그 목을 치겠다!”

이미 오래전부터 제국의 모든 권력은 황태자, 지금의 황제가 쥐고 있었다. 귀족들은 목덜미가 서늘해졌다.

귀족 하나가 조심스럽게 질문했다.

“폐하, 그러면 전쟁 시기는 언제쯤으로 생각하고 계시온
지…….”

“즉시.”

“예? 즉시라니 무슨 말씀이십니까?”

“즉시 정남방면군을 남쪽으로 진격시켜 놈들을 공격한다.”

피스 제국군 총사령관이 벌떡 일어섰다.

“폐, 폐하. 그쪽 부대들은 공격 전쟁을 위한 준비가 전혀 갖
추어져 있지 않습니다. 전쟁을 하기 위해서는 준비 시간이 필
요합니다.”

“아니, 나는 단 하루도 기다리고 싶지 않다. 정남방면군은
즉시 남쪽으로 진격해서 신성제국을 공격하라. 다른 방면군과
중앙군 역시 즉시 진격하라.”

“보급품이 턱없이 모자랍니다.”

“보급품은 브레이크 제국과의 전투에 사용되던 것을 빼서
보내면 된다.”

“그 작업을 하는 데도 시간이 필요합니다.”

“시간이 모자라는 만큼 더 노력해라.”

“그런 식으로 전쟁을 하면 이길 수가 없습니다. 피해가 너무
커집니다. 폐하, 다시 생각해 주십시오.”

황제가 총사령관을 쏘아보며 말했다.

“내 명령을 거부한 대가로 목을 내놓겠다는 뜻이냐? 네 목
으로는 단 하루의 시간도 벌지 못한다.”

총사령관이 목을 움츠렸다.

"죄, 죄송합니다. 즉시 정남방면군에게 진격 명령을 내리겠습니다."

황제가 다시 말했다.

"브레이커 제국이 우리와 뜻을 함께할 것이다. 그들도 케이라는 놈에게 같은 일을 당했으니까. 그리고 여러 왕국이 우리에게 군대를 보내 실질적으로 지지할 것이다."

귀족들의 얼굴이 조금 밝아졌다.

귀족 하나가 조심스럽게 의견을 제시했다.

"폐하, 두 제국이 힘을 합한다면, 그리고 여러 왕국군이 도와준다면 승리는 확실합니다. 그러니 조금만 준비를 할 시간을 주십시오. 준비만 갖춰진다면 신성제국을 빠른 시간 내에 멸망시킬 수 있습니다."

"싫다."

"폐, 폐하."

황제가 강한 어조로 선언했다.

"반대는 용납하지 않는다. 이 전쟁은 신성제국이 완전히 멸망할 때까지 멈추지 않는다. 전쟁은 시작되었다."

피스 제국에서 작전 회의를 마치고 나오면서 고위귀족들이 수군거렸다.

"전하, 아니, 폐하의 생각을 이해할 수 없군. 범인이 정말로 용사 케이라고 하더라도 갑자기 신성제국과의 전쟁이라니."

"전쟁을 시작하려면 준비해야 할 것이 얼마나 많은데. 정예 부대나 보급품은 대부분 브레이커 제국 전선 쪽으로 돌려져 있는데, 그나마도 소모된 것이 너무 많아. 이건 아니야. 이렇게 갑자기 시작하는 것은 너무 무모해. 이건 최악의 작전이라고. 처음 진격한 병사들은 잠깐의 교착상태에만 빠져도 다 굶어 죽을 거야.”

“그 명석하시던 분이 왜 이런 무모한 작전을 세우셨을까?”

“아무래도 폐하께서 돌아가신 것에 상심이 크셔서겠지. 하지만 이건 정말 큰일이군.”

“큰일이야. 정말 큰일이야. 준비없이 시작한 전쟁으로 신성제국을 멸망시키라니. 이대로 가면 틀림없이 장기전에 들어간다. 길고 지루한 전쟁이 될 거야.”

“그래도 설마 우리가 지기야 하겠나. 제국 두 개에 왕국 여러 개가 힘을 합쳐 공격하는데.”

＊　　　＊　　　＊

신성제국 수도 회의실은 병력을 모아 국경 지대에 재배치하는 작업을 처리하느라 바빴다. 명목상으론 황제가 그 일의 총책임자였다. 실제로는 군사 분야에 밝은 귀족들과 케이가 의논해서 일을 처리하고 있었다.

그 회의실에 연락을 담당하는 기사 하나가 뛰어들어 왔다.

“피스 제국이 쳐들어왔습니다!”

사람들의 안색이 굳었다.

케이가 소리쳤다.

"황제 이 미친놈. 어떻게 벌써 쳐들어와!"

상황을 전해 들은 후, 신성제국군 총사령관이 참혹한 마음에 소리쳤다.

"우리의 힘으로 두 제국을 막을 수는 없습니다. 거기다 여러 왕국이 놈들에게 군대를 보내고 있다니. 우리 힘이 너무 모자랍니다."

다른 귀족들도 아우성을 쳤다.

"평상시 제국 두 개의 정규군만 이백만 명입니다."

"두 제국은 그동안의 전쟁 과정에서 시민군을 잔뜩 징병했다고 들었습니다. 그 숫자가 얼마나 되는지 우리는 모릅니다."

"우리 혼자서는 절대로 못 막습니다."

황제도 덜덜 떨었다.

"요, 용사 케이. 뭔가 수단을 내주게. 그놈들이 쳐들어온다면 우리는 아마 단숨에 수도까지 내줄 거야. 이건 너무 일방적인 싸움이 될 거야. 여러 왕국군과 연합해도 상대할 수 없어."

케이는 황제를 무시하고 대신관을 쳐다보았다.

"대신관님, 마신의 피를 받은 놈의 목표가 뭘까요?"

대신관은 생각할 필요도 없다는 듯이 즉각 대답했다.

"당연히 인간계의 전멸이지. 신학에 의하면 마신은 언제나 인간계를 멸망시키려 한다고 알려져 있으니까. 놈이 드디어 일을 벌이기 시작했나 보군."

“그렇죠? 결국 한 가지 방법밖에 없는 건가.”

황제의 얼굴이 밝아졌다.

“용사 케이, 그게 무슨 소리인가? 뭔가 좋은 방법이 있는가? 역시 신의 용사로군.”

케이가 씁쓸한 표정으로 대답했다.

“황제를 제거해야지요. 이 모든 것은 피스 제국 황제가 저지르는 일. 그놈만 제거하면 방법이 생길 거예요.”

“그렇지. 용사 케이는 브레이커 제국에서 이미 황제를 암살했지. 그럼 이번에도 암살할 수 있겠군.”

“그게 문제예요.”

“응?”

“이번에는 암살이 불가능해요. 바보가 아니라면 브레이커 제국 황제가 죽는 꼴을 보고 경호를 게을리 할 리가 없어요.”

*　　　*　　　*

피스 제국 정남방면군 사령부에서는 작전 회의가 한창이었다.

사령관 카스타드 후작이 작전 지도를 확 던져 버리며 소리쳤다.

“젠장. 보급도, 정찰도, 부대 편성까지 뭐 하나 제대로 된 게 없잖아!”

그의 작전참모 리자크 백작이 지도를 주워 다시 탁자에 펼쳐 놓으며 말했다.

"하지만 어떻게든 이 지역을 점령해야 합니다. 그러지 못하면 적군에게 뒤통수를 맞게 됩니다."

"알아, 나도 알아. 리자크. 하지만 우리는 너무 급하게 쳐들어왔어. 준비없이 시작하는 전쟁은 이길 수가 없다고. 더구나 놈들의 방어가 꽤 견고해. 방법이 없어. 젠장."

리자크는 작전 지도 위에 작은 지도 한 장을 얹었다.

"사령관 각하, 이걸 보시겠습니까?"

"응? 이건 뭔가?"

"장거리 정찰대가 이 지역으로 들어가는 뒷길을 찾아냈습니다."

카스타드의 눈이 반짝였다.

"뒷길? 규모는?"

"군단 하나 정도는 적이 눈치 채지 못하게 움직일 수 있습니다."

카스타드는 조금 실망했다.

"하지만 거길 지키는 놈들은 군단 두 개다. 어떻게 점령하겠다는 거지?"

"그놈들을 끌어낼 유인책도 준비해 뒀습니다. 저를 믿으십시오, 사령관 각하."

카스타드의 얼굴이 밝아졌다. 그는 리자크의 어깨를 두드려 주며 말했다.

"믿지. 내가 다른 사람은 몰라도 자네만은 믿지. 자네는 동남, 서남, 그리고 우리 정남방면군을 통틀어서 가장 유능한 전술가 아닌가?”

“과찬이십니다.”

“성공했으면 좋겠군. 자네 작전대로 해서 여기를 점령하면 한숨 돌릴 수 있을 거야.”

“반드시 점령해야 합니다. 안 그러면 폐하의 명령을 수행하기 위해 도대체 얼마나 많은 우리 병사들이 죽을지 모릅니다.”

정남방면군 이십 개 군단 중에서도 꽤 정예 소리를 듣는 제사군단 오천여 명의 병사들이 우회 침투로를 빠른 속도로 이동하고 있었다.

군단 참모 하나가 군단장에게 말했다.

“백작님, 이번 작전을 성공하시면 정말 큰 공을 세우시게 되는 겁니다.”

“당연하지. 작전대로만 된다면 목표 지점에는 기껏해야 천인대 하나 정도 남아 있겠지. 쉬운 작전이야. 문제는 리자크 백작의 말대로 놈들이 다 유인되어 빠져나가느냐 하는 거겠지.”

“그래도 리자크 백작은 전술가로 이름 높은 자입니다. 어지간하면 성공하지 않겠습니까?”

“쳇. 나는 내 전술 능력이 그놈보다 못하다고 생각하지는 않는다. 단지 그놈은 줄을 잘 섰을 뿐이야.”

백작의 시기심을 눈치 챈 참모가 얼른 아부했다.

“당연한 일입니다. 이번 일은 리자크가 아니라 백작님의 지휘 능력으로 성공하는 것입니다. 곧 백작님의 명성이 쩌렁쩌렁하게 울릴 겁니다.”

“하하하. 이 친구. 세상 살 줄 아는군. 응? 저게 뭐지? 군단. 정지!”

빠르게 이동하던 군단이 갑자기 정지했다.

군단이 진행하던 길이 막혀 있었다. 나무들이 무너지고 바위가 쌓여 당장 지나가기 곤란하게 되어 있었다.

군단장이 불평했다.

“하필 지금 산사태라도 난 걸까? 조금 돌아가야 되겠군.”

그때 새로운 목소리가 들렸다.

“돌아갈 필요 없다.”

검을 든 십여 명이 나타나 제사군단을 막아섰다.

군단장은 일이 조금 틀어졌음을 깨달았다.

‘우리가 이쪽으로 가는 것을 적이 알면 이 작전은 실패다. 하지만 겨우 열 놈이라면 적의 매복이라고 보기는 힘들군. 이 놈들의 정체가 뭐지?

“정체를 밝혀라. 정체가 수상하면 즉시 목을 베겠다.”

열 명 중 하나가 대답했다.

“너희들이 부르는 이름으로, 마족이다.”

군단장의 얼굴이 딱딱하게 굳었다. 하지만 그는 빠르게 냉정을 회복했다.

‘이 정도라면 지지 않아.’

“마족 열 놈으로 우리 제사군단을 막겠다고? 모두 죽여주
마. 나의 명성을 높이는 제물이 되어라.”

마족 한 마리가 손을 들었다. 그와 함께 군단을 포위하는 형
태로 마족들이 기어나왔다. 그 숫자가 무려 백여 마리였다.

병사들의 얼굴이 창백해졌다.

“우, 우린 다 죽었다.”

마족이 명령했다.

“즐겨라!”

마족들이 일제히 달려들었다.

“으, 으아악!”

병사들이 창칼을 휘둘렀다. 마법사들은 마법을 발사했다.
기사들이 나서서 마족을 베었다. 그중에는 검기를 뿌리는 실
력 좋은 기사도 있었다.

하지만 마족의 상대는 되지 못했다. 마족에게 어정쩡한 부
상은 별로 타격이 되지 않는다. 목을 자르거나 심장을 파괴해
서 확실히 죽여야만 한다. 그러니 병사들이 쓸 수 있는 방법은
숫자로 밀어붙여 난도질하는 것뿐이다.

하지만 마족의 수가 너무 많았다. 포위당한 피스 제국 제사
군단은 전멸할 때까지 단 한 마리의 마족도 제대로 죽일 수 없
었다. 오히려 겁에 질린 병사들이 초반부터 도주를 시도하다
가 모조리 사냥당했다.

피스 제국 정남방면군 최고의 전술가인 리자크 백작은 유인

작전이 성공적으로 진행됐다는 보고를 듣고 직접 확인하기 위해 전장으로 말을 타고 달렸다.

그에게는 기사 열 명과 기병 백 명이 따라붙었다. 경호 병력으로는 충분한 숫자였다.

리자크가 갑자기 말고삐를 잡아당겼다. 몇 명이 서서 길을 막고 있었다.

"누구냐!"

리자크는 소리를 치면서도 머리를 빠르게 굴렸다.

'숫자는 열 명. 내 기사들의 실력도 만만치는 않고 병사들은 정예. 겨우 열 명으로 습격하는 것은 바보짓이다. 그렇다면?'

리자크가 재빨리 주변을 훑어보았다. 그러나 주변에는 추가 매복이 가능한 지형이 없었다.

조금 여유를 찾은 리자크가 말했다.

"나를 막아선 것은 이유가 있어서겠지. 잠깐의 시간을 줄 테니 말해보아라."

길을 막아선 자가 말했다.

"당신 유능하다더군."

"고맙군."

"그래서 죽어줘야겠어."

그 소리에 리자크의 경호 부대가 일제히 검을 뽑았다.

"암살자다!"

"백작님을 보호해라!"

경호 부대에게 둘러싸인 리자크가 질문했다.

"암살 길드냐? 정체를 밝혀라."

막아선 자가 차가운 얼굴로 말했다.

"너희들이 부르는 이름으로, 마족이다."

모든 사람들의 얼굴에서 핏기가 사라졌다.

마족이 외쳤다.

"사냥 시간이다!"

다른 아홉 마리의 마족이 즉시 경호 부대를 향해 달려들었다.

기사들이 검기를 뿌리며 마족들을 상대하고 경호 부대가 미친 듯이 검을 휘둘렀다. 말들이 마족의 마기에 겁을 먹고 날뛰었고 곳곳에서 사람들이 몸이 쪼개지며 피가 뿜어졌다.

병사 몇 명이 말을 달려 마족 한 마리를 덮어버렸다. 마족은 그 즉시 검을 휘둘러 달려드는 병사와 말들을 모조리 쪼개놓았다. 피가 공간을 가득 채웠다.

그 피를 뚫고 기사 한 명이 튀어나왔다. 그는 마족이 미처 반응하기 전에 검기가 깃든 검을 뻗었다.

질긴 마족의 목도 검기 앞에서는 버틸 수 없었다. 칼날이 마족의 목을 단숨에 잘라 버렸다. 마족의 목이 공중으로 솟아올랐다.

하지만 거기까지가 한계였다. 곧바로 다른 마족이 그 기사의 등에 달라붙어 목을 잘랐다.

마족들은 흔적이 남는 흑마법을 아낌없이 사용했다. 마기를 직접 날려 공격하는 짓도 마다하지 않았다.

열 마리의 마족을 기사 열 명과 병사 백 명으로 막는 것은 무리였다.

백여 명의 경호 부대는 순식간에 몰살당했다.

그 대가에 한 마리의 마족이 완전히 죽었고 나머지 마족들도 크고 작은 상처를 잔뜩 입고 있었다. 그러나 인간 쪽에 살아남은 것은 리자크가 유일했다. 그가 검을 들고 마족들을 겨누고 있었다.

처음 나섰던 마족이 피해 정도를 가늠하더니 말했다.

"대단하군. 겨우 이 정도 숫자의 인간으로 우리에게 이만한 피해를 입히다니. 직접 훈련시켰나?"

"물론이다, 이 마족 새끼야!"

"그렇군. 역시 살려뒀다면 큰 방해가 됐을 인간이야."

"무슨 소리냐?"

"네가 살아 있으면 정남방면군이 신성제국으로 너무 빨리 쳐들어갈 거라는 소리지. 너는 너무 유능해. 그래서 그만 죽어 줘야겠다."

리자크의 머리가 빠르게 돌았다.

'나를 제거하면 신성제국에 유리하다. 도대체 왜 마족이 신성제국 편에서 싸우는 거지?

그의 머릿속에 새로운 가정이 하나 떠올랐다.

'설마?

리자크가 검을 꽉 잡고 소리쳤다.

"이 마족 새끼들. 더러운 계략을 꾸미고 있구나!"

마족이 피식 웃으며 말했다.

"인간. 너는 잘못 알고 있구나."

"뭘 잘못 알아?"

"이 더러운 계략을 꾸민 자는 인간이다. 아주 무서운 인간이지."

"무, 무슨……."

리자크는 끝내 대답을 얻지 못했다. 마족들이 일제히 리자크에게 달려들어 그의 몸을 찢어발겼다. 그의 몸은 형체도 제대로 알아보지 못할 정도로 산산조각났다.

리자크의 머리만이 죽어서도 눈을 부릅뜨고 마족들을 노려보았다.

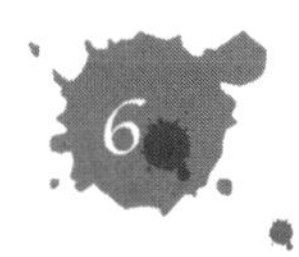

신성제국 황궁으로 전황 보고가 속속 들어왔다.

"긴급 투입된 중앙군 제칠군단이 적의 공격을 성공적으로 막아냈습니다."

"정북방면군 제오군단이 궤멸됐습니다. 하지만 제육군단이 늦지 않게 도착해서 방어선을 지켜냈습니다. 현재 치열한 교전 상태입니다."

"서북방면군이 브레이커 제국군의 공격을 받고 있습니다. 하지만 정서방면군의 지원군이 곧 도착할 예정입니다."

황제가 한숨 돌린 얼굴로 말했다.

"휴우. 그래도 성공적으로 방어하고 있군."

총사령관이 얼른 말했다.

"그렇습니다, 폐하. 적의 공격을 미리 예상하고 후방의 여러 군단을 사전에 국경 쪽으로 보낸 덕분입니다."

"그렇지. 그래서지. 용사 케이 덕분에 막아낼 수 있었어."

"우리와 뜻을 같이하는 각 왕국에서 지원군을 보내주고 있습니다. 조금만 더 버티면 우리가 이길 수 있습니다."

황제가 케이에게 다가와 그의 손을 덥석 잡으며 말했다.

"용사 케이, 이게 다 자네 덕분이네."

케이는 손을 뺐다. 그는 고민에 빠진 모습이었다.

황제가 질문했다.

"왜 그러는가? 적의 공격을 막아냈다는 말일세."

"그게 이상해서 그래요."

"이상하다니?"

"왜 막아낼 수 있는 거죠? 당연히 쭉쭉 밀려야 되는데."

귀족 하나가 호통을 쳤다.

"케이, 아무리 용사라지만 못하는 소리가 없군. 그럼 우리가 전쟁에서 져야 한다는 건가? 에이. 이래서 평민은 안 된다니까."

케이의 안면 근육에서 살짝 경련이 일어났다.

"너 누구냐?"

케이는 자기가 용사임을 내세워 사람들을 깔아뭉개고 다니지 않는다. 일부 귀족들은 그걸 보고 케이를 만만하게 보았다.

귀족이 호통을 쳤다.

"평민이 죽고 싶어 환장한 것이냐? 나는 소라크 백작이다!"

“백작이나 된 새끼가 전쟁에 대해서 아는 게 평민보다 없어? 작위가 아까우니까 그냥 나가죽어라. 이 백작 새끼야.”

소라크의 얼굴이 붉어졌다. 그는 검을 잡으며 소리쳤다.

“무례한 놈. 죽여 버리겠다!”

케이가 차갑게 웃으며 말했다.

“용사의 이름을 걸고 약속하지. 그거 뽑으면 너 내 손에 죽어.”

소라크는 그 소리를 듣자 심장이 철렁했다.

‘용사 케이는 적군도 살려줄 만큼 물러 터진 자인 줄 알았는데?

지금 상황에서 용사 케이가 백작 하나 죽였다고 해서 문제 삼을 사람은 없다.

‘용사와 싸우면 내가 마족이란 누명을 쓸 거야. 그것도 내가 용사의 칼에 맞아 죽은 후에.’

백작이 얼른 검에서 손을 놓았다. 그의 손이 달달 떨렸다.

분위기가 나빠지자 황제가 케이를 달랬다.

“용사 케이, 진정하게. 소라크 백작, 네놈은 당장 꺼지지 않고 뭐 하는 게냐! 가서 반성하고 있어!”

소라크 백작이 쫓겨나고 나자 총사령관이 케이에게 질문했다.

“용사 케이님, 설명을 좀 부탁드립니다.”

케이가 조금 더 생각을 했다. 그가 고민을 하면 할수록 기억 저 아래에 가라앉아 있던 고대인의 전술이 조금씩 떠올랐다.

그것은 마족들을 물리친 고대인들이 쓴 전술들이었다.

그 흐릿하게 떠오르는 기억들이 곧바로 싸움에 적용되는 경우는 많지 않다. 하지만 그렇게 생각나는 다양한 지식들은 지금까지 케이의 사고력 향상에 많은 도움을 주어왔다. 특히 전술적 판단력에 큰 도움이 되었다.

마침내 생각을 끝낸 그는 작전도 위에 각 부대 배치들을 손으로 가리키며 말했다.

"여기는 밀렸어야 하는 지역이에요. 단지 시간만 벌고 후퇴해야 하는 곳이었다고요. 하지만 성공적으로 막아냈지요."

"그들이 그만큼 열심히 싸웠다는 뜻 아니겠습니까?"

"그거야 당연한데, 열심히 싸우는 건 피스 제국군도 마찬가지거든요."

"그런 말을……."

"여기 한군데가 아니에요. 여기도, 여기도, 그리고 여기도. 부대가 전멸하는 경우는 있어도 전선이 일방적으로 밀려나는 경우는 없어요. 도대체 왜?"

총사령관이 나름대로 타당하다 생각되는 이유를 댔다.

"놈들은 아무 준비도 없이 전쟁을 시작했습니다. 아무리 놈들의 숫자가 더 많다고 해도 수비군인 우리를 밀어붙이기 어려웠을 겁니다."

케이가 고개를 흔들었다.

"그렇겠죠. 그런데 우리 쪽 군대 배치에는 구멍이 제법 많았어요. 저쪽 전술가들이 모두 돌대가리가 아닌 이상 적어도 한

두 군데는 뚫렸어야 해요. 그리고 제가 피스 제국군과 함께 싸워본 경험에 의하면."

케이는 피스 제국과 브레이커 제국 사이의 전쟁에 참여해 폭풍의 케이라는 명성을 얻었다. 그렇게 오래전도 아닌 일이다. 사람들이 그 사실을 기억해 내고 침을 꿀꺽 삼켰다.

'용사 케이에게는 피스 제국 군대가 적이 아니다.'

케이는 사람들이 뭐라고 생각하든 신경 쓰지 않고 말을 계속했다.

"그 사람들은 절대로 돌대가리가 아니에요. 오히려 아주 우수한 군대죠. 따라서!"

케이가 작전 지도를 손바닥으로 턱 짚었다.

"지금처럼 전선이 완벽하게 교착되는 건 정상이 아니에요. 여기에는 뭔가 음모가 있어요."

케이는 신의 용사라고 알려져 있다. 여기 있는 사람들 중에 그 사실을 믿지 않는 것은 케이 자신뿐이다.

사람들이 생각했다.

'신의 용사가 설마 마신 편이라는 피스 제국 황제를 위해서 싸우지는 않겠지.'

"어떤 음모를 말씀하시는지요?"

케이가 아쉬운 얼굴로 말했다.

"모르겠어요. 도대체 뭘 생각하는 걸까? 왜 안 쳐들어오는 걸까?"

*   *   *

바이올렛이 피스 제국 황제에게 말했다.

"말도 안 돼요. 케이 씨가 마족과 손을 잡았다니요? 그는 신성용병이잖아요?"

황제가 바이올렛의 손을 꼭 잡아주며 말했다.

"바이올렛, 증거가 명확해. 신성제국으로 쳐들어간 우리 군대, 마족의 습격을 받았어."

"예?"

"마족들이 신성제국 편에 서서 우리를 공격하고 있어. 그것 때문에 내 군사들이 무척 많이 죽었지. 몇만, 몇십 만이 죽어나가고 있어."

바이올렛이 파르르 떨었다.

"그, 그렇게 많은 사람들이……."

"이대로 가면 몇백만 명이 죽어도 끝나지 않겠지. 바로 케이가 마족들을 보내서 내 군사들을 죽이고 있으니까."

바이올렛의 눈에 눈물이 맺혔다.

"하지만 케이 씨는, 신성용병이라고 불리던 사람이에요. 여기, 폐하의 제국에서 싸웠잖아요."

"음모였지. 모든 것은 그놈의 음모야."

바이올렛은 믿고 싶지 않았다.

"아시잖아요. 저는 다른 사람의 마음을 읽을 수 있어요. 생각은 몰라도, 어떤 마음인지는 읽을 수 있어요. 그리고 케이 씨는 따뜻한 마음씨를 가진 사람이에요. 제가 읽었어요.”

황제가 부드러운 미소를 지으며 말했다.

“바이올렛, 바이올렛은 내 마음을 읽지 못하지. 나에게 그런 능력이 있으니까. 케이 그자도 그런 능력이 있는 거야.”

“마음을 못 읽게 하는 능력요?”

“아니. 더 나쁘지. 그는 마족에게 힘을 얻었어. 나는 솔직한 사람이라 다른 마음을 보여줄 수 없어. 가리는 것이 고작이야. 하지만 그자는 마족에게 힘을 얻어 거짓 마음을 보여줄 수 있어. 그는 거짓된 자니까. 마족과 손을 잡고 마신을 숭배하는 자니까.”

이제 바이올렛의 눈에서 눈물이 똑 떨어졌다.

“하지만 그는…….”

황제가 바이올렛을 자기 어깨에 기대게 하며 말했다.

“바이올렛이 그자에게 속은 거야. 이번 일은 증거가 너무 명확해서 누구도 의심할 수 없어.”

황제는 그녀의 어깨를 토닥였다. 그와 동시에 그녀의 생각을 읽었다. 바이올렛이 자신의 품에서 누구 생각을 하는지 읽은 그는 속으로 혀를 찼다.

‘쳇. 세상을 멸망시키는 것보다 이 여자 마음 얻기가 더 힘들군. 하지만 케이만 죽으면 그 다음부터는 좀 쉬워질 거야.’

*   *   *

신성제국도 뒤집어졌다.

케이가 소리쳤다.

"네에? 마족들이 피스와 브레이커 제국군을 습격해요?"

귀족 하나가 놀란 눈을 동그랗게 뜨고 보고했다.

"저도 믿기지 않습니다. 하지만 곳곳에서 정황 증거가 드러나고 있습니다. 우리의 뒤를 습격하는 적군이 마족들에게 공격당하는 일이 자주 일어나고 있습니다. 적의 요인 암살도 이어지고 있습니다."

"확실해요?"

"그런 전투가 벌어진 곳에서는 잔류 마기가 감지되고 있습니다. 의심할 여지가 없습니다."

"그럼 전선이 유지되고 있는 이유가……."

"그렇습니다. 마족들이 저들을 공격하기 때문입니다."

케이가 사람들을 둘러보았다. 모두 믿어지지 않는다는 얼굴이었다.

황제가 조심스럽게 물었다.

"용사 케이, 이게 어떻게 된 일인가?"

케이가 이를 갈았다.

"으드득. 함정이에요."

"함정?"

"우리는 신의 군대. 다들 그렇게 믿고 피스와 브레이커 제국군과 싸우고 있어요. 하지만 그게 무너지면 어떻게 되겠어요? 젠장. 신뢰가 무너지는 거라고요."

"아군의 사기가 땅에 떨어지겠군."

"반대로 저들은 사기가 솟겠지요. 그들은 못내 불안한 마음이었을 테니까요. 이제 자기들이 정의라고 믿기 시작하면 얼마나 사기가 솟겠어요?"

성녀 데이지가 놀란 얼굴로 말했다.

"하지만 케이, 마족들에게 죽은 적군이 몇만 명이라면서요?"

"그 정도가 아니죠. 작전 실패로 인해서 추가로 죽은 양쪽 제국군까지 합치면 십만 명 이상이 죽었어요. 어쩌면 더 많을지도 몰라요."

"그런 엄청난 숫자의 아군을 죽여가면서까지 함정을 파다니요? 어떻게 그런 말을 믿겠어요?"

"못 믿겠죠? 맞아요. 그래서 다른 사람들도 못 믿을 거예요. 그걸 노린 거죠."

"그, 그런 말도 안 되는……."

"피스 황제 이 개새끼. 날 완벽한 함정에 빠뜨리려고 자기 부하 십만 명 이상을 죽인 거예요. 이 함정은 빠져나갈 수 없어요."

*　　　*　　　*

전쟁이 새로운 양상으로 흐르기 시작했다.
전선은 여전히 교착상태였다.

대신에 후방에서 소란스러운 일들이 일어났다.

수천 명의 사람들이 한곳에 모여 있었다. 그리고 한 명이 높은 곳에 올라가 소리를 질러댔다.

“그가 정말 용사인지 우리가 어떻게 믿는단 말인가? 그는 마신이 우리 인간을 죽이기 위해서 보낸 자가 틀림없다!”

군중들 사이에서 커다란 대답 소리들이 터져 나왔다.

“옳소!”

“그는 거짓된 자요!”

선동자가 다시 외쳤다.

“신전에서는 마신이 대적자를 보냈다 한다. 케이라는 자는 대적자가 바로 피스 제국 황제라고 주장한다. 그 말 하나만 믿고 우리는 피를 흘리고 있다. 그의 말 하나만 믿고. 모두 그의 말을 믿을 수 있는가?”

“믿을 수 없다!”

“지금 일어난 일을 보라. 그는 모든 전쟁에 있었다. 브레이커 제국과 피스 제국 사이의 전쟁에도 그가 있었다. 우리 제국의 내전도 그 때문에 일어났었다. 그리고 이제 그가 두 개의 제국과 전쟁을 일으켰다. 누가 대적자인가?”

“케이가 대적자다!”

“누가 마신의 개인가?”

“케이가 마신의 개다!”

이제 군중들은 폭동이라도 일으킬 태세였다.

높은 여자의 목소리가 군중들을 뒤덮었다.

"여러분!"

데이지였다. 마법의 힘을 이용해 퍼뜨린 그녀의 목소리는 사람들에게 확실히 전달되었다.

"저는 성녀 데이지예요."

사람들이 웅성거렸다.

"천신의 신전에 있는 데이지 성녀다."

데이지는 사람들의 관심을 끌어들인 것을 확인한 후 말을 시작했다.

"그가 신의 용사임은 여러 신전에서 확인한 일이에요. 그를 의심하는 것은 옳지 않아요."

반대편에서 선동자가 소리를 질렀다.

"신전은 썩었다. 신관은 무능력하다. 너희들은 마신에게 속고 있으면서 그것을 알지 못한다!"

데이지도 맞받아쳤다.

"당신보다는 덜 썩었어요! 당신은 누가 시켜서 이런 짓을 하는 건가요? 귀족인가요?"

"귀족이라니. 나를 모함하는 것이냐?"

"나는 성녀예요. 성녀의 성스러운 감각으로 느껴보니, 당신은 귀족에게 돈을 먹었군요. 어느 귀족 돈을 먹었는지 조사하면 다 나와요!"

선동자가 움찔거렸다. 그는 조금 작아진 목소리로 말했다.

"나는 돈을 먹지 않았다."

"흥. 그러면 보석을 먹었나 보네요."

그 소리를 들은 선동자가 슬금슬금 군중 속으로 숨어들었
다.
데이지가 군중들에게 외쳤다.
"여러분! 우리가 신의 군대예요. 걱정하지 마시고 우리를 믿
어주세요!"

군중들이 어찌어찌 해산되고 나서 데이지가 한숨을 쉬었다.
"휴우. 힘들다."
에이미가 얼른 다가와 손수건을 내밀었다.
"언니, 땀 닦아요."
"고마워."
"그런데 언니, 이거 언제 끝날까요?"
"나도 모르겠네. 지난 내전에서 케이에게 당했던 귀족들이
선동자들의 뒤를 밀어주고 있어. 민중을 선동하는 데 거금이
들어갔으니 무마시키기가 쉽지 않아."
"하긴. 오늘 벌써 몇 번째인지 모르잖아요?"
"수도만 해도 여러 번인데, 한두 군데에서 이런 일이 일어나
는 게 아니잖아. 신성제국은 물론이고 여러 왕국에서도 같은
일이 벌어지고 있어."

케이에게는 좀 더 급한 문제들이 닥쳐 있었다. 그를 포함한
사람들이 인상을 잔뜩 쓰고 앉아 있는 상황에서 군대의 전술
가 한 명이 상황을 보고하고 있었다.

"따라서 현재 우리를 지지하는 왕국 중 일곱 곳이 타국의 침략을 받았습니다. 공격해 온 곳은 모두 피스, 또는 브레이커 제국을 지지하는 곳입니다."

황제가 놀라서 말했다.

"일곱 곳이나?"

케이가 질문했다.

"추가로 전쟁이 터질 것으로 예상되는 곳은 얼마나 돼요?"

"적을 지지하는 나라들과 국경이 맞닿아 있는 모든 왕국입니다. 죄송합니다. 적을 지지하는 왕국의 수가 우리 편보다 더 많습니다."

"오펜스님이 미안할 필요는 없어요. 젠장. 이대로 가면 인간계에 존재하는 왕국의 태반이 전쟁 상태에 들어간다는 거네요?"

"그렇습니다. 그다지 오래 걸리지도 않을 것으로 예상됩니다."

총사령관은 이 사태를 이해할 수 없었다.

"도대체 왜 이러는 건지 모르겠습니다. 이건 전술적으로 볼 때 좋은 작전이 아닙니다. 우리만 부수고 나면 나머지 왕국들은 쉽게 항복할 텐데 왜 전선을 무리하게 확장하는 건지… 이리면 피해만 커질 텐데."

다른 전술가가 의견을 냈다.

"단번에 끝을 보려는 것 같습니다. 혹시 놈에게는 시간 제약이 있는 것이 아닐까요?"

대신관도 말했다.

"대적자는 어차피 인간이 얼마나 죽더라도 상관하지 않을 자입니다. 그를 인간과 같은 기준으로 판단해서는 안 됩니다."

황제가 말했다.

"그럼 이 사태를 어떻게 해결해야 할까? 용사 케이, 뭔가 좋은 수가 없는가?"

사람들은 모두 그의 입만 쳐다보고 있었다.

그 눈길을 느낀 케이가 고민하는 것을 중지하고 대답했다.

"차라리 이걸 기회로 삼아야지요. 이 모든 사태의 원인을 없애 버리겠어요."

황제가 놀라서 말했다.

"설마 대적자를 제거한다는 뜻인가?"

"그 수밖에 없어요. 이대로는 전쟁에서 이겨도 너무 많은 사람이 죽어요."

"용사 케이, 그자는 암살이 불가능하다고 하지 않았는가?"

"불가능하죠. 어림도 없죠. 그놈 주변에 깔린 병력이 얼마나 많을 텐데, 그리고 그놈의 실력도 대단한데 이런 상황에서 어떻게 암살을 해요?"

"그런데 어떻게 그를 없앤다는 건가?"

"암살은 못해요. 하지만 못 죽이는 건 아니죠. 치러야 하는 대가가 너무 엄청나서 그렇지."

케이는 데이지의 집에서 조용히 술을 마셨다. 데이지는 소요 사태를 진정시키러 나가고 집 안에는 에이미뿐이었다.

케이의 표정이 좋지 않은 것을 본 에이미가 조심스럽게 물었다.

"오빠, 왜 그래? 안색이 나빠."

케이가 술잔을 내려놓았다.

"에이미, 너라면 어떻게 하겠니?"

"뭘?"

"백 명을 살리기 위해서 열 명을 죽이는 것. 너는 어떻게 생각하니?"

험한 곳에서 살아온 에이미가 즉시 대답했다.

"어떻게 하기는? 당연히 백 명이 살아야지."

"그 열 명이 우리 편이라면?"

"그럼 백 명이 나쁜 편이야?"

"백 명이 누구 편인지는 중요한 것이 아니야. 모두 죄없는 사람들이거든."

에이미가 즉시 대답하지 못했다. 그녀는 골똘히 생각하다가 말했다.

"우웅. 어려워."

케이가 에이미의 머리를 쓰다듬었다.

"그래. 어렵지. 이건 정말 너무 어려워."

에이미가 케이에게 달라붙어서 말했다.

"꼭 누군가가 죽어야 해?"

케이가 한 팔을 뻗어 에이미의 어깨를 꼭 안아주었다.

“안 그러면 다 죽으니까.”

＊　　　＊　　　＊

신성제국을 공격하는 것은 피스 제국만이 아니다. 브레이커 제국군 역시 신성제국과 전투 중이었다.

브레이커 제국 중앙군 소속 제십삼군단이 피스 제국과의 국경을 향해서 이동하고 있었다.

군단장 포노 백작이 부관에게 질문했다.

“얼마나 남았지?”

“예. 이제 하루만 더 가시면 동남방면군과 만날 수 있습니다.”

“동남방면군이 아직도 멀쩡히 남아 있나?”

“아닙니다. 이미 동남방면군 소속의 많은 부대가 전투에 패해 큰 손실을 입었습니다.”

“흥. 지방군은 그래서 안 되는 거야. 어떻게 신성제국 군대 따위에게 패하는지 원.”

“하지만 군단장 각하, 마족들 때문에 피해가 커졌잖습니까?”

“마족이 나와봐야 몇 마리나 나왔다고? 우리는 신관을 모셔 왔으니 마족 따위는 문제가 되지 않아.”

“그렇습니다. 군단장님께서 우리 군단을 이끌고 가시면 전세는 즉시 바뀔 겁니다.”

“하하하. 이 친구. 아부하고는. 하지만 내 십삼군단은 중앙군. 지방군과는 질적으로 다르지.”

“다 군단장님께서 잘 훈련시키셨기 때문입니다.”

“그런 의미에서 조금 서둘러서 전진해 볼까?”

“즉시 행군 속도를 올리겠습니… 허억!”

부관이 기겁을 하며 몸을 비틀었다. 그의 바로 코앞을 화살이 스치고 지나갔다.

군단장이 놀라서 소리쳤다.

“암살자다! 즉시 찾아내서 죽여 버렷!”

그의 명령이 무색하게 숲에서 화살이 비처럼 제십삼군단을 향해 날아왔다.

“커억!”

“으아악!”

순식간에 백여 명이 화살 밥으로 사라졌다. 그리고 그 뒤로 마법 공격이 시작되었다.

애로우 계열 마법 몇 개가 군단장과 천인대장을 향해 날아왔다.

부관이 소리 질렀다.

“마법 저격이다!”

애로우 마법은 화살보다 더 빠르고 훨씬 정확하며 아주 멀리 날아간다. 저격에는 그만이다.

군단장이 즉시 검을 휘둘러 자신에게 날아오는 매직 애로우를 쳐냈다. 천인대장들도 마찬가지였다. 애로우 마법의 위력은 그렇게 높지 않았다.

하지만 한 명의 천인대장은 뒤에서 날아오는 파이어 애로우 한 발을 미처 보지 못했다. 파이어 애로우가 천인대장의 등에 정통으로 명중하며 폭발했다. 폭발력에 천인대장이 말 위에서 튕겨 나가 비명을 지르며 땅바닥으로 떨어졌다.

"으아악! 컥!"

천인대장은 거꾸로 떨어졌다. 그는 실력 좋은 기사였지만 마법의 충격을 벗어나지 못한 상태였다. 그는 결국 무방비 상태로 머리부터 바닥에 부딪치며 목이 부러졌다.

군단장 포노 백작이 소리 질렀다.

"대형을 갖추고 적을 찾아라. 우리는 군단이다. 매복한 놈들은 찾아서 쓸어버리면 그만이야!"

그의 말이 신호라도 되는 듯 숲에서 병사들이 몰려나오기 시작했다.

포노 백작은 그 병사들 중 하나가 든 깃발을 보고 얼굴이 딱딱하게 굳었다.

"아이즈 왕국군? 일개 왕국군이 왜 우리 제국에……."

부관이 비명에 가까운 소리를 질렀다.

"군단장 각하, 놈들의 숫자가 우리의 두 배입니다!"

포노 역시 당황하고 있었다.

'매복에 당한 데다가 적의 숫자는 군단 두 개. 버틸 수 없다. 포위되기 전에 빠져야 한다.'

"대열을 유지하며 후퇴하라!"

포노 백작의 명령에 따라 브레이커 제국 중앙군 제십삼군단
은 빠른 속도로 후퇴하기 시작했다.

전쟁터에서 가장 처부수기 좋은 것이 바로 후퇴하는 군대
다. 포노 백작의 빠른 판단으로 포위당하는 것은 면했지만 그
렇다고 해서 상황이 좋아진 것은 아니다.

아이즈 왕국에서 신성제국에 보내준 지원군 일만여 명이 제
국군 십삼군단을 미친 듯이 추격하며 학살하기 시작했다.

이 전투로 십삼군단은 이천여 명의 병력 손실을 입었다. 완
전히 일방적인 패배였다.

*   *   *

피스 제국 황제는 친위군단들을 잔뜩 거느리고 전선의 후방
에 있었다. 황제에게 전황 보고가 속속 들어갔다.

"현재 브레이커 제국군이 밀리고 있습니다."

황제가 느긋한 표정으로 말했다.

"밀려? 신성제국군에게?"

"그렇습니다."

"브레이커 놈들이 왜 밀려?"

"현재 브레이커 제국군의 병력 동원은 시간이 다소 소요되
고 있습니다. 나오미 황녀 측의 방해 공작 때문입니다."

"그거야 시간이 지나면 결국 해결되는 문제지."

"그렇습니다. 하지만 지금 당장 그쪽 전선에 병력 부족 문제

가 발생하고 있습니다."

황제도 그 사실을 알고 있다. 그러나 그는 그 문제를 별로 걱정하지 않았다. 오히려 느긋하게 말했다.

"그래서 약해진 틈에 신성제국 놈들이 치고 들어왔다? 순순히 전선이 뚫리던가?"

"전선의 각 부대 사이에 군단급이 움직일 만한 통로가 있었습니다. 그곳을 이용해서 신성제국 쪽의 군단들이 침입, 브레이커 군의 후방을 때렸습니다."

"호오. 말로는 쉬워도 제법 힘든 전술이었을 텐데. 신성제국에는 괜찮은 전술가가 많은 모양이군. 그런데 신성제국에 그만한 여유 병력이 있던가?"

"조사 결과, 그들은 신성제국 직속이 아니라 각 왕국의 군대로 밝혀졌습니다."

"왕국?"

"신성제국을 지지하는 왕국 중에서 다섯 곳의 군대가 이번 습격에 참여했습니다."

"후후후. 그놈들이 아직 여유가 있나 보군. 자기네 발등의 불을 끄기도 힘들 텐데 신성제국에 군대를 보내다니."

전술가들이 즉시 제의했다.

"보복으로 그 왕국들을 먼저 쳐부숴야 합니다."

"그렇습니다. 우리는 시민군단이 넘치도록 있습니다. 그걸 보내서 왕국을 뭉개는 것이 좋습니다."

황제가 웃었다.

"아니. 그러지 않겠다."

"폐, 폐하. 왜……."

"놈들이 습격해 왔다는 곳을 확인해 봐라. 아마 우리 제국으로 우회가 가능한 곳일 거다. 즉, 거기서 브레이커 제국군을 물리치고 나면 놈들은 우리 뒤쪽으로 우회가 가능해진다."

전술가들 중 실력 좋은 일부는 이미 그렇게 짐작하고 있었다. 그들은 즉시 준비된 지도를 펼쳐 놓았다.

"맞습니다."

"폐하의 능력은 정말 대단하십니다. 맞습니다. 이건 놈들이 우회 공격을 하기 위해 벌이는 수작입니다."

황제가 명령했다.

"그러니 브레이커 제국군에게 구멍이 나면 우리가 곤란하지. 모아둔 시민군단들을 전부 브레이커 제국 쪽으로 보내라. 그쪽 전선을 틀어막아."

다른 전술가 한 명이 조심스럽게 말했다.

"하지만 폐하, 그쪽을 시민군단 위주로 막게 하시면… 피해가 대단히 커질 수 있습니다. 시민군단들은 훈련을 거의 받지 못해 전투력이 무척 약합니다."

"상관없다. 전쟁터에서는 쓸 수 있는 것은 전부 동원해야 하는 법. 이건 명령이다. 시민군단들이 도착하는 대로 전부 그쪽으로 보내!'

황제의 명령은 무섭다. 더구나 그는 권력을 한 손에 쥐고 있는 강력한 황제다.

전술가들 대신에 고위귀족들이 즉시 대답했다.

"명을 받들겠습니다, 폐하."

*　　　*　　　*

세 제국 사이에는 첩자들이 잔뜩 활동하고 있다. 피스 제국
군의 병력 이동은 즉시 신성제국에게 보고되었다.

신성제국군 사령부에서는 계속해서 들어오는 보고들을 정
리하여 지도에 표시하기 바빴다.

마침내 대충의 결과가 나오자 총사령관이 말했다.

"폐하, 놈들이 예상대로 움직이고 있습니다. 예비 병력의 대
부분을 브레이커 제국으로 이동시키고 있습니다."

황제의 얼굴이 밝아졌다.

"좋아. 좋아."

사령부에 있던 다른 귀족들의 얼굴도 밝아졌다.

황제가 말했다.

"그럼 우리는 다음 작전대로 하면 되겠군. 그런데 용사 케이
는 어디 있는가?"

"며칠 전부터 기밀실에 박혀서 새 작전을 준비하고 있습니
다."

"아, 그렇지. 잠깐 나와서 이 기쁜 소식을 듣고 조언을 좀 해
달라고 하게."

"하지만 폐하, 아시다시피 첩자들이 너무 많이 돌아다니고

있습니다. 이 작전은 기밀 유지가 핵심입니다. 용사 케이는 기밀 유지를 위해서 주요 전술가들과 함께 그곳에 들어가 토의하고 있습니다. 거기서 나오게 하는 것은……."

"알았네. 다 나를 위해서 그 고생을 하는 건데 내가 방해할 수는 없지. 하지만 이걸 알리기는 해야 하지 않은가? 다음 작전을 다듬으려면 현재 진행 상태를 알아야지."

"그럼 폐하, 저와 함께 기밀실로 가시겠습니까?"

"그러지. 내가 갔다 올 테니 회의는 잠시 중지하게."

신성제국에서 삼십만 대군이 새롭게 동원되었다. 신성제국 각 방면군에서 여유 병력을 박박 긁어 모으고, 중앙군의 상당수를 아낌없이 투입했다. 이 작전에는 각 귀족들이 거느리고 있던 사병들도 상당수 투입되었다.

성기사 로이드를 포함한 대마족대응군 상당수가 이번 작전에 참여했다. 그들은 만약에 마족이 공격해 오면 정규군을 도와 그것들을 퇴치하는 임무를 맡고 있었다.

그리고 그 대마족대응군의 핵심은 성녀였다.

성녀 데이지가 전장에 나타난 이후로 그녀는 최고의 인기를 누리고 있었다.

전쟁터에 아름다운 아가씨가 있는 것 자체만으로도 인기가 폭발할 요건은 충분하다. 더구나 그녀는 그냥 여자가 아니라 성녀다.

군대에는 별의별 소문이 다 돌았다.

"성녀님의 축복을 받으면 화살이 피해간다더라."

"그 정도가 아니야. 성녀님의 손을 잡을 수 있으면 칼을 맞아도 죽지 않는다더라고."

"내가 듣기로는 성녀님과 키스를 하면 죽어도 살아난다던데?"

"이 미친놈아. 그랬다가는 적군을 만나기도 전에 다른 병사들에게 맞아 죽을 거다. 아니, 병사는 고사하고 성기사의 검에 목이 달아날걸?"

데이지는 인기를 싫어하지 않았다. 오히려 그것을 이용해서 사기를 올릴 줄 알았다.

하지만 이 군대에는 그녀가 싫어하는 사람도 있었다.

데이지가 사령부에서 성기사 몇 명과 함께 걸어가는데 반대쪽에서도 한 무리의 사람이 나타났다.

데이지가 먼저 알아보고 걸음을 멈추었다.

모피어스 신전의 성녀 카트리나가 데이지를 보고 손을 흔들었다.

"어머, 데이지 아냐? 오랜만이네?"

데이지는 즉시 카트리나를 보고 대답했다.

"카트리나, 오랜만이야."

"그러게. 한 일 년 만이지? 너무 보고 싶었어."

"나를 놀릴 거리라도 찾았나 보지? 내가 보고 싶게?"

그녀의 심한 타박에도 카트리나는 여전히 생글생글 웃으며 말했다.

“왜 그러니, 데이지. 아직도 옛날 일로 꽁해 있는 거야? 그런 사소한 일은 잊어버리지 그러니?”

데이지는 더 이상 참지 못했다.

“뭐? 사소한 일? 나를 지키는 성기사를 유혹해서 데려간 것이 사소해?”

“아, 미안. 하지만 그가 하도 나에게 반했다고 해서 나는 그냥 받아준 것뿐이야. 내 잘못이 아니야.”

“마족을 잡기 직전에 네가 끼어들어서 가로챈 것도 사소하고?”

“어머. 얘는 참. 그거야 네가 위험해질까 봐 내가 먼저 손을 쓴 거지.”

“너 때문에 그 마족 놈을 놓쳤단 말이얏!”

“데이지, 진정해. 결국 나중에 그 마족 다시 잡았다며? 그랬으면 됐잖아.”

“그놈 다시 잡으려고 얼마나 고생을 했는데, 이이. 그것 말고도 한두 가지가 아니야!”

“얘도 참. 일하다 보면 그럴 수도 있지. 미안. 내가 사과할게.”

데이지가 멈칫하며 말했다.

“너 누구니?”

“응? 데이지? 왜 그래? 나를 몰라? 나 카트리나잖아?”

“내가 아는 카트리나는 자기 잘못을 절대로 인정하지 못하는 싸가지없는 여자야. 사과할 줄도 몰라. 너 누구야? 로이드

성기사, 이건 카트리나의 탈을 쓴 마족이 틀림없어요. 어서 목
을 쳐버리세요."

그녀의 명령에 로이드는 난처해졌다. 그가 할 수 없이 카트
리나에게 말했다.

"카트리나 성녀님, 그냥 가시는 게 좋겠습니다."

카트리나는 그럴 생각이 없었다.

"얘, 그것보다 물어보고 싶은 것이 있어."

"흥. 대답해 줄 생각 없어."

"그러지 말고. 사과까지 했잖아."

"뭔데?"

"케이 씨 말이야. 케이 씨가 사령부 막사에 틀어박혀서 잘
나오지를 않으시잖아. 행군 중에도 어찌나 경호가 철저한지
성녀인 나도 가까이 가기 어렵고. 그런데 너는 케이 씨를 만날
수 있다며? 케이 씨를 만나려면 어떻게 해야 하는지 좀 가르쳐
줘."

데이지의 눈썹이 하나로 모아졌다.

"네가 왜 케이에게 신경 써?"

"어머. 얘도 참. 성녀와 용사는 원래 찰떡궁합 아니니. 나도
전에 피스 제국에서 케이 씨를 만난 적이 있다고. 참 좋은 사
람이더라. 내 마음에 쏙 들었어."

데이지가 가만히 손가락을 세우며 중얼거렸다.

"나와라. 파이어 애로우."

카트리나는 깜짝 놀라며 물러섰다. 그녀는 재빨리 손바닥을

내밀며 외쳤다.

"나와라. 배리어!"

데이지가 손가락을 쭉 뻗었다.

"케이를 더럽히지 마!"

파이어 애로우가 즉시 카트리나를 향해 날아갔다. 그것은 그녀가 만든 배리어에 충돌하며 화려한 불꽃을 뿌렸다.

배리어 뒤에서 카트리나가 외쳤다.

"흥. 남자는 원래 먼저 차지하는 게 임자야!"

"이년이!"

곧바로 데이지에게서 각종 마법이 난무하기 시작했다. 카트리나 역시 순순히 당하고 있지는 않았다.

둘 다 마법 능력이 강화된 성녀였다. 그녀들이 마법을 뿌리며 싸우기 시작하자 폭음과 화염이 그 일대를 뒤덮었다.

양측의 성기사들은 그 서슬에 우르르 물러서서 구경만 했다. 성기사들만이 아니라 많은 병사들이 케이를 놓고 벌이는 두 성녀의 싸움을 구경했다.

카트리나 쪽 성기사 한 명이 로이드에게 다가와서 말했다.

"로이드님."

로이드가 그를 힐끗 보고 말했다.

"카우 군. 수고했다. 그나저나 저 성질 괄괄한 성녀님 밑에서 고생이 많구나."

"데이지 성녀님도 한성질 하는 것은 못지않으시잖습니까?"

"하긴 그렇지. 하지만 데이지 성녀님은 그래도 남자 문제로 뒤처리할 일은 없잖은가?"

"그건 그렇습니다. 그래서 기왕이면 용사 케이님과 우리 카트리나 성녀님이 잘됐으면 좋겠습니다."

"왜?"

"설마 용사 케이님을 놔두고 바람을 피우지는 않겠지요. 정말 이제 뒤처리하기 질렸습니다."

로이드가 피식 웃었다.

"쉽지 않을걸?"

"예?"

"내가 보기에 용사 케이는 데이지 성녀님에게 호감이 꽤 있었거든. 데이지 성녀님이 훨씬 유리한 고지를 차지했다는 뜻이지."

"하지만 카트리나 성녀님의 남자 후리는 솜씨는 대단합니다. 유부남이라고 해도 성녀님의 손길을 벗어나지는 못합니다. 전문가의 실력이지요."

"이번에는 다를 거야. 데이지 성녀님도 꽤나 적극적으로 나가고 있으니까. 용사 케이가 성녀님의 집으로 놀러 오는 일이 있을 정도야."

"호오. 상당한 관계군요. 하지만 저는 카트리나 성녀님이 찍어서 넘어오지 않는 남자는 보지 못했습니다. 지금까지 용사 케이님이 유일한 예외였지만, 결국은 넘어오시게 될 겁니다."

"우리는 어떻게 되는지 내기라도 할까?"

*　　　*　　　*

신성제국 연합의 삼십만 대군이 피스 제국군을 공격했다. 그 소식은 즉시 피스 황제에게 전달되었다.

황제가 질문했다.

"전선이 밀리고 있다고?"

"죄송합니다, 폐하."

"어쩌다가 밀려?"

"워낙 많은 수의 적이 쳐들어왔습니다. 적군의 숫자가 무려 삼십만입니다."

"삼십만이라… 작정을 하고 쳐들어왔군. 그럼 다른 전선이 약해졌나?"

"아닙니다. 다른 전선 역시 적군의 공격 강도가 강해졌습니다. 수비로 일관하고 있던 놈들마저 공세를 펼치는 실정입니다."

황제가 곰곰이 생각하더니 말했다.

"그러니까 전 전선에 걸쳐서 공세를 강화하고, 그 한복판에 힘을 집중해서 뚫어버리겠다는 생각이군. 다들 어떻게 생각하나?"

귀족들이 즉시 자기 의견을 피력했다.

"전선을 관통해 아군을 둘로 쪼갠 후 뒤를 치겠다는 작전이 틀림없습니다."

“아마 브레이커 제국 쪽으로 우회하는 놈들과 만나려는 작전일 겁니다.”

“놈들이 각오를 한 것 같습니다.”

“이건 기회입니다. 그 공격을 막아내기만 하면 놈들은 큰 타격을 입게 됩니다.”

“그렇습니다. 주력을 막아내면 놈들의 나머지 방어선, 그것이 단숨에 무너질 겁니다.”

“그때 밀어붙이면 놈들을 쫓아낼 수 있습니다.”

“엄청난 거리를 진격할 수 있게 됩니다. 운만 좋으면 놈들을 모조리 섬멸, 전쟁을 끝낼 수도 있습니다.”

황제가 손을 흔들었다. 귀족들이 즉시 입을 다물었다.

“삼십만 대군이라. 일단 그게 놈들의 주력인지 확인해야지. 또 다른 함정은 없는지.”

“첩보 수집 결과, 몇 명의 성녀가 그 군대에서 발견되었습니다. 다수의 대마족대응군도 찾아냈습니다. 더구나 케이라는 자 역시 거기 있음이 확인되었습니다.”

황제의 눈이 반짝였다.

‘드디어 그놈을 죽일 기회가 왔다. 그것도 아주 자연스럽게.’

“그 정도라면 가짜 작전은 아니겠군. 케이가 있으니까.”

“그렇습니다. 놈들만 섬멸하면 케이라는 자도 죽일 수 있습니다.”

“그거 마음에 드는 소리군. 그런데 어떤 병력으로 그걸 막지? 우리가 예비 병력이 있나?”

귀족들이 대답하지 못했다. 전술가로 이름 높은 네트 후작이 조심스럽게 말했다.

“폐하, 본래는 시민군단들이 예비 병력으로 준비되어 있었습니다만, 브레이커 제국을 지원하기 위해 모두 동원되었습니다.”

“맞아. 네트 후작. 그랬지. 브레이커 제국으로의 습격. 그게 아마 놈들의 유인책이었을 거야. 우리 예비 병력을 치워놓기 위해서 한 짓이겠지. 그럼 다른 예비 병력은?”

“애석하게도 별로 없습니다. 시민군단을 계속 만들고 있지만 여기까지 오게 하려면 시간이 필요합니다.”

“아아, 시민군단들은 너무 서둘러서 징병할 필요가 없어. 차근차근 모아야지. 그럼 다른 병력들은?”

“후방의 방면군들 중에서 추가 병력을 빼내야 합니다. 이미 이동 중인 군단들도 있지만 그들 역시 거리가 멉니다. 새롭게 병력을 빼오는 것으로는 도저히 시간을 맞출 수가 없습니다.”

“그럼 예비 병력이 없다고?”

“없는 것은 아니지만…….”

황제가 웃으며 말했다.

“말해도 괜찮네, 네트 후작. 나를 지키고 있는 중앙군이 있지. 강력한 예비 병력 아닌가?”

다른 귀족이 즉시 들고일어났다.

“폐하, 중앙군의 일부는 전선에 보냈고 나머지 일부는 수도를 지키고 있습니다. 여기 남은 중앙군은 십만 명이 고작입니다.”

“그리고 최정예지. 더구나 내게는 황실 직속 기사단과 근위 군단들이 있다.”

“하지만 폐하, 그들은 폐하를 지켜야 합니다.”

황제가 웃었다.

“하하하. 왜? 내가 위험해질까 봐? 나를 위험하게 할 수 있는 자가 있다고? 세상에 그런 자는 없다.”

남들에게는 단순한 자신감의 표현으로 보였다. 그러나 황제는 스스로 확신하고 있었다.

‘마신님의 피를 흡수한 나를 죽일 수 있는 자는 없다. 그것보다는 전선을 유지하는 것이 더 중요하지.’

“현재 상황으로 볼 때, 놈들도 내가 가진 중앙군이 움직이지 못한다고 예상했다. 그것이 합리적이니까. 그러니 당분간은 내게 보충 병력이 없다고 생각하고 밀고 들어오는 거다. 어떤 놈인지 정말 똑똑해. 배짱도 좋고.”

“간악한 놈들입니다.”

“만약 이대로 전선이 뚫리게 되면 정말로 우리가 후퇴해야 할지도 몰라.”

“우리의 병력이 훨씬 많습니다. 일시적으로 후퇴하더라도 결국은 우리의 승리가 보장되어 있습니다.”

황제가 고개를 가볍게 저었다.

“아니, 나는 밀리는 것은 원하지 않는다. 전선이 고착되는 것까지는 이해해도 내가 지휘하고 있을 때 밀려나는 것은 싫어. 패배는 즐겁지 않으니까. 결정했다. 중앙군을 보내 원래 지키고 있는 놈들을 돕게 해라. 후방의 지원 병력이 도착할 때까지 버티기에는 충분하겠지.”

황제가 명령을 내렸으니 더 이상 반대하기도 어렵다.

“명령을 받들겠습니다, 폐하.”

*　　　*　　　*

신성제국 주력 부대는 첫 격돌에서 압도적인 병력으로 밀어붙였다. 병력 차이가 워낙 심했다. 피스 제국군의 방어선이 움푹 파여 나갔다. 그곳을 신성제국군이 집중적으로 파고들었다.

신성제국 황제는 전황 보고를 듣고 만족해했다.

“좋아. 좋은 일이야. 이제 이대로 뚫고 들어가서 놈들의 후방을 쳐버리는 거야. 감히 나의 제국에 쳐들어온 놈들을 다 없애 버리는 거야.”

총사령관이 맞장구를 쳤다.

“용사 케이님의 작전은 정말 대단합니다. 놈들은 전 전선에 걸쳐서 우리의 공세에 발이 묶였습니다. 이번 작전만 승리한다면 승리는 우리 것입니다.”

그들의 말에 여러 귀족들이 희희낙락해서 웃었다.

“황제 폐하, 머잖아 유일한 황제가 되실 겁니다.”

"신은 폐하의 편입니다."

그들이 거의 잔치 분위기가 되어갈 때, 통신 마법사 한 명이 지휘 막사로 뛰어들어 왔다.

"크, 큰일 났습니다."

귀족 한 명이 호통을 쳤다.

"여기가 어디라고 감히 소리를 지르는 것이냐!"

"하, 하지만."

"시끄럽다!"

총사령관이 말렸다.

"이야기나 들어보도록 하지. 무슨 일인데 큰일이라고 하느냐?"

마법사가 울상을 지었다.

"놈들의 병력이 증원됐다고 합니다."

귀족 하나가 놀라서 외쳤다.

"뭣이? 병력 증원? 시민군단이라도 몇 개 온 것이냐?"

"아닙니다. 놈들의 중앙군입니다."

"중앙군? 올 수 있는 중앙군이 어디 있어서? 얼마나 온 것이냐?"

"이십 개 군단, 십만 명입니다."

귀족들의 얼굴에서 핏기가 사라졌다.

"피스 황제가 가지고 있던 중앙군이다."

"십만이면 지금 가지고 있던 거 전부야!"

"미, 미친. 그걸 다 보내다니!"

“우린 끝장이다. 이 작전은 실패했어!”

총사령관이 황제를 보고 말했다.

“폐하, 놈이 중앙군을 보냈다고 합니다.”

황제는 입맛이 썼다.

“나도 들었다.”

“역시 대단합니다.”

“이것까지 맞추다니. 모든 것이 용사 케이의 말대로 됐군.”

“역시 신의 용사입니다.”

“그래도 마지막 증원군은 없었으면 했다. 증원군만 없었으면 나의 군대가 직접 피스 놈들을 쓸어버릴 수 있었는데.”

그들의 대화를 듣는 귀족들은 무슨 일인지 이해를 하지 못했다.

“폐, 폐하, 무슨 말씀이신지…….”

황제가 혀를 찼다.

“쳇. 그런 게 있다. 때가 되면 다 알게 될 거다.”

카트리나가 성이 잔뜩 난 얼굴로 데이지에게 질문했다.

“얘, 아까 회의실에서의 그 반응은 도대체 어떻게 된 거야? 폐하가 왜 무슨 일인지 말해주지 않는 거야?”

데이지가 한쪽 입꼬리를 올리며 웃었다.

“후훗. 카트리나, 너 당했어.”

“무슨 소리얏!”

“네가 나랑 케이를 놓고 싸운 거. 다 케이의 계획에 있었어.”

“뭐?”

“케이가 너와 싸워달라고 했거든. 자기 놓고 경쟁하라고 말이야. 그 싸움에서 나는 케이를 항상 만나고 있다고 소문을 크게 내달라고 했지.”

“말도 안 돼. 내가 너를 찾아갈지 어떻게 알고?”

“케이는 다 알아. 하긴, 너에게 내가 케이를 만나고 있다고 소문을 흘린 것은 우리 로이드 성기사. 황제 폐하도 일부러 케이를 만나는 척하면서 소문을 내셨지. 너는 완전히 속았어. 쌤통이다.”

“그럴 리가 없어!”

“너는 케이에게 완전히 당한 거야. 왜냐하면 케이는 너에게 조금도 관심이 없으니까. 그리고 나에게 이 중요한 일을 부탁했지. 오호호홋!”

신이 나서 웃는 데이지를 보며 카트리나가 이를 갈았다.

“성기사 카우. 카우가 성기사 로이드에게 붙었군. 카우. 가만두지 않겠어!”

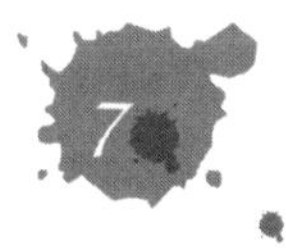

피스 제국 황제는 느긋하게 앉아서 휴식을 취하고 있었다.

"바이올렛이 보고 싶군."

던킨이 옆에서 말했다.

"그녀는 수도에 있습니다. 원하신다면 이리 데려오시지 그러십니까?"

"후훗. 나와 그녀의 관계는 깨지기 쉬운 유리와 같지. 여기서 내가 수많은 사람들을 죽이는 것을 보여줄 수는 없다."

"폐하의 힘은 무한합니다. 그녀도 굴복할 겁니다."

"던킨, 그게 네 한계다. 너는 그녀의 마음이 얼마나 맑은지 몰라. 그걸 더럽히라고? 내가 힘으로 그녀를 얻으면, 나는 바이올렛을 가질 기회를 잃게 된다."

“탈출한다는 뜻입니까?”

“그녀의 껍데기만 가진다는 뜻이다. 그건 의미가 없지. 세상에 껍데기가 예쁜 여자는 많아.”

“알겠습니다.”

“그나저나 손님이 오셨군. 어디 어떤 놈들인지 볼까?”

황제의 군대에 비상이 걸렸다. 지금 피스 황제를 지키는 군대는 근위군단 두 개와 근위기사단밖에 없었다. 그들은 모두 바짝 긴장한 채 방어 진형을 짜기 시작했다.

그리고 열 개 군단, 오만여 명의 병력이 그들을 서서히 포위하고 있었다.

오만여 명의 강습 부대의 앞에서 케이가 인상을 잔뜩 쓰고 있었다.

“우리 정말 힘들게 여기까지 왔네요.”

옆에 있던 전술가들이 너도나도 대답했다.

“그렇습니다. 놈들의 관심이 주력 부대 쪽으로 간 틈에 겨우 들어왔습니다.”

“첩자들의 눈으로부터 보안을 지키기 위해서 정말 애 많이 썼습니다.”

“그러게 말입니다. 수정구도 전부 없애 버렸잖습니까?”

케이는 안타까웠다.

“이 기회를 만들려고 그렇게 많은 사람들이 죽어야 했다니.”

"할 수 없습니다. 대신에 우리는 완벽한 기회를 잡았습니다."

케이의 얼굴이 더 일그러졌다.

"그랬는데 황제가 일찌감치 눈치 챘네요. 하긴. 그 정도 능력도 없으면 마신의 피를 처먹었다고 할 수 없겠지요."

그를 따라온 전술가들이 즉시 이야기했다.

"용사 케이님, 지금 당장 공격해야 합니다."

"그렇습니다. 시간을 주지 말고 단숨에 섬멸해야 합니다."

"지금은 우리 숫자가 다섯 배 많습니다. 하지만 시간이 지나면 제국군들이 몰려올 겁니다. 그때는 끝장입니다."

케이도 그 사실을 알았다. 그가 사람들에게 말했다.

"알겠어요. 그럼 황제를 잡으러 가자고요. 전원 공격. 기사단은 나를 따르라!"

케이가 선두에서 움직이기 시작했다. 그걸 신호로 오만여 명의 강습 부대가 즉시 돌격을 시작했다.

케이의 바로 뒤에는 신성제국 황제의 근위기사단이 따르고 있었다. 소드 마스터 조이너스는 빠져 있었지만 그 외에 근위기사단 대부분이었다.

피스 황제의 근위군단이 정예병이라고 하나 케이가 데려온 병사들도 잡병은 아니었다. 오히려 신성제국에서 꽤 이름 높은 군단들을 모아왔다.

그들이 피스 황제의 근위군단을 덮쳤다.

케이가 이끄는 신성 근위기사단은 그 틈에 황제에게 쳐들어갔다. 황제의 피스 근위기사단이 즉시 그들을 막아섰다.

신성 근위기사단의 뒤에는 많은 수의 병사들이 받치고 있다. 그들은 자연히 피스 근위기사단을 압도했다.

공격의 가장 선두에는 케이가 있었다.

누군가 케이를 막아섰다.

케이가 이를 갈았다.

"으드득. 썸머! 잘 만났다!"

소드 마스터 썸머 백작이었다.

썸머가 씁쓰레한 얼굴로 말했다.

"결국 살아났군, 케이."

"너 때문에 죽을 뻔했지."

"살았으니 그거로 된 것 아닌가? 어쨌든 나를 죽이기 전에는 폐하를 만날 수 없다."

"이 미친 새끼. 황제는 마신의 개다. 마신의 피를 먹고 인간계를 멸망시키려는 놈이라고!"

"후후. 그런 말을 믿을 수야 없지. 나는 소드 마스터. 기운에 민감하지만 폐하에게서 그런 기색은 느끼지 못했다."

"지랄하네. 그따위 멍텅구리 감각으로 무슨 소드 마스터야! 하여간 너는 내 손에 죽는다!"

케이는 시간을 끌 여유가 없었다. 그는 즉시 썸머에게 달려들었다.

썸머의 검에서 오러 블레이드가 솟아올랐다.

오러 블레이드가 케이를 향해 날아갔다. 케이의 검끝이 오러 블레이드를 향해 원을 그렸다. 검을 타고 흐르는 검기가 원 모양으로 만들어지며 오러 블레이드와 충돌했다.

자르지 못하는 것이 없다는 오러 블레이드가 그 원에 맞아 옆으로 튕겨 나갔다. 썸머의 얼굴빛이 변했다.

"이건 무슨 마법이냐?"

"마법은 무슨. '태극검'이라는 거다. '육합검법' 밖에 못 쓰는 너는 절대로 알 수 없는 고급검법이지."

썸머는 호승심이 잔뜩 솟았다. 그는 이제 대충 싸울 생각이 사라졌다.

"어디 그럼 그 '태극검'을 나의 '육합검법'으로 확실히 무너뜨려 볼까?"

오러 블레이드가 독특한 궤도를 타고 휘둘러지기 시작했다.

오러 블레이드는 단순히 직선으로 긋기만 해도 무섭다. 막을 방법이 없기 때문이다. 그것의 움직임이 복잡해지자 지금까지와는 차원이 다른 위력이 일어나기 시작했다. 순식간에 케이가 달아날 곳이 봉쇄되었다.

케이가 웃었다.

"훗. 웃기네."

케이의 검이 몇 개의 원을 만들었다. 그 원이 오러 블레이드를 계속 퉁겨냈다.

썸머는 믿을 수가 없었다.

"어떻게 오러 블레이드를 튕겨낼 수 있지? 이건 말도 안 된다! 나는 믿을 수가 없어!"

케이가 다시 새로운 원을 만들며 말했다.

"인생은 원래 놀라운 일의 연속이지."

썸머의 눈이 독해졌다.

"확인하겠다!"

그가 검을 케이를 향해 쭉 뻗었다. 검법의 변화는 없었다. 오러 블레이드는 직선으로 날아왔다. 그 대신에 오러 블레이드의 크기가 좀 더 커졌다.

썸머는 이 한 번의 공격에 기운을 잔뜩 밀어 넣었다.

'튕겨 나가지 않을 강한 힘으로 승부를 본다!'

케이의 눈이 번쩍 빛났다.

오러 블레이드가 아니라 더한 것이라고 해도 피하면 그만이다. 케이는 직선으로 찔러 들어오는 오러 블레이드를 가볍게 피하며 앞으로 전진했다. 그와 함께 왼손을 들었다.

그의 왼손을 따라 마나가 급격히 모이며 재배열됐다. 마나의 움직임을 느낀 썸머의 얼굴이 경악으로 물들었다.

"설마?"

시동어조차 없이 케이의 왼손에서 폭발이 일어났다. 폭발의 압력은 모조리 앞으로 향하고 있었다.

썸머는 뻗었던 검을 급히 끌어당겨 앞을 막았다. 하지만 마법이 조금 더 빨랐다.

강력한 마법의 힘이 썸머의 가슴을 때렸다.

"크아악!"

썸머가 비명을 지르며 뒤로 날아갔다.

케이가 썸머에게 빠르게 다가가며 말했다.

"역시 소드 마스터. 그 순간에 마법을 반이나 걷어냈잖아? 하지만 거기까지. 이제 그만 죽어!"

달려가던 케이가 갑자기 정지하며 손을 옆으로 뻗었다. 날아오던 매직 애로우 한 발이 그의 손길을 따라 분해되었다. 애로우는 마나가 되어 공기 중으로 흩어졌다.

케이는 마법을 날린 자를 찾았다. 그의 눈에 불꽃이 타오르는 검을 들고 있는 사람이 보였다.

"로지?"

케이와 함께 던전을 탐사했던 일급용병 로지였다.

로지가 떨리는 목소리로 말했다.

"케이 오빠, 아빠를 살려줘요."

"에엑?"

케이는 정말 놀랐다.

"저 사기꾼 영감탱이가 누구라고?"

로지는 재빨리 썸머의 앞을 가로막았다.

"우리 아빠예요. 그러니까 살려줘요. 네?"

케이의 머릿속에 로지의 풀네임이 떠올랐다.

"로지 가든. 썸머 가든. 젠장. 흔한 성이라는 말에 속았군."

케이에게는 시간이 없었다.

그는 앞으로 달려가며 로지를 와락 밀쳤다.

"비켜!"

로지는 저항하려고 했지만 둘 사이의 실력 차이가 너무 컸다. 그녀는 곧바로 땅바닥에 나뒹굴었다.

겨우 일어서는 그녀의 눈에 케이가 반쯤 몸을 일으킨 썸머를 향해 검을 휘두르는 모습이 보였다. 썸머는 피를 뿌리며 바닥에 널브러졌다. 케이는 곧바로 썸머를 버려두고 황제를 향해 달렸다.

"아악!"

로지가 비명을 지르며 썸머에게 달려갔다. 썸머의 왼쪽 가슴에서 피가 콸콸 솟고 있었다.

그녀는 썸머를 붙잡고 통곡했다.

"아빠! 아빠! 흐으윽! 아빠아!"

"아빠 안 죽었다."

"딸꾹."

로지가 너무 놀라 딸꾹질을 했다.

"아빠, 왜 안 죽었어요?"

"죽기를 바라냐?"

"아놋!"

"케이 녀석. 마음이 상당히 여린 편이지. 내가 녀석과 먹다 흘린 수프에 로지 네 녀석이 목욕을 할 수 있을 정도야. 그런 사이다 보니 차마 못 죽이더군."

"아빠……."

"대신에 한칼 제대로 맞았단다. 심장을 비껴 나갔다고 하지만 가슴이 뚫렸어. 이거 부상이 너무 심해서 회복 포션을 마시더라도 더 이상 싸울 수는 없겠는데? 정말 기가 막힌 힘 조절

이야."

그는 소드 마스터다. 어느새 기운을 조절해서 상처를 억누르고 있었다. 하지만 부상이 너무 컸다. 케이는 그를 전투 불능으로 만들어놓고 갔다.

로지는 얼른 품에서 회복 포션을 꺼냈다. 그녀의 눈에는 물기가 서렸다. 그런 로지를 보고 썸머가 말했다.

"그나저나 로지, 케이와의 관계가 보통이 아니구나?"

로지는 즉시 회복 포션을 썸머의 입에 들이부었다.

"아빠, 시끄러우니까 이거나 마셔용!"

케이가 황제와 마주 섰다. 그들 주위에는 아무도 없었다. 황제는 경호하던 기사들까지 모두 싸움터로 내보내고 케이를 혼자서 맞았다.

황제가 박수를 쳤다.

"대단해. 내가 당했어. 설마 네가 여기 나타날 줄은 몰랐다. 그것도 오만 명이나 데리고."

케이가 황제를 노려보며 대답했다.

"너 하나 잡으려고 정말 많은 사람들이 죽었어."

"앞으로 더 많이 죽겠지."

"웃기지 마. 마신의 피를 받아 처먹은 너만 죽이면 이 전쟁은 결국 끝나."

"후후. 맞는 말이야. 나를 죽이면 끝나지. 내가 죽으면 마신님의 기운이 방출될 테고, 그럼 모든 것이 명확해지지. 바보가 아니라면 진실을 알 수 있을 테니까.”

“나도 알아. 신관들이 분석해 줬으니까.”

황제가 케이를 보고 비웃었다.

“그런데 누가 나를 죽일 거지?”

“너는 내가 죽인다.”

“후훗. 너의 능력으로? 그게 가능하다고 생각하느냐?”

케이가 씩 웃었다.

“죽어보면 알 거다.”

케이가 왼손을 황제를 향해 뻗었다. 순식간에 마나가 조합되었다. 곧바로 황제의 주변이 맹렬하게 폭발했다. 파이어 볼 수십 발이 동시에 터지는 위력이었다.

황제는 즉시 하늘로 솟아올랐다. 폭발이 그의 발끝을 따라 솟아올랐지만 황제가 더 빨랐다.

황제가 공중에서 케이를 향해 손을 그었다.

케이가 즉시 왼손으로 원을 그렸다. 케이를 중심으로 반투명한 쉴드가 생성되었다.

황제의 손길을 따라 케이가 서 있는 곳에 긴 선이 그려졌다. 선이 폭발했다.

케이는 쉴드 속에서 그 압력을 견디며 생각했다.

‘젠장. 세다!’

그의 무릎이 압력을 이기느라 조금씩 구부러졌다. 마침내 쉴드가 퍼석 깨졌다.

그 순간에 맞춰 케이의 몸이 앞으로 튀어나갔다. 이미 폭발은 잦아들고 있었다. 폭발의 여운이 남기는 돌풍 속에서 케이가 다시 손을 쫙 뻗었다.

그의 손가락을 따라 다섯 발의 거대한 아이스 스피어가 생성과 동시에 발사되었다. 그것은 곧바로 황제의 몸통을 노렸다.

황제가 손을 앞으로 뻗었다. 황제의 앞에 투명한 쉴드가 다섯 겹이나 생성됐다. 다섯 발의 아이스 스피어가 연달아 쉴드에 충돌했다. 그러나 겨우 세 개의 쉴드를 부수고 아이스 스피어는 모두 소멸했다.

황제는 땅으로 떨어지면서 케이에게 손을 쫙 뻗었다. 그의 손을 따라 반달 모양의 날카로운 윈드 커터 수십 개가 케이를 향해 쏘아졌다.

케이가 땅을 짓치고 달렸다. 그가 밟고 지나간 땅이 윈드 커터에 맞아 연달아 푹푹 파여 나갔다.

공격이 멈추자 케이는 달리기를 멈추고 전황을 재빨리 살폈다.

"칫. 빨리 끝내고 싶었는데 어렵게 됐군."

황제가 웃었다.

"호호호. 나의 군대가 다 죽기를 기다리느냐?"

"아니, 그전에 네놈 목을 따겠다."

"실패하면 저놈들과 함께 나를 죽이려고 하겠군. 네놈의 병사들이 적어도 삼만이나 사만 명은 살아남겠지. 그 숫자가 너와 함께라면 가능성이 조금은 있겠어. 정말 좋은 계획이야."

"그전에 죽인다니까!"

다시 둘 사이에 마법이 난무하기 시작했다. 이미 주변은 폐허로 변했다. 땅이 뒤집히고 화염이 공간을 가득 채웠다.

손에 여유가 있는 병사들은 그 모습을 힐끗힐끗 보며 가슴을 쓰다듬었다.

"저게 인간의 싸움이냐?"

"용사 케이님이 그냥 끝내줬으면 좋겠다."

"황제 폐하께서 가짜 용사를 죽이고 우리를 좀 도와주셨으면 좋겠다."

케이는 마법을 연달아 펼쳐 황제를 공격했다. 하지만 그는 자신의 마법 능력만 가지고는 황제를 죽일 수 없다는 것을 깨닫고 있었다.

'젠장. 마법이 통하지 않아.'

그의 마법은 황제에게 모두 차단당하고 있었다. 어차피 케이도 황제의 마법에 당하지 않고 있는 것은 마찬가지다. 하지만 케이는 시간을 끌 여유가 없었다.

'어서 죽이지 못하면 사람이 자꾸 죽는다고.'

황제의 새로운 마법이 날아왔다. 황제의 발끝으로부터 땅이 다섯 갈래로 쫙 파이기 시작했다. 그 흙고랑은 곧바로 케이를 향해 파였다.

케이는 그 공격을 향해 정면으로 달려갔다.

'저 다섯 줄기에 걸리면 몸이 찢어져 죽는다.'

그는 앞으로 달리며 검을 휘둘렀다. 이제 검기의 발출이 자

유로웠다. 그의 검에서 다섯 잎의 검기가 날아가 흙고랑을 때
렸다.

퍼엉!

작은 폭발이 일어나며 흙이 튀었다.

케이가 그 흙먼지를 뚫고 지나가며 황제에게 검을 쭉 뻗었
다.

"죽어!"

황제의 검에서 오러 블레이드가 휙 솟았다. 그는 그것으로
케이의 검을 베어버리려고 했다.

케이가 검끝으로 원을 그렸다. 오러 블레이드가 그 원에 맞
아 튕겨 나갔다.

황제가 한 발 물러서며 웃었다.

"후후. '태극검' 이구나."

케이가 공격 기회를 노리며 말했다.

"황제라고 아는 것은 많구나."

황제가 오러 블레이드를 케이에게 쭉 뻗으며 말했다.

"그럼 이것도 막아보아라. '구환마검' 이다."

오러 블레이드가 케이 것과 유사한 원을 그렸다. 그의 검끝
에서 오러 블레이드가 작은 원 모양으로 하나씩 떨어져 나왔
다. 순식간에 아홉 개의 원이 만들어졌다. 그것이 케이를 노리
고 쏘아졌다.

케이로서는 처음 보는 공격이다. 하지만 그는 구환마검의
위력을 알고 있었다.

‘켁. 저거에 맞으면 틀림없이 죽는다.’

케이의 몸이 빠르게 회전했다. 그의 몸이 일곱 번의 변화를 일으키며 움직였다. 아홉 개의 오러 블레이드가 그의 몸을 스쳐 지나갔다.

“허억. 허억. 죽는 줄 알았다.”

황제가 왼손을 내밀었다.

“ ‘칠성둔형’ 이군. 너도 제법이구나. 그럼 이건 어떠냐? ‘천마장법’ 이란 거다.”

황제의 왼손을 따라 거대한 손바닥 모양의 기운이 뿜어졌다. 그것이 케이를 뒤덮을 것처럼 날아왔다.

케이가 놀라서 소리쳤다.

“오러 블레이드가 손바닥으로?”

놀라고 있을 틈은 없었다. 그의 잠재의식 속 기억들이 솟아올랐다.

‘공격 각도의 파악이 불가능하다. 아무래도 자유롭게 조종할 수 있는 것 같아. 피할 수 없다. 막아야 해!

그는 즉시 검을 들고 기운을 집중했다.

‘마나고 뭐고 닥치는 대로 다 쑤셔 넣어야 해. 당장!’

그는 자신이 조종 가능하다 싶은 모든 기운을 검에 밀어 넣었다.

그의 검이 빛을 뿜었다. 성스러운 빛을 뿜는 오러 블레이드가 쭉 솟아올랐다.

케이는 자기가 만든 결과에 감탄하는 한가한 짓을 하지는 않았다. 이미 손바닥 모양의 오러는 코앞으로 닥쳐 있었다.

"꺼져!"

케이가 검을 수직으로 그었다. 그의 검이 천지를 가를 듯 공간을 잘라 버렸다.

손바닥 모양의 오러도 공간을 따라 쩍 갈라졌다. 곧바로 폭발했다.

강력한 폭발 압력에 케이가 몇 걸음이나 물러섰다.

"크윽. 이거 센데?"

케이는 온몸이 아팠다.

신성임무수행체는 이미 전투 내내 케이의 몸에 피를 흡수시켰다. 이제 더 이상은 불가능했다. 피의 흡수가 없으니 회복도 없었다.

황제는 느긋하게 케이를 보며 말했다.

"싸울수록 강해지는 놈이군. 그 능력은 인정하마. 하지만 나에 비하면 아직도 모자라. 한참 모자라. 좀 더 용을 써보라고."

케이는 황제의 말이 사실임을 깨달았다.

'젠장. 생각보다 더 세다. 결국 최후의 수단밖에 없군.'

케이는 전장을 다시 살폈다. 수가 훨씬 많은 신성제국군이 압도적으로 이기고 있었다.

그 모습을 보며 황제가 말했다.

"이런이런. 내 병사들이 다 죽고 나면 저놈들과 함께 공격하려고? 아니라고 하지만 결국 그걸 기다린다는 건가?"

케이가 이를 갈았다.

"으드득. 원래는 그럴 계획이 아니었는데. 어떠한 피해를 감수하고라도 너만은 죽여야 하니까."

"나는 지금 너와 싸우고 싶은데?"

"웃기지 마라. 나는 장난으로 싸우는 것이 아냐!"

황제가 왼손을 위로 들었다.

"그럼 내가 도와주지."

황제가 손가락을 튕겼다. 그의 손끝에서 마기의 파동이 퍼져 나갔다.

케이는 황제가 무슨 짓을 했는지 살피기 위해서 주변을 재빨리 훑었다.

저 멀리에서 달려오는 천인대가 하나 보였다. 그러나 그 속도가 문제였다.

케이는 정말 깜짝 놀랐다.

"마족!"

그들은 엄청나게 빠른 속도로 달려왔다. 그리고 마족의 마기를 품고 있었다.

케이는 이런 사태까지는 예상하지 못했다.

"이 미친 새끼. 네 부하들이 마족을 보면 어떤 의심을 할지 생각은 해봤나?"

황제가 케이를 비웃었다.

"살아 있는 놈이 있어야 의심하지."

케이의 얼굴이 창백해졌다. 그가 소리를 버럭 질렀다.

“니 부하들까지 다 죽일 생각이냐!”

“내 부하들도 어차피 인간. 결국 죽어야 할 놈들이야.”

케이는 갑자기 깨닫는 것이 있었다.

“마족들이 피스 제국군을 공격한 것은 나에게 누명을 씌우기 위해서만이 아니구나!”

황제의 비웃음은 여전했다.

“물론이지. 너에게 누명을 씌우는 것은 덤이었다. 중요한 것은 전쟁이 장기전이 되야 한다는 것. 하지만 지금은 내 전력이 너무 강해서 일방적인 승리가 된단 말이야.”

“전쟁을 끝낼 생각이 아예 없구나.”

“당연하지. 적어도 수십 년, 가능하면 한 백 년쯤은 전쟁을 끌 거야. 인간계에 싸울 수 있는 자가 모두 죽을 때까지. 그때까지는 일방적으로 이기는 쪽도, 지는 쪽도 없어야지. 나는 그 균형을 맞추기 위해서 상당히 애쓰고 있다. 내 노력을 알아줬으면 좋겠군.”

“전선이 지금 상태로 백 년이나 유지될 거라고 생각해? 그건 불가능해!”

“지금 상태로? 아니지. 다른 나라의 땅을 점령해 들어가고, 그만큼 내 쪽 땅을 적에게 내준다. 그것이 반복되다 보면 세상에 전쟁을 겪지 않은 땅은 하나도 없게 되지. 어떤 땅이라도 최소한 몇 번은 전쟁을 경험하고, 몇십 번은 피를 흘리겠지.”

“제기랄. 인간의 군대가 다 없어지면 마족이 움직이냐?”

“호호호. 그렇게 점령한 땅에서는 인간의 피로 마계의 문을 새로 연다. 전쟁터에서는 도시 하나가 전멸해도 누구도 의심하지 않아. 인간계에 마족이 계속 늘어나는 거지.”

“그걸 두고 볼 줄 알아?”

“두고 보지 않으면? 인간이 눈치 챌 때쯤 되면 이미 늦어. 그 때쯤에는 마계의 마족들이 대부분 인간계로 넘어올 수 있어. 인간은 싸울 자가 없고 세상은 마족이 지배하게 된다.”

“그리고 인간은 마족의 식량이 되고?”

황제가 크게 웃었다.

“하하하. 식량으로나마 남겨두는 건 마족이 세상을 점령했을 때의 이야기지. 이봐, 케이. 오해하는 게 있구나. 세상은 내가 점령하는 거야. 마족도 내 명령을 따를 뿐.”

“이 미친 새끼. 다 죽이려고?”

“나와 내 아내만 남기고 인간은 전부 죽는다. 인간이 그렇게 죽어야 마신님의 힘이 최고조에 달하지. 그때는 신계도 마신님이 지배하신다. 온 세계가 마신님의 지배를 받는 거지. 으하하하!”

케이는 등골이 오싹했다. 그는 황제에게서 물러서며 소리를 질렀다.

“마족들이 온다. 전원 후퇴하라!”

그의 목소리는 마나의 힘을 받아 전장을 쩌렁쩌렁 울렸다.

케이의 명령을 받은 신성제국군은 빠르게 전장을 이탈하기 시작했다.

황제가 소리쳤다.

"놈들을 놓치지 마라. 한 놈도 놓치지 마!"

어쨌든 근위군단들은 황제에게 충성을 바친다. 그들은 상황이 어떻게 돌아가는지 이해를 하지 못했지만, 케이의 말은 믿지 않았고, 황제의 명령은 충실히 수행했다.

근위군단들이 본격적으로 물고 늘어지자 신성제국군도 빠져나갈 수 없었다.

그리고 그들을 마족 천여 마리가 덮쳤다.

누구인지 가리지 않고 마족들은 학살을 시작했다. 당황한 병사와 기사들이 마족에게 저항했다. 신관들도 지원했다. 하지만 마족의 수가 너무 많았다.

"으아악."

"사, 사람 살려!"

그 모습을 보며 황제가 케이에게 말했다.

"자, 이제 네가 기다릴 수 있는 것은 없다. 이제 나와 다시 싸워보자. 너와의 싸움은 생각보다 즐겁구나."

케이가 황제를 노려보았다. 그리고는 즉시 왼팔을 쭉 뻗었다.

마나가 아까보다 더 빠른 속도로, 더 강력하게 조합되었다. 황제가 서 있는 일대에 일제히 불길이 솟았다. 거대한 화염이 하늘을 찌를 것 같았다.

황제는 그 속에서 자신의 몸 주위에 쉴드를 겹겹이 둘렀다. 화염은 쉴드를 통과하지 못했다.

황제는 그 상태에서 손을 뻗었다. 그의 손이 내밀어지자 숫아오르던 화염이 일시에 사라졌다.

황제가 말했다.

"이런 잔재주 말고 진짜 실력으로 겨뤄… 응?"

케이가 그 장소에서 없어졌다.

황제가 피식 웃었다.

"그 누구도 내 손에서 도망칠 수 없다."

케이는 도망친 것이 아니다. 그는 습격해 온 마족들에게 달려들었다.

신성제국군 병사의 목을 마족 한 마리가 움켜잡았다.

"키이이. 인간. 죽어라."

병사의 눈에 죽음의 그림자가 떠올랐다. 다음 순간 병사의 눈이 크게 떠졌다.

"허억!"

그의 눈앞에서 마족의 목이 툭 잘려 나갔다. 병사는 놀란 눈으로 주변을 훑어보았다. 케이가 보였다.

병사는 급히 마족의 손에서 빠져나왔다.

"주, 죽는 줄 알았네. 그런데 용사 케이가 왜 저쪽으로 갔지? 저기는 피스 제국군인데?"

마족은 피스 제국군도 가리지 않고 공격했다. 마족의 목표는 이곳에 있는 모든 인간의 제거였다.

피스 제국군 역시 마족을 한편이라고 생각하지 않았다.

피스 제국의 기사 하나가 마족에게 검기를 뿌리며 외쳤다.

"역시 케이는 가짜 용사였어. 마족이 우리를 공격하……."

그는 말을 끝까지 잇지 못했다. 그가 상대하던 마족의 몸이 두 조각으로 쩍 갈라졌다. 그 뒤에서 케이가 검을 들고 다음 마족을 찾아 달려갔다.

기사가 멍하니 중얼거렸다.

"가짜 용사가 왜 마족을 죽이지?"

수십 마리의 마족이 케이의 손에 죽었다. 마족들은 병사들과 싸우느라 바빴고, 빠른 속도로 움직이는 케이는 그 마족들의 뒤를 기습했다. 칼질 한 번에 마족 한 마리의 목이 달아났다.

마침내 마족들은 인간을 공격하는 것을 포기했다. 그것들은 대신에 케이를 공격했다.

케이가 기대하던 것이다. 케이는 마족들을 공격하고 유인하면서 계속 소리쳤다.

"전부 후퇴하란 말이야! 여기 있으면 다 죽어!"

마족을 앞에 두고 신성제국군은 물론이고 피스 제국군 역시 망설이지 않았다. 그들은 모두 마족을 피해서 빠르게 도망쳤다.

충성심 강한 기사 몇 명이 황제에게 달려갔다. 그들은 황제를 근접 경호하며 외쳤다.

"폐하, 마족들의 습격입니다. 피하셔야 합니다!"

황제는 살인 충동이 일어나는 것을 느꼈다.

마신이 그에게 박아놓은 살인 충동은 정신적인 것이다. 어떻게든 해소하기만 하면 된다. 직접 피를 묻히지 않아도 그의 명령으로 수만 명을 죽이면 해소할 수 있다. 하지만 종종 직접 손을 쓰고 싶기도 했다.

평소라면 문제될 것이 없었다. 황궁에서는 은밀히 사람들을 죽여도 얼마든지 숨길 수 있었다. 하지만 여기에는 보는 눈이 너무 많았다.

'참아야 한다. 여기서 손을 쓰면 조금 골치 아파진다.'

참으려고 했지만 충동이 너무 강했다.

황제가 자기를 지키러 온 기사들을 보고 웃었다.

"나보고 도망을 치라고?"

황제가 검을 휘둘렀다. 그의 검에 기사들의 목이 동시에 달아났다.

"살인을 참는 것보다는 골치 아픈 것이 낫지."

황제는 전장을 둘러보았다.

"도망가는 병사들은 나중에 몬스터와 마족을 보내서 차근차근 사냥하면 되겠지. 역시 케이 저놈을 먼저 죽여야겠군. 케이를 따라 마족까지 나를 습격하러 나타났다고 하면 이제 바이올렛의 마음은 다 얻은 거나 다름없어."

어느새 케이가 죽인 마족의 숫자가 백여 마리로 늘어났다.

케이 역시 그 과정에서 상당한 부상을 입었다. 하지만 중상은 없었다.

마족들은 이제 모조리 케이를 추격했다. 그 숫자가 구백여 마리였다.

그 틈에 병사들은 사방으로 흩어져서 도망가고 있었다. 이미 부대 편제고 뭐고 없었다. 모두 마족이 있는 곳과 반대 방향으로 죽도록 뛰었다.

케이는 마족들을 끌고 도망쳤다.

데리고 도망친 것은 초반뿐이다. 어느 정도 도망친 후에는 속도를 올려 마족을 뿌리쳤다.

발 빠른 마족 몇 마리는 그래도 케이를 쫓아왔다. 그러나 그것들은 모두 케이의 검과 마법에 박살이 났다.

마침내 마족들의 추격을 완전히 뿌리친 케이가 숲 한구석에서 숨을 헐떡였다.

"헉헉. 젠장. 죽는 줄 알았네. 그나저나 다들 잘 도망쳤을까?"

그는 털썩 주저앉아 나무에 등을 기댔다. 그리고 머리를 감싸 쥐었다.

"실패야. 작전은 완전히 실패야. 실패. 황제 이 새끼 너무 강해."

갑자기 케이가 고개를 번쩍 들었다. 그는 재빨리 일어서서 검을 들었다.

"독한 새끼. 여기까지 쫓아왔냐?"

황제가 숲 한쪽에서 느긋하게 걸어나왔다.

"다른 인간은 다 놓쳐도 돼. 너만은 놓칠 수 없지."

케이가 검을 들고 황제를 노려보았다.

“네가 마족을 부린다는 거, 이제 남들도 믿을 거야. 너도 끝났어.”

“아니. 남들은 믿지 않아. 내 근위군단의 생존자들은 살아남아서 마족의 공격을 받았다고 말할 거야. 바로 용사 케이가 마족을 데리고 나타났다고 하겠지.”

“미친 새끼.”

“나를 습격한 놈들은 조금 더 살아남을지 모르지. 하지만 생존자의 수는 아주 적을 거야. 마족들이 집중적으로 찾아 죽일 거거든. 그런데 살아남은 그들의 말을 누가 믿을까? 나를 공격하러 온 놈들의 말을? 아니, 애초에 나를 의심할까? 내가 마족을 불렀다는 걸 너 말고 누가 알지?”

“사람들을 바보로 보지 마!”

“약간의 정보 조작만 있으면 거짓도 진실이 되는 게 세상이지. 케이, 내 걱정은 하지 마라. 나는 잘해 나갈 거니까. 나는 반드시 모든 인간을 몰살시켜 주겠어. 그러니 안심하고 나에게 죽어라.”

케이는 도망치기 어려워졌다는 것을 깨달았다.

‘그래, 해보는 거야. 어쨌든 이놈만 죽이면 전쟁은 끝나. 이놈을 죽여 마신의 기운을 꺼내면 모두 진실을 알게 된다고.’

케이가 황제에게 다가가며 검을 휘둘렀다. 검을 타고 마나 조합이 초고속으로 이루어졌다. 그의 검에서 파이어 볼 몇 발이 튀어나갔다.

황제가 빠르게 옆으로 피했다. 그의 뒤쪽 나무들이 폭발에 휘말려 날아갔다.

황제가 말했다.

"제법이군. 검으로 마법을 쓰다니. 기습으론 그만이었어. 하지만 약해."

황제가 손을 휙 흔들었다. 그 손길 하나에 마나 조합 십여 개가 이루어졌다.

케이가 즉시 자세를 낮추며 왼손을 쭉 뻗었다.

케이의 앞에는 육각형의 작은 방패 수십 개가 만들어졌다. 그것들이 모여 거대한 방패가 생성되었다. 고위 방어 마법 이지스였다.

황제가 날린 파이어 볼들이 그 방패에 충돌하며 폭발했다. 십여 개의 폭발이 동시에 이루어졌다. 하나의 폭발에 방패 두세 개가 터져 나갔다.

이지스는 처음 한 번의 공격은 확실히 막아냈다. 하지만 방패가 뚫린 곳으로 어느새 황제가 날린 새로운 마법이 날아들었다. 케이가 몸을 옆으로 굴렸다.

"헉헉. 제법이구나, 황제."

"나에게 이런 정도는 쉬운 일이지."

케이는 힘을 회복할 시간이 필요했다.

"뭐 하나만 묻자, 황제."

"죽을 놈이니 대답해 주마. 뭐냐?"

"마족들을 천 마리나 숨겨둔 것, 나를 대비해서냐?"

"흐흐. 우리 첩자들이 모든 정보를 너무 쉽게 얻어왔다. 하지만 단 하나, 너에 대한 첩보는 대단히 부족하더군. 내가 유일하게 경계하는 존재가 바로 너. 정보가 많아야 하는데 이상하잖아? 중앙군을 보내고 나서 안전장치가 필요하다는 생각이 들었다. 마족은 만약을 대비한 것이지.”

“젠장. 마족만 아니었으면 널 죽일 수 있었을 텐데.”

“후후. 케이. 오해하고 있구나. 내가 마족을 준비한 것은 네놈들의 습격을 막기 위해서가 아니다. 네놈들 실력으로는 나를 죽일 수 없다.”

“웃기지 마라. 그럼 뭐냐?”

“케이 너를 놓치지 않기 위해서였지.”

마족들이 나타나서 케이를 포위하기 시작했다. 그 숫자가 백여 마리였다.

“나머지는 도망친 놈들을 사냥하러 갔지.”

케이가 주변을 힐끗 돌아보고 말했다.

“마족 백 마리로 나를 죽일 수 있다고?”

“아니, 그런 꿈은 꾸지 않아. 대신에 이들은 너의 발목을 잡을 수 있지. 등을 보이며 도망치다 발목이 잡히면 넌 내 손에 죽는다. 아까 같은 얕은 수는 쓰지 못할 거다.”

케이도 그걸 알고 있었다. 애초에 이 마족들을 느끼고 있었기에 황제와 마주친 상태에서 도망치지 못했다.

케이는 시간을 더 끌어야 했다.

“로지도 네가 끌어들인 거냐?”

“아, 썸머 백작의 딸? 물론이지. 너와 제법 가깝다는 소식을 듣고 썸머 백작에게 명령했다. 집 나간 딸을 잡아다가 곁에 두게 했다. 네가 오면 네 눈앞에서 그 여자의 목이라도 베어주려고 했는데. 기회를 놓쳐서 아까워하고 있다.”

“개새끼.”

“자, 이제 충분히 쉬었나? 다시 재주를 부려봐라.”

케이의 머리가 빠르게 회전했다.

‘마법만 가지고는 안 돼. 검만으로도 어려워.’

케이가 황제에게 손을 쭉 뻗었다. 그의 손을 따라 마나 조합이 이루어지고 곧바로 황제의 주변이 폭발했다.

황제가 다섯 겹의 쉴드로 몸을 보호한 채 폭발 속에서 걸어나오며 말했다.

“이 정도 마법으로는 이제 나를 다치게 할 수 없음을 깨달았을 텐데?”

케이가 황제에게 달려들며 오러 블레이드를 일으켰다.

“그럼 목을 잘라주마!”

그의 검이 부드러운 선을 그리며 황제의 목을 노리고 날아갔다.

황제의 오러 블레이드가 그것을 튕겨냈다. 그와 함께 황제의 왼손이 앞으로 움직였다.

“약해.”

황제의 손에서 마나 조합과 함께 거대한 불기둥이 솟았다.

케이가 몸을 뒤로 휙 젖혀 그 공격을 피하며 검을 뻗었다. 황제가 비웃으며 한 걸음 물러섰다.

“거리가 안 되잖아?”

케이가 씩 웃었다. 그는 뻗던 검을 놓아버렸다.

오러 블레이드가 사라지기 전에 검이 황제의 몸을 노리고 날아들었다.

황제도 이런 공격은 예상하지 못했다.

“헛!”

몇 년 만에 처음으로 내뱉은 당혹성이었다. 그는 급히 몸을 비틀었다.

황제의 판단이 늦은 것은 아니다. 하지만 케이의 오러 블레이드가 너무 빨랐다. 오러 블레이드는 황제의 왼쪽 팔을 그대로 잘라 버렸다.

케이는 어느새 황제를 훌쩍 뛰어넘어 자신이 던진 검을 잡았다.

케이가 뒤로 돌아서서 황제를 보고 크게 웃었다.

“으하하하. 이제 왼팔이 없으니 마법은 어떻게 쓰시려나. 입장이 바뀌었군?”

황제가 이를 갈았다.

“케이, 오러 블레이드와 함께 검을 날리는 방법이라… 고대의 비법인가? 확실히 제법이었다. 네가 내 팔을 자를 줄은 몰랐다.”

“이제 네 목을 잘라주마. 어서 목을 내밀……”

케이가 입을 다물었다. 그는 바짝 긴장했다.

황제의 잘려진 왼팔에서 검은 기운이 뭉클뭉클 솟아올랐다.

그것은 순식간에 원래의 팔 모양으로 뭉쳐졌다. 잠시 후에는 색까지 살색으로 돌아왔다.

황제가 왼팔을 가볍게 흔들어보았다.

"케이, 마신님의 피를 받았으면 이 정도 회복은 기본 아니겠나?"

"트롤보다 더한 놈."

황제의 눈이 뱀처럼 변했다.

"케이, 조금 전 네 공격은 정말 위험했어. 그러니 장난은 이제 그만 하도록 하마."

황제가 움직였다. 그 속도가 너무 빨라 케이는 순간적으로 황제의 모습을 놓쳤다.

황제가 케이의 앞에 나타났다. 바람이 뒤늦게 황제를 쫓아 날뛰었다.

황제의 오러 블레이드가 케이의 심장을 노리고 날아왔다.

케이는 급히 자신의 오러 블레이드를 휘둘러 황제의 공격을 막았다. 그러나 그의 것은 황제의 오러 블레이드에 부딪치자마자 튕겨 나갔다. 오러 블레이드에 들어 있는 기운의 양이 달랐다.

황제의 오러 블레이드가 케이의 심장에 처박혔다.

케이의 눈이 커졌다.

"으아악!"

황제의 눈도 커졌다. 그는 케이의 몸속에서 강력한 반발력을 느꼈다. 오러 블레이드가 심장으로 더 들어가지 않았다.

‘내 오러 블레이드를 버티는 반발력이 있어? 신의 피가 직접 일으키는 반발력이다. 그렇다면 이놈. 신의 피를 제대로 흡수하지 못했구나.’

황제는 상황이 어떻게 된 것인지 깨달았다. 그도 마신의 피를 흡수했기에 모든 것을 이해할 수 있었다.

‘상관없어. 끝장을 내주마.’

황제는 자신이 가진 기운을 오러 블레이드에 집중시켰다. 마신에게서 얻은 힘이 검에 모여들었다. 오러 블레이드의 빛이 사라지면서 차츰 투명해졌다.

그는 마신이 보낸 피를 대부분 흡수했다. 부하 몇을 만들기 위해서 나눠준 양은 조금뿐이었다. 그의 힘은 지나치게 강력했다.

오러 블레이드에 모든 것을 파괴하는 힘이 모였다.

“소멸해라, 케이!”

황제가 검을 콱 쑤셨다.

오러 블레이드가 신의 피를 뚫었다. 케이의 심장도 뚫었다. 케이의 심장이 두 조각으로 갈라졌다.

대폭발이 일어났다.

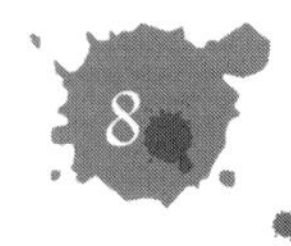

케이의 심장이 폭발했다. 이런 현상은 황제도 미처 예상하지 못했다. 엄청난 압력이 황제를 밀쳤다.

황제의 오러 블레이드가 먼저 소멸했다. 그 다음으로 검을 잡은 팔이 사라졌다.

황제의 얼굴을 공포가 채웠다.

'이대로 있으면 폭발에 말려든다. 소멸의 위기다.'

황제는 즉시 뒤로 몸을 날렸다. 마신의 힘을 이용해서 공간을 건너뛰며 물러섰다. 케이의 심장을 중심으로 모든 것을 삼키는 흰 공간이 확장되고 있었다. 거대한 물방울처럼 생긴 그것은 급속도로 커졌다. 주변을 포위하고 있던 백여 마리의 마족이 그 공간에 말려들어 소멸했다.

황제의 물러나는 속도는 공간의 확장보다 조금 더 빨랐다. 그는 한참을 뒤로 도망친 후에야 겨우 안전한 곳에 도착했다.

흰색 구체는 어마어마한 크기로 확장되었다. 그러나 그 확장도 끝은 있었다. 점점 확장되는 속도가 줄어들더니, 마침내 성장을 멈추었다. 하지만 그것은 범위 내의 모든 물질을 소멸시킨 채 그 흰 빛과 형태를 유지하고 있었다.

황제가 자기 오른팔을 보았다. 그의 팔은 어깨 아래로 사라져 있었다.

검은색 기류가 스멀스멀 피어올라 그의 팔이 있던 자리를 채웠다. 그것은 빠르게 새로운 팔을 만들어냈다.

황제가 그 손으로 이마의 땀을 닦으며 말했다.

"천신 그놈. 일부러 피를 흡수시키지 않았구나. 이런 자폭으로 승부를 보려고 했구나. 나를 같이 말려들어 죽게 하려고 수작을 부렸구나. 위험했다, 위험했어."

흰색 구체는 서서히 그 크기가 줄어들고 있었다. 구체가 있었던 땅은 원형으로 완벽하게 파여 있었다.

작아지는 구체를 보는 황제의 얼굴에 비웃음이 올라왔다.

"어쨌든 천신이 만든 함정은 소멸했군. 케이도 사라졌고. 이제 인간계를 멸망시키는 데 방해되는 것은 없다."

흰빛 구체가 줄어들던 것을 멈췄다. 그것은 손바닥만 하게 작아졌다가 다시 급격하게 커지는 것을 반복했다. 마치 심장이 뛰는 듯한 모양이었다.

황제는 그 모습을 보고 조금 긴장했다.

“아직 신의 피가 남았군. 다시 폭발한다면 너무 위험해. 내가 있을 곳이 못 되는군. 이곳은 마족 놈들을 보내 저게 어떻게 되는지 지켜보게 해야겠다.”

황제는 케이의 끝을 보고 싶기는 했다. 케이가 완전히 소멸한 것을 직접 확인하고 싶었다.

그러나 황제의 자존심은 자신감과 자부심이 결합된 것이다. 거기에 더해서 정말 오랜만에 공포를 느꼈다.

“어차피 케이 놈도 소멸했으니까.”

황제가 변명처럼 말하고 그 장소에서 사라졌다.

신의 피는 폭발했다. 마신의 힘으로 심장을 쪼개놓았기 때문에 일어난 결과다.

하지만 신의 피가 폭발했다고 해서 케이까지 소멸하지는 않았다. 케이는 소멸당하지 않을 만큼 충분히 신의 피를 흡수했다. 그의 몸은 신의 피와 비슷한 성질을 가지고 있었다. 그래서 신의 힘이 직접 행사되는 공간에서도 그는 소멸당하지 않았다.

그러나 그의 몸은 그곳에 있지 않았다. 신의 힘이 직접 폭발한 영향으로 조그마한 공간 왜곡이 생겼다. 케이의 몸은 그 공간에 가둬져 황제의 눈을 피할 수 있었다.

몸이 멀쩡해도 심장이 쪼개진 것은 사실이다. 심장을 감싸던 신의 피도 상당 부분이 사라졌다.

신성임무수행체는 남아 있는 신의 피를 모아 케이의 심장을 회복시키려고 시도했다.

'심각한 오류 발생. 심장의 일부가 사라졌음.'

하지만 신성임무수행체는 원래 케이의 몸에 들어오면서 대부분의 기능을 잃은 상태였다. 그것은 케이의 소멸한 심장을 재생시킬 능력이 없었다.

신성임무수행체는 자신이 직접 컨트롤 가능한 것을 이용해서 케이의 심장을 복구하기로 결정했다.

'긴급 조치. 신의 피로 손실 부분을 대체한다.'

남아 있는 신의 피 중 상당량이 인간계에서 만져질 수 있는 형태로 변형되기 시작했다. 그것이 심장의 날아간 부분을 메웠다. 강력한 신력이 유형화되어 케이의 심장에서 박동하기 시작했다.

신성임무수행체에 의한 작업은 상당한 시간이 걸렸다. 박동하던 흰 빛은 조금씩 커져 오 미르의 공간을 덮었다. 공간 왜곡은 사라졌고 케이의 몸은 인간계에 다시 모습을 드러냈다.

대부분의 신의 피는 유형화되어 심장을 만들었다. 남아 있는 신의 피는 조금밖에 되지 않았다.

케이의 몸을 감싸고 있던 흰빛 구체가 서서히 부서지기 시작했다. 그것은 신성력이 되어 주변으로 흩어졌다.

황제의 명령으로 결과를 확인하러 왔던 마족 몇 마리가 기겁을 했다.

"신성력이 퍼진다."

"이 지역은 신성력으로 오염됐다!"

“여기 있다가는 신성력에 중독돼서 죽는다. 도망쳐!”

신성력은 파동의 형태가 되어 상당히 광범위한 영역으로 퍼져 나갔다. 마족들은 즉시 도망쳤다. 원래부터 그 숲에서 살던 몬스터들은 신성력의 침범을 받고 즉시 게거품을 물며 죽어갔다.

흰색 구체가 사라지자 그 중심에 있던 케이의 몸이 땅바닥에 털썩 떨어졌다. 깊게 파인 구덩이 중심에 떨어진 케이가 몸을 떨었다.

“끄으웅. 정말 아프다. 왜 이렇게 아픈 거야?”

케이는 잠시 제정신이 아니었다. 그러나 곧바로 자기 상황을 깨달았다.

케이가 벌떡 일어서려고 했다.

“황제 이 개… 켁. 아이고, 아파라.”

케이는 거의 꼼짝할 수가 없었다. 움찔거리기도 힘들었다.

케이는 어쩔 수 없이 멍하니 누워 있었다. 그의 눈에 푸른 하늘이 보였다.

“무슨 일이 일어난 거지?”

생각을 정리해 보았다. 아직도 주변에는 신성력이 퍼지고 있었다. 신성력을 항상 접하느라 둔해진 케이도 그것을 느낄 수 있었다.

“주위에 퍼져 있는 강한 신성력, 이 어마어마하게 거대한 구덩이. 결국 그건가?”

케이가 결론을 내렸다.

"천신이 여기다 한 방 제대로 때렸군. 벼락은 아닐 테고. 말로만 듣던 신벌일까? 뭔지 몰라도 어마어마한 위력이네. 이것 때문에 황제 놈이 도망친 거구나. 망할 놈의 천신. 이렇게 할 수 있으면 진즉에 했으면 좋잖아. 쳇. 한 방 때리는 것이 그렇게 아깝다 그거지?"

케이가 일어서려고 부들부들 떨다가 다시 털썩 드러누웠다.

"그래. 한 방이 어디냐. 알았다고, 알았어. 인간이 알아서 하라는 거지? 누군가 세상을 구해야 한다면, 내가 하지 뭐. 그나저나 여기를 빠져나가야 세상을 구하거나 말거나 할 텐데."

케이는 편안히 누워 있자 새로운 의문이 들었다.

"그런데 나는 어떻게 살아 있지? 땅덩이가 다 날아갔는데?"

케이의 손에 마신상이 잡혔다.

"옷은 다 없어졌는데 그래도 마신상은 남아 있군. 역시 이 녀석 덕분인가?"

마신상은 마기를 담던 그릇이다. 그것은 케이의 몸에서 직접 나온 신성력을 잔뜩 품고 있었다. 케이의 몸과 성질이 비슷하게 변형된 덕분에 신의 힘에 소멸당하지 않았다.

마신상이 완전한 것은 아니다. 그것은 막대한 신력을 전부 감당하지는 못했다. 마신상의 몸체에는 가느다란 금이 가 있었다. 예전에 마족 바이런의 검에 스쳐 흠집이 났던 자리였다.

심한 부상을 입은 케이는 그것을 알아보지 못했다.

"고맙다, 마신상. 네 덕분에 또 살았다."

혼잣말을 하는 케이의 눈에 예쁜 붉은 머리 아가씨의 얼굴이 보였다.

"로지?"

누워 있는 케이를 내려다보고 있는 로지가 눈물을 뚝뚝 흘렸다. 그녀의 눈물이 케이의 뺨에 떨어졌다.

"케이 오빠, 미안해요. 난 오빠가 황제에게 올 줄은 몰랐어요. 꿈에도 몰랐어요."

"야, 로지. 미안이고 자시고 잘 왔다."

"예?"

"튀자."

용병 로지도 상황은 대충 볼 줄 안다.

"알았어요."

가냘픈 몸매라고는 하지만 그녀는 일급용병이다. 기를 잘 다룬다면 허리가 가늘어도 힘깨나 쓸 수 있다.

그전에 할 일이 있다. 로지는 얼굴을 붉히며 자기 웃옷을 벗어 케이에게 주었다. 발가벗은 상태였던 케이는 그 옷으로 허리라도 대충 가렸다. 그 와중에도 마신상을 챙기는 것은 잊지 않았다.

어깨가 딱 벌어진 케이를 로지가 업었다. 그녀는 케이를 업고 뛰기 시작했다. 뛰느라 흔들리는 그녀의 등에서 케이가 비명을 참으며 말했다.

"크윽. 로지야. 좀 살살, 응?"

"안 돼요. 곧 황제의 마족들이 올 거예요. 빨리 도망쳐야 해요."

"그나저나 여기는 어떻게 왔냐?"

"황제와 마족들이 오빠 쫓아가는 거 보고 따라왔어요."

"용케 안 들켰네?"

"특급을 바라보는 일급용병 로지를 우습게보지 말아요. 나의 제일 뛰어난 기술은 마법이 아니에요. 기척을 감추는 거라고요."

성녀 한 명에게 주어졌어야 하는 능력은 여러 명에게 나뉘어졌다. 성녀 데이지와 카트리나는 마법 재능을 받았다. 성녀의 자질을 가진 바이올렛은 남의 마음을 읽는 능력을 받았다. 그리고 로지는 기척을 지우는 능력을 받았다.

"장하다, 장해. 암살자가 됐으면 대성했겠네."

"명문 가든 가문에서 암살자가 나올 리는 없잖아요."

"그나저나 네 아버지가 썸머 그 개… 백작이라니. 왜 그 말을 안 했냐?"

"난 가출했으니까요. 오빠, 아빠를 살려줘서 고마워요."

"니가 아니더라도 어차피 못 죽였어. 썸머는 어떻게 됐어?"

"아빠도 마족들이 설치는 꼴을 보셨어요. 결정적으로 황제가 기사 몇 명의 목을 베는 것을 보셨거든요. 이제 누가 옳은지 깨달았어요. 그대로 몸을 피하셨어요."

"나중에 제대로 갚아줄 수 있겠군. 그나저나 너 가출은 왜 했는데?"

"난 세상을 여행하고 싶었으니까요. 하지만 아빠는 황제의 부하가 됐어요. 아빠의 명예를 더럽히지 않으려면 나도 무도

회장이나 찾아다니면서 세월을 보내야 하잖아요. 난 그게 싫었어요."

"잘했다, 잘했어. 아주 잘했어. 황제 그 새끼 곁에 있느니 용병이 되는 게 낫지. 큭. 그런데 로지야, 조금 천천히 가면 안 될까? 오빠가 많이 아프다."

"죽는 것보다는 아픈 게 나아요."

*   *   *

황제는 마족 던킨에게 보고를 들었다.

"현장이 신성력으로 오염되어 있다고?"

"그렇습니다. 그래서 우리는 접근할 수가 없습니다. 대신에 인간 병사들을 보내서 확인을 했습니다."

"결과는?"

"케이는 흔적도 보이지 않았다고 합니다."

황제는 만족했다.

"그놈은 확실히 소멸했군. 그만한 신성력이 뿌려진다는 것만 봐도 놈은 죽은 것이 확실해. 내가 죽으면 마기가 뿌려진다. 그놈이 죽었으니 당연히 신성력이 뿌려지겠지."

"폐하께서 돌아가실 리는 없습니다."

"물론 나도 그렇게 생각한다. 그건 불가능하지. 나는 영생을 누리도록 약속받았으니까."

"그것보다 폐하, 달아난 병사들 문제는 어떻게 처리하실 생각이신지?”

“다 죽여. 나를 지켰던 병사들을 모두 찾아내서 죽여라. 마족들이 직접 나서라.”

“하지만 달아난 자가 몇천 명입니다. 몇 놈쯤은 놓칠 수밖에 없습니다.”

“괜찮다. 몇 놈쯤 도망쳐도 돼. 그중에 내 정체를 짐작하는 놈이 얼마나 되겠느냐? 떠들어도 아무도 믿지 않아.”

“습격해 온 피스 제국 놈들은 어떻게 처리하시겠습니까? 그 놈들도 우리가 사냥할까요?”

“아니. 적군은 다른 군단들을 불러들여 처리하기로 하지. 적군이 뭐라고 떠들던 그건 소문으로 끝날 테니까.”

“알겠습니다.”

“그리고 던킨, 케이 놈 때문에 마족의 수가 좀 줄었다. 도시 하나를 더 몰살시켜서 마계의 문을 새로 열어라.”

던킨의 얼굴이 밝아졌다.

“알겠습니다. 적당한 도시를 하나 골라서 인간들을 모두 죽이겠습니다.”

“전쟁이 진행될수록 더 많은 도시를 없앨 수 있을 거다. 곧 충분한 숫자의 마족들을 불러들일 수 있을 거야.”

“감사합니다.”

*　　　　*　　　　*

케이와 로지가 국경까지 숨어서 이동하려면 며칠은 가야 한다. 더구나 그 대부분은 현재 격전지였다.

케이는 로지에게 업혀서 길을 설명했다.

"저쪽 산 왼쪽으로 돌아가. 그쪽에는 배치된 부대가 없어. 전략적으로 별로 가치가 없거든."

로지는 케이가 시키는 대로 움직였다.

케이는 이제 겨우 일어설 수 있을 정도로 몸을 회복했다. 하지만 그 정도로는 혼자 움직일 수 없었다.

그의 몸이 입은 타격은 신의 힘에 의한 것이다.

일반적인 형태의 부상이 아니다. 회복 포션으로도 치료되지 않았다. 스스로 펼치는 홀리 라이트 역시 소용없었다. 결국 그는 로지에게 의지하는 수밖에 없었다.

케이가 로지의 등에서 말했다.

"힘들지 않아?"

로지가 기운차게 대답했다.

"오빠, 특급을 바라보는 일급용병 로지를 우습게보지 말아요. 하나도 안 힘들어요."

케이는 로지의 등에 업혀 있다 보니 그녀를 뒤에서 껴안고 있는 꼴이었다. 며칠째 이러고 있으니 미안해 죽을 지경이었다.

"좀 쉬었다 가자."

"그, 그럴까요?"

로지의 체력이 좋은 것은 사실이지만 그녀도 지쳐 가고 있었다. 건장한 남자를 업고 며칠 동안 적의 눈을 피해 뛰어다니는 것은 쉬운 일이 아니다.

게다가 배까지 고팠다.

꼬르륵.

그녀는 자기 배에서 들린 소리에 얼굴을 붉혔다.

케이가 말했다.

"미안. 내가 신성제국에만 가면 배 터지게 먹여줄게. 그때까지만 참아."

그들은 여기서 한가하게 사냥을 하고 있을 처지가 아니다. 어쩌다 산열매라도 발견하면 그걸 먹고 허기를 면하는 것이 고작이었다. 그리고 오늘은 하루 종일 아무것도 발견하지 못했다.

갑자기 케이가 긴장했다.

"쉿! 로지, 뭔가 있다."

로지도 바짝 긴장했다.

"뭔데요?"

가만히 기운을 느끼던 케이가 말했다.

"적군이다. 수색망이 더 넓어졌나 보다. 튀자."

"알았어요. 쉽게 해주지를 않네요."

*　　　*　　　*

피스 제국 도시 하나에 참상이 벌어졌다. 사람들이 살해당했다. 남녀노소를 막론하고 모든 인간이 죽었다. 손에 피를 묻힌 마족들이 살아 있는 인간이 없는지 찾으러 돌아다녔다.

꼬마 아이 하나가 궤짝 속에 숨어 있었다. 아이는 주변이 조용해지자 침을 꿀꺽 삼켰다. 자기 침 삼키는 소리가 귀를 울릴 정도로 크게 들렸다.

아이는 어떻게 해야 할지 감을 잡을 수 없었다. 정확히 무슨 일이 일어났는지도 제대로 모르고 있었다.

하지만 조용한 상태가 오래 유지되자 몸이 저렸다. 아이는 몸을 살짝 움직여 저린 다리를 폈다.

그 움직임 때문에 바스락 소리가 났다.

아이는 어두운 궤짝에서 빛을 보았다. 궤짝의 벽에서 빛이 들어오기 시작했다.

궤짝이 두 조각으로 쩍 갈라졌다. 그때 본 세상이 아이가 본 마지막 모습이었다. 아이의 몸도 궤짝과 함께 잘려 나갔다.

마족 한 마리가 검에 묻은 피를 혀로 핥으며 말했다.

"이 인간이 마지막인가?"

피는 강을 이루며 흘렀다. 그것이 육망성의 모양을 만들었다.

백여 마리의 마족이 그 결과물을 보며 만족했다.

"준비는 끝났다. 이제 문이 열리기를 기다릴 뿐."

그 마족의 말이 신호라도 되는 듯, 육망성의 한가운데가 쩍 갈라지기 시작했다.

땅이 갈라지고 거대한 암흑이 그 자리를 차지했다. 그것은 아주 크고, 그 바닥이 보이지 않을 정도로 깊었다.

암흑의 경계에서 몬스터들이 기어나오기 시작했다. 그중에는 마족도 섞여 있었다.

만족한 얼굴로 그 모습을 보던 마족들의 얼굴이 굳었다.

"엄청난 위압감이다."

"뭐가 잘못된 건가?"

"아니다. 누군가 나온다."

"이런 위압감을 가진 존재라니. 설마……."

암흑에서 마족 하나가 걸어나왔다. 위압감은 그의 몸에서 풍기고 있었다.

마족들이 일제히 그 앞에 엎드렸다.

"마왕님을 뵙습니다!"

마계의 문이 닫히고 나서 마족들이 증거를 없애는 동안, 먼저 인간계에 와 있던 고위마족 몇 마리가 마왕에게 상황 보고를 했다.

마침내 기본적인 보고를 끝낸 고위마족 한 마리가 조심스럽게 질문했다.

"마왕님, 여쭤보고 싶은 것이 있습니다."

"말해라."

"마계의 일이 바쁘실 텐데 인간계까지는 어쩐 일이신지요?"

"마계에 바쁜 일이 있다고? 내가 거기서 논다고 나를 놀리는 거냐?"

"그, 그게 아니라. 인간계까지 왕림하실 줄은 미처 짐작을 못했기에……."

"내가 오지 못할 곳을 왔느냐?"

"아닙니다. 그럴 리가 있겠습니까?"

마왕이 송곳니를 드러냈다.

"아니면 네가 황제의 부하로 너무 오래 있어 누구의 명령을 받아야 할지 모르게 된 것이냐?"

고위마족이 즉시 엎어졌다.

"절대로 아닙니다. 제 주인은 오직 마왕님뿐이십니다."

마왕이 웃었다.

"호호호. 그렇지. 내가 바로 너의 주인이다. 그리고 모든 존재의 주인이지. 황제에게 누가 주인인지 가르쳐야 할 때가 온 것 같더군."

"하지만 황제의 계획은 백 년을 노리는 것으로써……."

"그놈 계획대로 해서 모든 인간이 죽어버리면 우리가 인간계를 점령하는 것이 무슨 의미가 있다는 말이냐? 지배할 것이 있어야지. 살려둬서 사냥감으로도 쓰고 노예로도 부려야 할 것 아니냐? 나는 아름다운 여자를 잡아먹는 즐거움을 포기하고 싶지 않다."

"하지만 마신께서……."

"마신께서 뭐라 하셨는지 나는 듣지 못했다. 그자의 말만 들었을 뿐. 인간은 믿을 수 없는 존재. 나는 그를 믿지 않는다.”

마족은 인간을 잡아먹는 것을 즐긴다. 그중에서도 아름다운 여자를 최고의 진미로 쳤다.

모든 마족들이 마왕의 말에 공감했다. 그들 역시 그걸 포기하고 싶지는 않았다.

“하긴…….”

“확실히 황제의 명령대로 하면 뒷일이 너무 암울해지니까.”

마왕이 마족들의 반응을 보며 즐겁게 웃었다.

“하하하. 그렇지. 그러니까 누가 진정한 왕인지 황제에게 가르쳐야지.”

“황제가 말을 듣지 않으면 어떻게 하려고 그러십니까?”

“영혼을 빼앗아 내 꼭두각시로 만들어야지. 인간들이 좀 더 죽어줄 때까지.”

＊　　　＊　　　＊

케이와 로지는 격전지를 통과해서 신성제국의 땅에 들어섰다.

하지만 얼마 들어가지도 못하고 그들은 천인대 하나와 마주쳤다.

천인대는 재빨리 그들을 포위했다. 천인대장이 그들을 의심스러운 눈초리로 보며 질문했다.

“이곳은 전쟁터다. 청춘 남녀가 돌아다닐 공간이 아니지.

수상하구나.”

로지가 발끈했다.

“이 사람이 누군지 알아요? 바로 용사 케이라고요.”

천인대장이 비웃었다.

“흐흐흐. 그가 용사 케이라면 나는 천신이다. 말도 안 되는 소리로 내 손을 빠져나가려고 하는구나.”

케이는 이제 로지에게 업히지 않아도 움직일 만큼 회복되었다. 아직 예전 상태는 아니었지만 걸어다니는 정도는 문제가 없었다.

케이는 가진 것이 없다. 그가 가진 것은 전부 신의 힘에 말려들어 소멸했다. 옷도 얻어 입은 것이다.

마신상은 살아남았다. 그것은 케이의 신성력을 충분히 품고 있었고, 그 덕분에 소멸되지 않았다. 하지만 마신상으로 신분을 증명할 수는 없다.

결국 케이는 자신이 용사임을 증명할 것이 아무것도 없었다.

‘내가 원래 가짜 용사니까 증명하기 정말 곤란하네.’

케이가 말했다.

“어떻게 하면 믿어줄 건데?”

“하하하. 진정 용사 케이라면 당연히 신성 마법을 쓸 수 있겠지. 그것을 보여…….”

“나와라. 홀리 라이트.”

케이의 손에서 치료의 빛이 퍼져 나왔다.

"아픈 사람 있으면 나와봐요. 증명할 테니까."

천인대 전체가 입을 떡하고 벌렸다.

어제의 전투에서 부상을 입은 병사 하나가 슬금슬금 다가왔다.

"여기 팔에 화살을 맞았습니다. 하루가 지났는데 잘 낫지가 않습니다."

케이가 치료의 빛을 그 병사의 팔에 비추었다.

병사의 팔에서 상처가 빠르게 아물었다.

케이가 병사에게 말했다.

"일단 대충 치료한 거예요. 나중에 제대로 치료해요."

병사가 팔을 휘휘 돌려보더니 환하게 웃었다.

"감사합니다, 감사합니다. 용사 케이님."

천인대장은 아직 믿고 싶지가 않았다.

"그, 그 정도는 신관이라면 누구나 할 수 있는 것. 용사 케이는 마법 실력도 대단……."

케이가 손을 휘휘 저었다. 그의 손을 따라 마나가 빠르게 배열되었다.

시동어조차 없이 파이어 볼이 하나 만들어졌다.

케이가 천인대장을 보고 말했다.

"이거 일루젼인지도 모르잖아요. 직접 맞아보고 확인하는 게 어때요?"

천인대장은 더 이상 의심할 수가 없었다.

"아, 아닙니다."

케이가 손을 휘휘 저어서 파이어 볼의 마나를 흐트러뜨렸다.

마법에 대한 기본 상식은 있는 천인대장의 눈이 커졌다.

"마나 역류도 없이 파이어 볼을……."

천인대장이 재빨리 케이에게 다가왔다.

"용사 케이님. 만나뵙게 돼서 영광입니다!"

다른 병사들도 케이의 얼굴을 조금이라도 자세히 보기 위해서 접근했다.

케이가 천인대장에게 질문했다.

"현재 전투 상황은 어때요?"

천인대장이 안 좋은 얼굴로 대답했다.

"모든 전선에 걸쳐서 치열한 교전이 벌어지고 있습니다. 놈들의 공세도 강력하지만 우리는 최선을 다해서 막아내고 있는 중입니다."

케이는 이제 왜 그들이 막아낼 수 있는지 알고 있다.

"젠장, 우리 이거 완전히 놀아나고 있네. 황제 폐하와 마법통신이 가능한 가장 가까운 곳이 어디예요?"

"서북방면군 사령부에 대형 수정구가 있습니다. 수도에 있는 중앙마법통신소와 연결되어 있습니다."

"거기까지 갈 수 있는 가장 빠른 교통수단을 마련해 줘요. 즉시 사령부로 가봐야겠어요."

"알겠습니다. 제 말을 타고 가십시오. 마법 통신망으로 연락을 해놓겠습니다. 곳곳에서 새 말을 보충해 줄 겁니다."

“알았어요. 그런데…….”

케이가 로지를 힐끗 보았다. 로지가 긴장한 얼굴로 케이를 보고 있었다.

“말 한 마리만 더 마련해 줘요.”

로지의 얼굴이 환해졌다.

*　　　*　　　*

신성제국 황제는 인상이 좋지 못했다.

“진격을 못하고 있다고?”

총사령관이 인상을 잔뜩 쓴 채 대답했다.

“그렇습니다. 피스 황제를 지키던 중앙군 십만 명이 충원되었습니다. 놈들이 워낙에 정예병들이라 더 이상 전진을 못하고 있습니다.”

“그것까지야 예상했던 일이지 않은가? 그런데 중앙군이 빠진 후에 용사 케이가 피스 황제를 죽이기로 하지 않았나?”

“용사 케이가 실패했다고 판단됩니다.”

“용사가 어떻게 실패할 수가 있어?”

황제가 아폴로를 힐끗 보고는 말했다.

“케이 그거 혹시 가짜 용사 아냐? 진짜는 우리 아폴로 아닐까?”

“현재 수집된 첩보에 의하면 아무래도 황제의 근처에 마족이 나타난 것 같습니다.”

“마족 좀 나타났다고…….”

“천 마리쯤 나타났습니다.”

황제가 입을 다물었다. 그의 얼굴이 허옇게 질렸다.

“처, 천 마리? 마족이?”

“그렇습니다. 그들의 갑작스러운 습격으로 작전이 실패한 것 같습니다.”

황제는 갑자기 떠오르는 것이 있었다.

“가만, 마족이 피스 황제를 도와서 우리 일을 망쳤다고? 그럼 이제 세상은 그놈의 정체를 아는 건가?”

“그게 또 그렇지가 않습니다.”

“무슨 소리인가?”

“피스 황제를 지키던 근위병사 일만 명, 그리고 근위기사단이 마족들에게 전멸했습니다.”

“뭐? 그놈들이 자기편을 왜 전멸시켜?”

“그 때문에 마족이 우리 신성제국을 돕는다는 소문이 퍼지고 있습니다.”

황제의 얼굴이 핼쑥해졌다. 그는 이제 상황이 어떻게 돌아가는지 알 수 있었다.

“그, 그럼 용사 케이는? 강습 부대 오만 명은? 황제를 왜 못 죽였어?”

“놈들의 주장에 의하면, 피스 황제가 먼저 마족들을 피해 도망쳤다고 합니다. 그리고 우리 강습 부대는 그 후에 나타난 피스 제국군의 공격을 받아 흩어졌다는 겁니다. 사실 마족들이 나타나는 순간 후퇴했다고 보는 것이 옳습니다만, 놈들이 정보를 장악하고 있습니다."

"허억. 그런 개사기를… 그럼 용사 케이는?"

"피스 황제가 죽였다고 발표했습니다. 케이를 죽여 그가 가짜 용사임을 증명했다고 했습니다."

황제가 털썩 주저앉았다.

"용사 케이가 죽었어? 대적자를 없애야 하는 용사 케이가? 크윽. 우린 이제 끝장이군."

황제도 상황 파악을 하는 머리는 있다. 그는 정말 큰 위기가 닥쳤다고 생각하자 더 이상 아폴로를 보고 용사니 뭐니 하지 않았다.

귀족들의 얼굴도 어두워졌다. 고위귀족 하나가 조심스럽게 말했다.

"그럼… 작전은 실패한 것입니까?"

총사령관이 대답했다.

"전선을 유지하고 있으니 아주 실패했다고는 할 수 없지만, 확실히 황제를 암살하는 것은 실패했소."

"그럼 용사 케이는 확실히……."

"죽었소."

케이가 죽었다는 말에 일부 귀족들이 즉시 불평했다.

"애초에 평민이 용사인 것이 마음에 들지 않았어."

"신전에서 용사라고 하니 그런가 보다 했지만, 일이나 망쳐놓다니."

“이런 것은 귀족이 추진했어야 하는 건데 말이야. 에이.”

케이가 죽었다고 생각한 귀족들은 무서운 것이 없었다. 슬슬 분위기는 케이를 욕하는 쪽으로 흘렀다. 평소에 유감이 많았던 귀족들이 케이의 욕을 해대기 시작했다. 있는 이야기를 욕으로 바꾸는 것은 물론이고 없는 말까지 지어내기 시작했다.

대신관이 불쾌한 얼굴로 있었지만 이미 흥이 잔뜩 일어난 귀족들을 말릴 수는 없었다.

욕설이 난무하는 곳으로 연락 마법사 한 명이 뛰어들어 오며 외쳤다.

“용사 케이의 마법 통신이 들어왔습니다!”

케이에 대한 욕설이 일시에 사라졌다.

황제가 벌떡 일어섰다.

“살아 있었구나. 역시 용사 케이! 으하하하. 나는 용사 케이가 살아 있다고 믿었다고. 정말이다!”

조금 전까지 욕을 하던 귀족들이 주변을 힐끔거렸다. 입 다물고 있던 귀족들이 그들을 노려보고 있었다.

‘우리가 한 이야기가 케이의 귀에 들어가면 후환이 두렵다.’

찔리는 것이 있는 귀족들이 앞 다투어 칭찬을 쏟아내기 시작했다.

“역시 용사 케이. 평민인 것이 뭐가 중요한가? 그는 이미 용사인 것을.”

“신전에서 이미 확인한 것. 신께서 하시는 일이 잘못될 리가 없지.”

“용사께서 하신 일. 아직 끝난 것이 아니야!”

＊　　　＊　　　＊

신성제국 전 전선에 현 위치를 최대한 사수하며 피해를 줄이라는 명령이 떨어졌다.

새로운 명령에 의해서 공세적인 작전은 모두 중지되었다. 모든 부대는 수비에 집중했다. 적의 후방으로 침입했던 부대들도 점령한 곳을 포기하고 방어에 유리한 지형으로 후퇴했다.

피스 황제는 마신의 피를 받은 자이지만 그의 명령을 받는 사람들은 모두 인간이다. 그들은 갑작스런 신성제국군의 작전 변경에 전술적으로 합리적인 대응을 했다.

그들은 무슨 일인지 알아보기 위해서 반격을 멈추었다.

전장 전체가 잠시 조용해졌다. 시한부 평화였다.

케이가 살아 있다는 것은 기밀이다. 적이 그 사실을 아는 시간이 늦어질수록 그 정보는 가치가 있다.

하지만 어디에나 개념없는 인간들은 있는 법이다. 케이의 생존 소식은 빠르게 소문이 퍼졌다. 심지어 케이가 수도를 향해 오고 있다는 소식까지 알려졌다.

수도가 멀지 않은 곳까지 왔을 때 케이가 중얼거렸다.

"누군가 우리를 보고 있어."

"네?"

"이거 찜찜한데?"

그의 생각은 틀리지 않았다. 그를 마중 나오는 자들이 있었다.

몇 명의 무리 중에서 귀족 한 명이 케이에게 다가와 말했다.

"용사 케이님?"

"전데요?"

"어서 오십시오. 저는 커리클 자작이라고 합니다."

케이가 화들짝 놀랐다.

"커리클 자작? 당신 죽었잖아?"

커리클이 무안한 얼굴로 말했다.

"사실 거기에는 조금 사정이 있었습니다."

옆에서 로지가 케이에게 다가와 질문했다.

"케이 오빠, 이 사람 언데드예요?"

"아니. 내가 브레이커 제국에서 신성제국에 왔을 때 처음 접선하기로 했던 사람이야. 하지만 내가 찾아갔더니 이미 죽었다고 하더라고. 그래서 고생 좀 했지."

"아아, 브레이커의 첩자구나."

커리클이 불쾌한 얼굴로 헛기침을 했다.

"커허험. 첩자라니요? 레이디, 저는 당시 약간의 사정으로 인해……."

로지가 즉시 물었다.

“무슨 사정이었는데요?”

“그게, 신분 노출의 위험이 감지되어서 그만… 당시에는 나오미 황녀의 돈을 받고 있다는 것이 알려지면 곤란한 상황이라…….”

“첩자 맞네요.”

“커허험. 누구 편인 것이 뭐 중요하겠습니까? 그저 다 인간을 위한 일인 것을.”

둘 사이의 분위기가 별로 좋지 않자 케이가 나섰다.

“자, 커리클 자작. 확실히 하자고요. 당신은 나오미 황녀가 박아놓은 첩자 맞잖아요.”

“커흠. 용사 케이님이 그렇게 말씀하신다면 그렇다고 대답해야지요.”

“그런데 왜 나를 찾아온 거예요?”

커리클이 뒤쪽의 고급 마차를 가리켰다.

“용사 케이님을 모시기 위해서 마차를 준비했습니다.”

“바빠요. 한가하게 마차 타고 갈 여유 없어요.”

“하지만 케이님, 수도에는 케이님의 얼굴을 아는 자들이 있습니다. 케이님의 생존 사실은 아직 기밀. 마차를 타고 이동하시는 것이 낫지 않겠습니까?”

케이가 인상을 조금 썼다.

“기밀을 당신이 어떻게 알게 됐죠?”

커리클이 거침없이 대답했다.

“나오미 황녀님께는 소식이 전해졌습니다. 나오미 황녀께서 특별히 명령하셨습니다."

"알았어요. 어차피 대충 다 왔으니까 마차에 타기로 하죠
뭐. 이 마차 빠르겠죠?"

"물론입니다. 최고로 빠르고 안락한 마차입니다."

"로지, 고생 많았다. 마차 타고 가자."

로지의 얼굴이 환해졌다. 계속 말을 타고 강행군하느라 이
미 엉덩이가 자기 것이 아니었다.

"응, 케이 오빠."

마차는 정말로 빨랐다. 여섯 마리의 말이 끄는 그 마차는 안
락하기까지 했다.

케이는 몸이 편해지자 잠이 솔솔 오는 것을 느꼈다.

"그동안 고생 많이 했으니까 이제 우리 잠이나 자자."

로지가 얼굴을 붉히며 대답했다.

"으, 응."

케이는 자기 자리에서 벌러덩 드러누웠다. 눈을 감자마자
숨을 쌕쌕거리며 자는 그 모습을 로지가 물끄러미 보다가 자
기도 가만히 누웠다.

마차는 여전히 빠르게 달렸다.

케이가 갑자기 눈을 번쩍 떴다.

'내가 얼마나 잤지? 아니, 그것보다도 뭔가 느낌이 이상한
데?'

“마차 세워!”

케이의 명령에 마차가 즉시 정지했다.

로지가 눈곱을 떼며 일어났다.

“케이 오빠, 무슨 일이에요?”

케이는 대답하지 않고 즉시 마차 바깥으로 나갔다.

“커리클 자작, 여기 어디야?”

케이의 말은 거칠어져 있었다.

커리클이 무안한 얼굴로 말했다.

“죄송합니다, 용사 케이. 만나보셨으면 하는 분이 있어서요.”

“만나? 누가 나를 기다리는데 살기를 품어?”

케이의 말에 커리클이 깜짝 놀랐다.

“그 먼 거리의 기운이 느껴지십니까? 죄송합니다. 호위기사들이 워낙에 긴장하고 있어서 그런 것 같습니다.”

“호위기사?”

“나오미 황녀께서 와 계십니다.”

케이는 정말 깜짝 놀랐다.

“나오미 황녀가? 어떻게 여기로 와? 브레이커 제국은 어떻게 하고?”

“제국에 심각한 문제가 생겼습니다. 황녀께서는 케이님을 직접 만날 일이 있으시다고 합니다.”

케이는 그 말이 순순히 믿어지지 않았다.

“일단 내 눈으로 보기 전에는 못 믿어.”

“잠시만 기다리시면 만나시게 됩니다.”

케이가 기다리는 사이에 로지가 눈곱을 다 떼고 걸어나왔다.

“케이 오빠, 누가 온다고?”

“브레이커 제국의 나오미 황녀.”

“뭐어? 엄청나게 유명한 사람이잖아?”

“나도 유명해.”

“그야 그렇지만.”

케이가 잠시 기다리자 정말로 나오미 황녀가 나타났다.

케이는 어이가 없었다.

“아니, 황녀님. 여기 계시면 어떻게 해요? 브레이커 제국의 움직임을 견제해야죠?”

“미안해요, 케이. 하지만 꼭 케이를 만나야 했어요.”

“예? 할 말이 있으면 마법 통신을 하면 되지, 왜 저를 만나요?”

나오미가 머뭇거리다가 말했다.

“케이, 미안해요.”

“예?”

케이는 나오미가 왜 미안해하는지 이해하지 못했다.

그는 갑자기 새로운 느낌을 받았다.

‘누군가 나를 노리고 있다.’

케이가 고개를 획 돌렸다. 그 순간 엄청나게 빠른 화살이 그의 코앞에서 나타났다.

화살은 공간을 건너뛰고 나타났다. 케이는 화살을 피하려고 했다. 하지만 그럴 수가 없었다.

'이걸 피하면 로지가 당한다.'

사실 피하기도 버거운 시간이다. 로지를 밀칠 여유는 없다.

케이는 즉시 손을 뻗었다. 그의 손이 화살을 잡았다.

화살 자체에는 질량 증가 마법이 걸려 있었다. 화살 자체가 가지는 힘은 대단히 강했다.

화살이 케이의 손바닥을 찢으며 전진했다. 케이는 짜릿한 고통을 느꼈지만 물러설 수 없었다. 오히려 손을 더 꼭 쥐었다.

샤프니스가 걸린 날카로운 화살촉이 케이의 이마 바로 앞에서 정지했다.

케이가 화살촉을 던지며 옆으로 이동했다.

'로지 곁에 있으면 위험하다.'

"저격이다. 모두 숨어요!"

그가 움직이는 방향으로 새로운 화살이 날아왔다. 이번에도 화살은 그의 바로 앞에서 갑자기 나타났다.

케이는 피 묻은 손으로 그 화살을 쳐냈다. 화살이 무거워 마치 투창을 치는 것 같았다.

"꺄아악!"

비명이 들렸다. 케이는 재빨리 고개를 돌렸다. 케이가 거친 소리를 뱉었다.

"뭐 하자는 수작이야!"

로지는 파랗게 질렸다. 나오미가 그녀의 목을 단검으로 겨
누고 있었다.

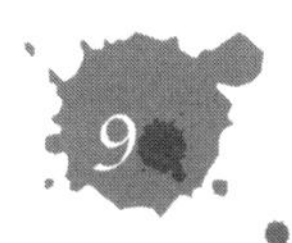

로지는 일급용병이다. 하지만 나오미가 가진 검술도 낮은 것은 아니다. 더구나 로지는 나오미 황녀를 믿고 있었다. 로지는 나오미의 기습적인 공격을 막을 수 없었다.

나오미가 말했다.

"미안해요, 케이. 하지만 어쩔 수 없었어요."

이제 화살은 날아오지 않았다. 케이가 검을 슬쩍 잡으며 말했다.

"설명해. 무슨 어쩔 수 없는 사정이 있는지 설명해."

나오미가 슬픈 얼굴로 말했다.

"케이, 움직이지 말아요. 여신의 활은 삼 키르 바깥에 있어요. 케이가 어떻게 할 수 없는 거리예요."

“나를 공격하는 이 화살?”

“그게 여신의 활로 쏘는 거예요. 몇 키르 바깥에서도 목표를 확인할 수 있고, 그 공간을 건너뛰어 화살을 날릴 수 있어요. 아빠가 아끼던 활이죠.”

“흥. 이 활로 나를 죽일 수는 없어.”

“지금 보니까 그러네요. 하지만 이 아가씨는 죽일 수 있어요. 케이가 무슨 대단한 수법으로 나를 제압해도 이 아가씨를 지킬 수는 없어요.”

케이가 나오미 일행을 노려보았다.

“커리클이 처음에 나를 피할 때, 그때부터 나에게 이러려고 작정했군?”

커리클이 여유있게 웃었다.

“후후후. 물론이다. 우리는 적당한 기회를 노리고 있었지. 하지만 네가 데이지 성녀를 만났기 때문에 모든 일이 틀어졌다. 그동안 기회가 없었는데, 드디어 기회를 잡았어. 너 혼자 적당한 인질과 함께 있는 기회를. 그야말로 신이 주신 기회지.”

케이는 이제 이들과 만나기 직전에 받았던 느낌이 무엇인지 깨달았다.

“여신의 활로 내가 오는 것을 감시하고 있었군. 어차피 이동 경로는 대충 짐작이 갔을 테니까.”

“맞아요. 제가 케이를 확인하고, 커리클 자작이 맞으러 갔지요.”

케이는 머리를 굴렸다.

‘협상이 필요해.’

“황녀, 나에게 뭘 원하는 거야? 나를 죽여서 황녀가 얻을 수 있는 건 없어. 그건 황녀도 잘 알잖아?”

황녀가 고개를 흔들었다.

“미안해요. 나는 한 가지를 얻을 수 있어요. 당신의 힘의 근원.”

케이의 얼굴이 굳었다. 그는 품속에서 마신상을 꺼냈다.

“젠장. 이게 가지고 싶었어?”

“그래요. 그거예요.”

“왜? 왜 이게 가지고 싶은데? 당신은 황녀잖아? 이런 아이템 하나 없어도 되잖아?”

나오미가 얼굴을 굳히고 말했다.

“아뇨. 그건 그냥 아이템이 아니에요. 용병이던 케이를 신의 용사로 만들어준 대단한 아이템이에요. 저는 그 아이템이 필요해요. 아니, 저는 케이의 힘이 필요해요. 제가 케이와 같은 능력을 가지면, 브레이커 제국을 되찾을 수 있어요.”

케이는 이제 나오미가 마법 통신에서 했던 이야기가 무슨 뜻인지 깨달았다.

“내 힘이 그곳에 있었어야 한다는 말이 그거였어? 내가 아니라 내 마신상이 나오미 황녀에게 있었어야 한다는 거?”

“미안해요, 케이. 정말 미안해요. 하지만 나는 제국을 찾아야 해요. 이건 대의를 위해서 어쩔 수 없는 일이에요.”

“이걸 넘겨주는 대신에 인간계가 망하면?”

“미안해요. 내가 열심히 해볼게요. 그러니까 마신상을 주세요.”

“싫다면?”

나오미의 눈에 독한 기운이 흘렀다.

“안 주면 이 아가씨는 죽어요.”

로지는 나오미의 말을 듣고 깨닫는 것이 있었다. 그녀가 떨리는 목소리로 말했다.

“오, 오빠. 그게 오빠 힘의 근원이야?”

케이도 그렇게 믿고 있다.

“어, 사실이야. 내 실력, 사실 아이템빨이야.”

로지가 눈물을 글썽거렸다.

“오빠, 그럼 그거 주지 마.”

“안 주면 네가 죽어.”

“나 죽어도 돼. 그러니까 주지 마. 이딴 여자가 오빠의 힘을 가지는 거 싫어.”

“로지야!”

“오빠, 세상을 구해야 하잖아. 오빠가 구해. 꼭 구해.”

케이가 로지를 보았다. 로지는 두려움에 달달 떨고 있었다.

케이가 한숨을 쉬었다.

“좋아. 확실히 브레이커 제국이 황제 놈에게서 분리된다면 이익이지. 사실 누가 구하든 세상만 구하면 되는 거겠지. 나오미 황녀, 세상을 확실히 구할 수 있어?”

나오미의 얼굴이 밝아졌다.

"나는 제국의 황녀. 용병인 당신을 용사로 만들어준 아이템. 황녀인 내가 가진다면 분명히 세상을 구할 수 있어요."

"우리의 안전은?"

"두 사람의 안전은 제 명예를 걸고 보장하겠어요. 특히 케이, 당신은 제 곁에서 부귀영화를 누리게 하겠어요."

로지가 말렸다.

"오빠, 안……."

그녀는 계속 말하지 못했다. 나오미의 단검이 그녀의 목을 살짝 찔렀다. 따끔했다.

케이가 인상을 썼다.

"괜찮아, 로지. 내가 이미 얻은 힘은 사라지지 않아. 마신상을 몸에서 떼놓아도 내 힘은 그대로였어. 그러니까 이거 넘겨줘도 나는 세상을 구할 수 있어."

"황제가 더 세잖아요. 황제한테 졌잖아요. 지금 힘으로 못 이기잖아요. 힘이 더 필요하잖아요!"

케이가 피식 웃었다.

"그냥 열심히 해보는 거지 뭐. 이거로 내가 더 강해진다는 보장도 없고. 뒤통수 때린 여자지만, 저 여자가 나보다 강해진다면 황제를 죽일 가능성이 올라가겠지. 그게 더 좋을지도 몰라."

케이가 마신상을 쓰다듬었다.

"그동안 고마웠다."

케이가 황녀에게 말했다.

"마신상을 가진다고 당장 강해지지는 않아. 시간이 걸리지. 그러니 로지 다치게 하면 황제고 뭐고 당신들부터 박살 낼 거야."

"알았어요. 하지만 로지는 내가 힘을 얻고 나면 풀어주겠어요."

"젠장. 자, 받아."

마신상이 포물선을 그리며 나오미에게 날아갔다.

커리클이 얼른 뛰쳐나와 마신상을 잡아챘다.

깜짝 놀란 나오미가 말했다.

"커리클 경, 무슨 짓이에요?"

나오미는 갑자기 목이 차가워지는 것을 느꼈다.

그의 뒤에 있던 기사 두 명이 나오미와 로지의 목에 검을 대고 있었다.

커리클이 능글맞게 웃으며 말했다.

"흐흐흐, 나오미 황녀. 삼급용병을 용사로 만들어준 아이템이라며? 그렇다면 기사인 나를 용사보다 더 뛰어난 인간으로 만들어주겠지."

"뭐, 뭣이? 커리클 자작, 네가 감히 역적질을 하려는 것이냐?"

"흥. 역적이라니. 나는 원래 신성제국 사람이라고. 당신의 신하가 아니야."

"이, 이 무엄한 놈!"

"황녀, 이제 입장이 바뀌었다는 거 모르나? 나는 새로운 용사. 너는 일개 황녀. 계속 반항하면 내 부하들이 목을 딸 거야. 고운 목에 상처나면 안 되잖아."

"가, 감히."

커리클이 혀로 입술을 핥았다.

"쓰읍. 그냥 가만히 있으라고. 내가 세상을 구하고 나서 너를 내 첩으로 삼아줄 테니까."

황녀를 따라온 기사들도 여럿 있었다. 그러나 그들도 이 사태를 어떻게 해결해야 할지 몰라 주춤거리고 있었다. 그들은 황녀의 목숨이 걸려 있는 상황에서 움직일 수 없었다.

케이가 그들을 꼬나보며 한마디 던졌다.

"아주 개판이군. 이러면서 세상을 구한다고?"

커리클이 급히 케이에게 돌아섰다.

"훙. 용사 케이. 아니, 이젠 용사가 아니군. 허튼수작하면 저 여자들의 목숨은 없다."

"야, 여자들? 로지는 그렇다 치고 왜 황녀까지 덩달아 걸고 들어가는데?"

"훙. 황녀와 너의 관계가 보통이 아님은 이미 눈치 채고 있다."

커리클은 지금까지 황녀만을 보았지 케이는 처음 본다. 그러기에 오해를 했다. 반면에 케이는 그가 하는 소리를 이해할 수 없었다.

"헛소리하고 자빠졌네. 보통이 아니면 뭔데? 원수?"

“훗. 한 명이라도 구해보려고 그러는 것을 눈치 채지 못할 줄 아느냐?”

이제 조금 전과 상황이 달라졌다.

‘이건 완전히 아폴로 같은 놈이네. 이딴 놈이 용사가 될 리가 없잖아. 뭐, 어차피 마신상을 기회 봐서 되찾아올 생각이었으니까.’

하지만 방법이 문제였다.

‘여신의 활인지 뭔지는 장거리 저격용 마법 아이템. 정확한 위치를 모르면 마법을 때릴 수도 없어. 그게 본격적으로 날아오면 황녀는 그렇다 치고 로지가 위험해. 어떻게 로지를 보호하지?’

케이가 커리클 쪽으로 서서히 걸어갔다.

“그런데 말이야, 커리클. 그 아이템 사용법은 알고 있어?”

웃고 있던 커리클의 얼굴이 굳었다.

“사용법? 사용법이라니.”

“아니. 그렇게 대단한 아이템이라면 당연히 그에 어울리는 복잡한 사용법이 있을 거 아냐?”

“그, 그런 말은 들은 적이 없다.”

“이런. 그럼 설마 그냥 가지고만 있으면 된다고 생각한 거야? 세상 참 쉽게 사는군.”

“거, 거기 서서 말해라. 아니, 물러나라. 물러나.”

케이는 커리클에게서 물러났다. 그러나 그가 처음 접근한 것과는 다른 방향이었다.

케이는 슬슬 로지 쪽으로 물러서며 말했다.

"그거 사용법 제대로 배워야 해. 잘못 다루면 펑 하고 터진다고. 그럼 다 죽는 거야. 적어도 반경 백 미르는 아작나."

커리클의 몸이 굳었다.

"사실이냐?"

"신의 용사는 거짓말하지 않아."

"그, 그렇겠지. 그럼 어서 사용법을 말해라."

"직접 만지면서 말해야 하는데?"

"웃기지 마라. 내가 그런 수법에 속을 줄 아느냐? 앗, 그만 물러나라. 그만. 거기 서!"

케이는 로지에게 꽤 가까이 다가가 있었다. 하지만 아직 거리가 있었다. 커리클이 그걸 발견하고 케이를 제지했다.

"흥. 용사 케이. 그렇게 해서 저 여자들에게 다가가려고? 나를 너무 쉽게 봤다."

"내가 로지 곁에 가려고 그런 거 같아?"

"물론이다. 나는 벌써 모든 것을 눈치 챘다."

케이가 씩 웃었다.

"로지, 눈 감아."

로지는 케이가 말하자 무조건 눈을 꼭 감았다.

케이가 손을 가볍게 저었다. 시동어도 없었다. 이번에는 케이의 손이 아니라 로지의 주변에서 마나가 재조합되었다.

로지 주변에서 태양과 맞먹는 빛이 터졌다. 엄청난 광량이었다. 빛은 로지를 잡고 있던 기사의 눈을 순간적으로 멀게 만들었다.

빛은 잠깐 동안 생성되었다 사라졌다.

일급용병 로지에게 그 정도면 충분했다. 그녀는 기사의 검을 밀쳐 내며 아래로 쑥 꺼졌다. 뒤돌아선 그녀의 무릎이 기사의 사타구니를 걷어찼다.

"커억."

기사가 거품을 물며 쓰러졌다. 다른 기사 하나가 화들짝 놀랐다.

그 기사는 나오미의 목을 베려고 했다. 하지만 인질의 신분이 제국 황녀라는 생각에 손이 잠시 멈칫거렸다.

'황녀를 죽이면 난 근위기사들에게 죽는다.'

그가 잠깐 멈칫하는 사이에 케이가 기사의 옆에 나타났다. 케이의 주먹이 기사의 턱을 올려 쳤다.

기사의 머리가 덜컥 소리가 나도록 젖혀졌다. 기사의 몸이 천천히 떠오르다가 저만치 날아가서 떨어졌다.

케이의 몸이 팽이처럼 돌았다. 그는 여신의 활이 있는 방향으로 돌아섰다.

케이가 이 방향으로 걸어온 것은 마법을 쓰려는 목적이 아니다. 그것은 부수적인 것이었고 화살을 막는 것이 더 중요했다.

그가 돌아서자마자 공간이 열리며 화살 하나가 튀어나왔다. 케이는 그 화살을 즉시 쳐냈다. 손에서 피가 튀었다.

공간이 닫혔다가 잠시 후에 다시 열렸다. 새로운 화살이 그 공간에서 튀어나왔다.

케이는 두 번째 화살을 쳐내며 동시에 왼손을 쭉 내밀었다.

그의 손에서 초고속으로 마나가 조합되었다. 케이는 공간이 열린 구멍으로 조합된 마나를 쏘아 보냈다.

화살이 날아온 공간이 마나를 삼킨 직후 닫혔다.

곧바로, 삼 키르나 떨어진 곳에서 폭발이 일어났다. 저 멀리서 붉은 화염이 높이 솟아올랐다.

그 화염을 확인한 케이가 커리클을 돌아보았다.

"자, 여신의 개뿔인지 뭔지는 방금 날아갔어. 이제 무슨 수가 남았지? 응? 커리클."

커리클은 덜덜 떨고 있었다. 그의 부하 둘은 무력화되었다. 부하가 몇 명 더 있지만 케이 앞에서는 아무짝에도 소용없다.

커리클이 손에 든 마신상을 번쩍 들었다.

"가까이 오지 마! 가까이 오면 이걸 부숴 버리겠어!"

케이의 얼굴빛이 변했다.

"그거 부수면 넌 죽어."

커리클은 반쯤 눈이 돌아가 있었다.

"웃기지 마. 이대로 잡히면 어차피 죽어. 그러니 가까이 오지 마. 어차피 죽을 거, 부숴 버리고 죽겠어."

"이 미친 새끼야! 그게 없으면 인간계는 끝장이야!"

"그러니까 내 명령 들어. 내 말을 들어. 난 용사가 될 거야. 용사가 돼서 세상을 지배할 거야. 으하하하!"

커리클이 마신상을 꽉 움켜쥐었다.

마신상은 황제와의 싸움에서 손상되어 있었다. 힘을 받자 마신상에 생겼던 금이 커졌다.

커리클은 손에 잡은 마신상의 느낌이 조금 이상하다고 생각했다. 그가 미처 판단을 내리기도 전에 마신상이 쩍 쪼개졌다.

두 조각이 난 마신상을 본 사람들의 얼굴이 석상처럼 굳었다. 커리클은 완전히 넋이 나갔다.

케이가 공중을 날아 커리클을 걷어찼다. 튀어 오르는 마신상을 재빨리 잡았다.

마신상에서 짙은 신성력이 흩어지고 있었다. 케이도 느낄 수 있었다.

"크으윽. 마신상이, 마신상이. 신의 기운이 빠져나간다. 젠장."

케이는 급히 마신상을 붙여보았다. 하지만 한번 쪼개진 것이 다시 붙을 리가 없었다. 그래도 그는 그것을 붙인 채 꽉 누르고 있었다.

케이가 나오미를 노려보며 말했다.

"황녀, 일단 세상을 구하기 위해서 당신의 힘이 필요하니까 이번에는 넘어가겠어. 하지만 세상을 구하고 나면 이자까지 쳐서 받아내겠어!"

케이는 마차에 올라탔다.

"로지, 마차 몰아. 난 이거 붙잡고 있느라고 손 못써. 신전으로 가자. 그래, 수도에 있는 천신의 신전으로 가자. 가서 이거 고쳐 봐야겠다. 이거 못 고치면 우리 인간계는 끝장이야!"

로지는 나오미에게 침 한번 뱉어주었다.

"퉤, 더러운 년."

그녀는 즉시 마차에 올라타고 채찍질을 했다. 마차가 흙먼지를 남기며 달렸다.

황실 근위기사들이 커리클을 잡아와 나오미 앞에 꿇려놓았다.

"황녀님, 이자를 어떻게 할까요?"

나오미는 대답할 정신이 없었다.

"나, 난… 이러려던 게 아닌데……."

마차는 곧바로 천신의 중앙신전으로 들이닥쳤다.

케이가 외쳤다.

"대신관님 어디 있어요?"

중앙신전에는 케이의 얼굴을 아는 사람들이 많다.

"허억. 용사 케이님이시다."

"어서 대신관님을 찾아!"

케이는 신관들의 안내를 받아 대신관을 찾아갔다.

그들은 대신관이 집무실에 뛰어들었다.

대신관이 케이를 보고 놀라서 말했다.

"아니, 용사 케이. 자네가 지금 여기 웬일인가?"

"대신관님, 급해요. 이거, 이거 붙일 수 있어요?"

대신관이 케이의 손에 들린 것을 보고 불쾌한 표정으로 말했다.

"마신상 아닌가? 그거 붙여서 뭐 하게?"

"이거 붙여야 돼요. 그냥 붙이면 안 돼요. 이게 원래 가진 힘을 되돌려야 해요. 이거 못 붙이면 인간계는 끝장이에요."

"그게 무슨 소리인가?"

"설명할 시간 없어요. 일단 이거 붙일 수 있어요? 없어요?"

"없네."

그 단호한 한마디에 케이는 털썩 주저앉았다.

"젠장, 내 실수야. 내가 어리석었어. 내가 바보 같았어."

케이는 울고 싶은 기분이었다.

그의 한쪽 팔을 로지가 껴안으며 울먹였다.

"케이 오빠, 미안해요. 나 때문에……."

"아니야, 로지. 내가 잘못 생각한 거야. 거기서 다른 방법을 찾았어야 하는 거였는데."

"하지만 내가 아니었으면 마신상이 망가지지도 않았을 거잖아요. 흐흑."

케이도 눈물을 글썽거렸다. 하지만 그는 로지를 위로했다.

"괜찮아. 나는 케이야. 뭔가 방법이 있을 거야."

그들의 신파를 보면서 대신관이 말했다.

"그게 그렇게 중요한 건가?"

케이가 눈물을 쓱 닦으며 대신관에게 대답했다.

"당연하죠."

"그럼 새 거로 하나 줄 테니까 쓰도록 하게."

케이의 움직임이 정지했다.

"새… 거라뇨?"

“똑같은 거로 하나 줄 테니까 잘 쓰라는 말일세.”

“저기요, 대신관님. 이게 그냥 마신상이 아니거든요?”

“알고 있네. 원래 마기를 담던 물건이지. 몬스터를 끌어들이는 데 사용된 물건이야. 자네 것은 신성력도 좀 품고 있는 것 같은데 그건 역시 용사가 지니고 있어서겠지. 같은 것이 몇 개 있네.”

케이의 얼굴에 의혹이 한가득 피어올랐다.

“이거 이야기가 이상하게 흐르는데? 대신관님, 이게 여러 개가 있다고요? 이게 뭔지는 아세요?”

“물론이지. 마족 놈들이 몬스터들을 끌어들이기 위해서 사용한 암흑 아이템이라네. 마기를 품고 있지. 대마족대응군에서 몇 개 찾아내서 나에게 가져왔네. 물론 마기는 모두 제거한 채로. 아, 카트리나 성녀가 찾아온 것이 여기 어디 있었을 텐데…….”

대신관이 자기 책상을 뒤지다가 마신상을 하나 꺼냈다.

“아, 여기 있군. 보게나. 똑같지. 무슨 일인지 모르겠지만 이걸 쓰게나.”

케이가 대신관에게서 마신상을 받아보았다. 자기가 가지고 있던 것과 완전히 똑같았다.

케이가 혹시나 해서 물었다.

“이 마신상에요, 혹시 고스트 비스무리한 그런 마물이 살지 않았어요?”

“비슷한 것은 없었네.”

“그렇죠? 역시 이건 좀 다른…….”

"고스트가 있었지. 하지만 대마족대응군이 누군가? 마족이나 언데드 잡는 전문 아닌가? 가볍게 처치했다고 하더군."

케이는 이제 조금 솔직해질 필요를 느꼈다.

"저기요, 대신관님. 저는 그동안 제가 힘을 얻은 것이 이 마신상 덕분이라고 생각했거든요? 여기서 신성력도 느껴졌다고요."

"신성력? 당연하겠지. 내가 새로 준 것도 자네가 품고 있으면 신성력이 생길 수밖에 없네. 원래 신성력이나 마기 모두 천계나 마계의 기운. 마기를 담는 그릇에는 신성력도 담을 수 있는 법이라네. 그게 다 자네가 신의 기운을 품은 용사이기 때문이지."

"저기요, 제가 지금도 신의 기운을 품고 있나요?"

"말이라고 하는가? 나는 신탁을 받을 때의 그 기운을 잊지 못한다네. 그 따뜻한 기운. 그건 분명히 신의 기운. 자네에게서 느껴지는 것과 같은 기운이지. 그건 옆에 있는 성녀님도 잘 아실 텐데?"

로지가 주변을 둘러보았다. 하지만 거기에 여자는 자기밖에 없었다.

"저요?"

"이런. 아직 자각하기 전이로군. 하지만 성녀님은 성녀님이 틀림없네. 성녀님의 느낌은 분명히 성녀님의 느낌이거든. 성녀님의 이름이 어떻게 되시는가?"

"로, 로지인데요?"

"로지 성녀, 용사 케이에게서 따뜻한 기운이 느껴지지 않던가?”

“무, 물론 느껴졌어요. 하지만 그건 원래 케이가 따뜻한 남자라서…….”

로지의 얼굴이 붉어졌다.

케이는 확인 삼아 질문했다.

“그러니까 제가 진짜 용사라고 말씀하시는 건가요?”

“자네가 용사인 건 스스로가 더 잘 알지 않나?”

“모르는데요?”

케이는 대신관에게서 용사 이야기에 대해서 자세한 설명을 들었다. 특히 신탁에 대해 자세히 들었다.

대신관이 말했다.

“데이지 성녀의 말에 의하면 그날이 바로 자네가 아폴로를 만났던 날이라고 하더군.”

케이는 그날의 일을 곰곰이 생각했다. 그러다 갑자기 머릿속에 떠오르는 것이 있었다.

‘아폴로를 똥 위에 자빠뜨리고 난 뒤에, 잠시 정신이 나갔었지. 신전에서는 바로 그때 신탁이 있었고. 그럼 그때 신의 힘이 나에게 전달된 것이라고?

케이는 모든 것을 알 것만 같았다. 그가 하늘을 올려다보며 중얼거렸다.

“그러니까 나에게 힘을 주다가 조금 흘려서 밑에 있던 아폴로까지 신의 기운을 품게 된 거네? 천신님, 거 겨냥 좀 잘하시지."

케이는 제멋대로 판단했다. 어차피 아니라고 부정할 수 있는 존재는 인간계에 없다.

기운을 차린 케이가 벌떡 일어났다.

"하하하. 그러니까 이 마신상이 나를 용사처럼 만든 게 아니라, 내가 진짜 신의 용사라는 거죠?"

"당연하지. 자네는 신의 용사라네. 이미 내가 수없이 말했잖은가?"

"으하하하. 내가 신의 용사라고? 내가? 어쩐지 잘 안 죽더라고요. 황제 이 개새끼. 용사 나가신다. 기다려라. 이번엔 진짜로 없애주겠어."

"그러니 그 망가진 마신상은 그만 버리게."

"아뇨."

케이가 마신상을 대신관에게 내밀었다.

"붙여주세요."

"왜?"

"이거에 정들었거든요."

*　　　*　　　*

피스 제국 황제는 자신의 황궁으로 돌아갔다. 용사를 제거했다고 믿은 그는 더 이상 전쟁터에 있을 필요를 느끼지 못했다.

바이올렛은 케이가 죽었다는 소리를 듣고 그대로 기절했다. 황제는 씁쓸한 표정으로 그런 바이올렛을 내려다보았다.

"충격이 그리도 컸단 말인가?"

그는 바이올렛을 안아 침대에 눕혀주었다.

"어차피 인간의 기억. 곧 그를 잊고 나만이 남겠지. 그것이면 충분하다."

황제가 던킨에게 말했다.

"어차피 긴 싸움이 될 거야. 앞으로 백 년 동안 끝나지 않을 전쟁이 될 거니까. 싸울 수 있는 인간이 모두 사라질 때까지. 그 시간을 전장에서 헤맬 생각은 없다. 나는 당분간 이곳에서 바이올렛과 지내겠다."

던킨이 대답했다.

"하지만 만나보셔야 할 분이 계십니다."

"누구? 너희들의 왕?"

"그렇습니다. 이곳에서 멀지 않은 곳에 와 계십니다."

"왜? 아예 이리 들어오라고 하지?"

"하오나 워낙에 존재감이 크신 분이라, 지금까지 발견된 방법으로는 그분의 기운을 다 감출 수가 없습니다."

황제가 던킨을 물끄러미 보다가 말했다.

"던킨, 너는 누구 편이냐?"

"무, 무슨 말씀이신지?"

"네 왕과 나. 누구 편이냐?"

던킨이 흐르지도 않는 땀을 닦는 시늉을 했다. 인간계에 오래 있으면서 생긴 습관이다.

"저야 당연히 폐하 편입니다."

"후후. 놀고 있네. 내가 너의 생각을 읽을 수 있다는 것을 잊었느냐?"

"믿어주십시오."

"아니, 됐다. 어차피 나에게 충성을 바치게 될 테니까. 마왕에게 전해라. 닥치고 기다리라고."

*　　　*　　　*

케이는 이제 자기가 용사임을 믿었다.

용사는 마법은 물론이고 신성력도 펑펑 쓰며 소드 마스터의 검술까지 가지고 있다고 알려져 있다. 케이가 어려서 들었던 옛날이야기에 의하면 그렇다. 그리고 케이는 그것을 현실화하려고 했다.

케이는 신성제국 궁정마법사를 찾았다.

궁정마법사는 케이가 상상하던 마법사의 모습 그대로였다. 로브를 즐겨 입고, 기다란 흰 수염을 길렀다. 케이는 대만족했다.

"가장 강력한 공격 마법을 가르쳐 주세요."

궁정마법사는 황당했다.

"용사 케이님, 몇 서클이십니까?"

"음. 4서클 공격 마법 몇 가지는 시동어 없이 쓸 수 있어요."

"허억. 그럼 7서클?"

"아뇨. 그 정도는 아니고요. 마법 이론은 잘 모르는데, 마나의 조합은 따라 할 수 있더라고요."

"아니, 그 말을 믿으란 말입니까? 이론을 모르는데 어떻게 조합을 합니까?"

케이가 머리를 긁었다.

"그게요. 아주 모르겠는 건 아니고, 대충 어떻게 돌아가는지는 알겠는데 명확하게 떠오르지가 않아요. 하여간 흐름을 보면 대충 알 만하더라고요."

케이의 의식 저 아래에는 고대인의 공격 마법들이 각인되어 있다. 물론 모든 공격 마법이 들어 있는 것은 아니다. 신성임무수행체가 우선순위가 높다고 판단한 것들만 들어 있었다.

케이가 5서클 마법사의 마법 흐름을 모두 따라 할 수 없는 것은 그 때문이다. 오직 그의 머릿속에 각인된 것과 같은 마법만 조합을 쉽게 따라 할 수 있었다.

어쨌든 케이는 용사다. 궁정마법사는 케이의 요구를 들어주어야 했다.

"저는 7서클입니다."

"와아, 대단하세요. 7서클."

"그럼 어떤 공격 마법을 원하십니까?"

"하나씩 다 보여주세요. 손에 달라붙는 것만 쓸 테니까."

"하, 하나씩 다… 그게 얼마나 힘든 일인데……."

"세상을 구하기 위한 거니까 힘 좀 쓰세요. 우리는 시간이 별로 없어요."

궁정마법사는 케이와 함께 수도 인근의 산으로 찾아갔다. 병사들을 동원하여 아무도 접근하지 못하게 한 후에 마법 시범이 펼쳐졌다.

물론 궁정마법사도 마나가 무한정한 것은 아니다. 그래서 그는 자기가 아는 7서클 마법 중에서도 위력 좋은 것들만 골라서 펼쳐 놓았다.

궁정마법사가 주변에 불바다를 하나 만들어놓고 말했다.

"이런 것은 어떠십니까?"

케이가 고개를 흔들었다.

"아뇨. 이건 뭔지 달라붙는 맛이 없네요."

그는 이번에는 얼음바다를 만들었다.

"이건 어떠십니까?"

"흐음. 이것도 좀 그런데요? 다른 거 없어요?"

"끄응. 그럼 이건 좀 어려운 마법인데……."

궁정마법사는 오랫동안 주문을 외워 거대한 불덩어리를 만들었다.

"헉헉. 이건 헬 파이어라고 하는 것입니다. 파이어 볼의 상급마법이지요."

그가 손을 쭉 뻗었다. 불덩어리가 기다란 꼬리를 남기며 고속으로 날아갔다.

야산 중턱에 불덩어리가 충돌했다. 곧바로 거대한 폭발이
일어났다. 케이가 서 있는 땅까지 가볍게 울릴 지경이었다.

케이가 환성을 질렀다.

"우와아. 정말 대단한데요?"

"제가 가진 것 중에서 가장 강력한 마법입니다. 강력한 파괴
력에 원거리 공격까지 가능합니다. 전쟁터에서 무척 유용하지
요. 제대로만 맞추면 백인대 몇 개를 한번에 몰살시킬 수 있습
니다. 하지만 한 번 발동하는 데 너무 많은 힘이 든다는 것이
문제……."

"그거 한 번 더 보여주세요."

"예?"

"뭔가 손에 붙는 느낌이에요. 이번에는 제가 옆에 바짝 붙어
서 느껴볼게요."

헬 파이어는 그의 잠재의식에 각인되어 있는 마법이다. 일
치하는 마법을 발견하자 어렴풋이 익숙한 느낌이 들었다.

"아, 알겠습니다."

궁정마법사가 다시 땀을 뻘뻘 흘리면서 주문을 외웠다. 헬
파이어를 다시 날린 그가 숨을 헐떡이며 말했다.

"허억허억. 느, 느끼셨습니까?"

케이가 고개를 살짝 갸웃거렸다.

"한 번 더요. 알 듯 모를 듯하네요."

그런 과정이 몇 번을 더 거쳤다. 이제 궁정마법사의 얼굴은
누렇게 떠 있었다.

"커으윽. 이, 이제 한계입니다. 지금 만든 것이 마지막입니다."

케이가 환하게 웃었다.

"이제 알겠어요. 고마워요."

케이는 손을 휘휘 저어서 궁정마법사가 만든 헬 파이어를 흐트러뜨렸다.

"그런 거였네요. 알겠어요. 어떤 식으로 조합해야 하는지."

궁정마법사가 입을 떡 벌리고 말했다.

"바, 방금 무슨 짓을……."

"예? 어차피 해체하실 것 아니었어요?"

"제, 제가 만든 마법을 해체했습니까? 어떻게 남의 마법을 해체합니까?"

"어차피 마나의 조합이잖아요."

궁정마법사가 케이의 손을 덥석 잡았다.

"어떻게 하셨습니까? 마법이야 당연히 마나의 조합이지요. 그런데 그걸 어떻게 하셨습니까? 가르쳐 주십시오."

궁정마법사의 눈은 반짝반짝 빛나고 있었다. 오히려 케이가 당황했다.

케이는 자신의 형편없는 마법 지식을 여지없이 드러냈다.

"마나를 조합한 걸 거꾸로 하면 풀리는 거 아녜요? 지금까지 그러니까 잘 풀리던데……."

궁정마법사가 비명을 질렀다.

"그럴 리가 없잖습니까? 해체는 몇 배나 어려운 것입니다!

그것도 남의 마법을 해체하다니! 그 원리를 가르쳐 주십시오. 가르쳐 주기 전에는 아무 데도 못 갑니다!"

궁정마법사는 마법사다운 지식 욕구를 가지고 있었다. 그는 이제 케이 말고는 아무것도 보이지 않았다.

하지만 케이는 너무 바빴다. 여기서 한가하게 놀고 있을 틈이 없었다.

케이가 짧은 말 한마디로 궁정마법사를 떨어뜨렸다.

"전쟁 끝나고 나면 가르쳐 줄게요. 다른 공격 마법이나 더 보여주세요."

"커억. 이제는 남은 마나가⋯⋯."

"어서요!"

케이는 대신관을 찾아갔다.

신성 마법은 그다지 배울 것이 없었다. 케이의 머릿속에 각인된 것은 일반적인 공격 마법이다. 고대인의 지식에도 신성 마법은 거의 들어 있지 않았다.

어차피 케이의 마법에는 신성력이 포함되어 있다. 그것은 마족이나 몬스터에게 몇 배의 위력을 발휘했다.

케이가 대신관에게 도움받는 것은 다른 쪽이었다.

대신관과 고위신관들이 케이의 몸을 정밀하게 조사했다. 그들은 가진 지식을 최대한 활용하는 것은 물론이고 신성력도 아낌없이 사용했다.

마침내 결론을 내리고 대신관은 자기네가 알아낸 것을 케이에게 설명했다.

"일단 용사 케이, 자네의 몸에는 신성력이 가득 차 있네."

"용사라면서요? 그거야 당연하겠죠."

"원래 용사는 신성력이 몸에서 자연스럽게 흘러나와야 정
상이라네. 하지만 자네는 전혀 그렇지 않군. 신성력이 몸속에
단단히 숨어 있네. 조사해 보기 전에는 알 수 없을 정도더군."

"남자가 흘리지 말아야 할 것은 눈물만이 아니죠. 신성력도
흘리면 안 되죠."

"허엄. 그리고 자네 몸의 신성력, 그것이 조금씩 진동을 하
고 있더군."

"진동?"

"심장이 뛰는 것과 같은 주기로 움직이고 있다네. 그 주기로
신성력이 아주 조금씩 늘어난다는 것이 우리 결론이네."

"왜 그런 일이 일어나죠?"

"글쎄. 자네 심장이 신력으로 만들어졌다고 생각하는 것이
가장 타당한 설명이지만, 설마 그럴 리는 없겠지. 우리는 정밀
한 조사 결과 새로운 것을 찾아냈네."

"뭔데요?"

"우리는 자네 심장 주위에 신의 힘이 모여 있다는 결론을 내
렸네."

케이의 심장에 깃들어 있던 신의 피는 폭발과 함께 상당량
이 날아갔다.

남은 것의 일부는 유형화되어 심장을 대체했다. 그것이 신

성력을 끊임없이 생성하고 있었다. 신의 피가 단순히 머물고 있는 것과는 비교도 되지 않을 만큼 많은 신성력이 심장에서 만들어져 온몸에 퍼졌다.

심장을 만들고 남은 신의 피도 약간 있었다. 신관들은 그것을 찾아냈다.

"호오. 신의 힘이 있다고요? 그럼 그게 제 힘의 원천인가요?"

대신관이 고개를 흔들었다.

"아니, 그렇지 않아. 기록에 의하면 신의 힘은 자네의 몸에 흡수되어야 하네. 모든 용사가 그랬다네. 신의 힘을 직접 몸에 지니고 있다는 것은 한 가지 경우밖에 없지."

"어떤 경우인데요?"

"용사 케이. 자네 몸이 그걸 다 받아들일 수 없었다는 거지. 상성이 맞지 않았거나 다른 이유로."

케이의 얼굴이 핼쑥해졌다.

"에엑? 그럼 내가 받은 힘도 다 소화하지 못하고 있다는 거예요?"

"아니, 그렇게 생각하지는 않네. 일단 자네 몸속에 깃든 신의 힘은 너무 막대한 양이야. 그게 함부로 분출된다면 우리 신전, 아니, 이 일대가 몽땅 날아갈 정도로."

케이의 눈이 반짝였다.

"이게 그렇게 강한 힘이에요?"

"물론이지. 그 속에서는 그 어떤 것도 살아남을 수 없을 정도지."

케이는 얼마 전의 일이 생각났다.

‘황제 놈이 왜 나를 놔두고 그냥 갔는지 궁금했는데 그게 사실은 도망친 거란 말이지? 내가 있던 곳의 거대한 구덩이, 천신이 한 방 때려준 것이 아니란 말이지? 황제 놈이 칼로 찔러서, 신의 힘이 내 심장 근처에서 새어 나와서 일어난 일이란 말이지?

케이는 이걸 어떻게 써먹을 방법이 없을지 고민하기 시작했다.

그때, 그들이 있던 방문이 벌컥 열렸다.

“케이!”

데이지였다. 그녀가 케이에게 와락 안겼다.

“케이, 케이. 살아 있었군요. 케이.”

당황한 케이가 데이지를 밀어냈다.

“나 안 죽었어요.”

데이지가 눈물을 살짝 닦았다.

“죽었다는 말 듣고 정말 놀랐어요.”

사실은 통곡을 했다. 야전군 사령부가 떠나갈 듯 울어대는 그녀를 보고 병사들이 측은해할 정도였다.

물론 케이는 그 소식을 전해 듣지 못했다. 마법 통신은 작전 내용을 전달하기도 바쁘다.

“에이, 살아 있다는 거 마법 통신으로 전달받았잖아요.”

“그, 그래도 직접 보니까 안심이 되잖아요.”

“그럼 전쟁터에서 곧바로 온 거예요?”

데이지가 머리를 흔들었다. 파란 긴 머리가 찰랑거렸다.

"아뇨. 아이즈 왕국의 글래시스 남작 영지에 갔다 왔어요."

"와, 거기 다들 잘 지내요?"

"거기도 전쟁의 영향을 받아서 상황은 좋지 않아요. 그래도 글래시스 남작은 잘 있었어요."

"남작님 만나러 가봐야 하는데. 신세 꽤나 졌거든요."

"글래시스 남작도 케이를 많이 보고 싶어하더라고요. 케이 이야기를 듣더니 '새 집사는 날아갔군' 이라고 말하던데요?"

"하하하. 남작님다운 이야기네요. 그런데 거기는 왜 간 거예요?"

"케이가 어떻게 힘을 얻었는지 조사하기 위해서 갔어요."

"성과는 좀 있었나요?"

데이지가 언제 울었냐는 듯이 방긋 웃었다.

"다른 쪽으로 성과가 있었어요."

"다른 쪽?"

"숲에 골짜기가 하나 만들어져 있더라고요. 길이 백 미르, 폭 삼 미르, 깊이 십 미르."

"아아, 그 골짜기. 저도 봤어요. 거기서 오크 다섯 마리나 잡았어요. 쳇, 잭슨 대장님은 이제 뭐 먹고사시나."

데이지가 케이를 물끄러미 보았다.

"케이, 그거 케이가 만든 거죠?"

"예? 아닌데요?"

"하지만 그 골짜기에서 잔류 신력을 감지했어요. 아주 약했지만 신성력이 아니에요. 신력이에요. 케이의 것과 같은 기운이에요. 따라서 그건 절대로 마족과 관계된 것이 아니에요. 직선으로 만들어진 골짜기의 모양으로 보면 분명히 인공적인 것. 그렇다면 그걸 할 수 있는 존재는 케이밖에 없어요.”

“하지만 전 기억에 없는데요?”

“잘 생각해 봐요.”

케이가 곰곰이 생각을 해보았다. 조금씩 떠오르는 것이 있었다.

“그런 꿈을 꾼 것 같기는 해요.”

“꿈?”

“흐릿하지만 그래도 어렴풋이 기억나요. 꿈에 오우거가 한 마리 있었어요. 아이스 계열 마법을 뿌렸는데 잘 안 죽더라고요. 그래서 검을 뽑아서 휘둘렀더니 칼끝에서 흰 빛이 쭉 나오더라고요. 그걸 맞은 땅이 쩍 갈라지면서 오우거가 사라졌어요. 하지만 그건 꿈인데요?”

“꿈 아니에요.”

“네?”

“현장에 부러진 나무들, 그건 전부 아이스 계열 마법에 맞아서 그렇게 된 거예요. 틀림없어요.”

“에엑?”

대신관이 끼어들었다.

“용사 케이, 아마도 처음 신의 힘을 흡수할 때 혼란이 온 것 같네. 너무 엄청난 힘이라 자네가 제정신이 아니었겠지.”

“그럼 나한테 그런 큰 힘이 있다고요? 검 한 번에 땅이 백 미르가 갈라질 만큼?”

대신관이 잠시 생각하다가 대답했다.

“잔류 신력이 있다는 말로 추정해 보건대, 아마 제대로 흡수되지 못한 신의 힘이 직접 방출된 것이라고 생각되는군.”

케이의 얼굴이 심각해졌다.

“가만, 힘이 직접 방출이 돼요?”

“그렇지. 신의 힘은 기적의 힘. 지진을 일으키는 것 정도는 아무것도 아니지.”

케이는 믿지 않을 수 없었다.

“하긴. 황제 놈이 도망치게 만든 것도 힘이 새어 나와서… 가만! 그럼 내 몸속에 있는 신의 힘이 그만큼 날아간 거네? 힘을 그만큼 잃어버린 거네?”

케이가 탁자를 내려쳤다.

“젠장. 황제 놈은 무진장 센데 난 힘을 낭비했다고요?”

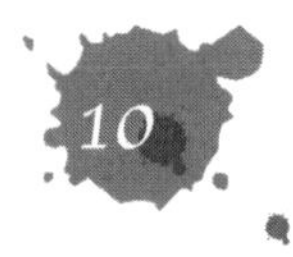

케이는 자신이 신의 용사임을 알게 되자마자 새로운 것을 깨달았다.

"그럼 내가 '이십사수매화검법'이나 '태극검'의 나머지 부분도 대충 알 거라는 이야기란 말이야. 이걸 기억해 내야 하는데."

그는 다른 걱정이 있었다.

"황제 놈도 아는 것이 있었어. '구환마검'이나 '천마장법'이라니. 그거 꽤 센 거라는 기억이 난단 말이야. 그놈이 그런 걸 안다면 나도 아는 검법이 더 많다는 이야긴데. 그리고 제대로 된 걸 기억해 내야 상대할 수 있다는 소리인데. 젠장."

그는 이십사수매화검법의 몇 가지는 기억해 냈다. 아주 잘

써먹고 있었다. 복마검법도 마찬가지였다. 이제 태극검도 조금 쓸 수 있었다. 하지만 더 이상은 기억이 잘 나지 않았다.

"황제 놈보다 강한 것을 기억해 내야 해. 기운을 다루는 법도 기억해 내야지. 그놈을 상대하려면 적어도 '역근경' 정도는 되야… 응? '역근경'은 또 뭐야? 이거 무지하게 세 보인다. 뭔지 생각해 내자. 생각해 내자. 죽어도 생각해 내자."

케이는 머리를 싸매고 고민에 빠졌다. 정신력을 있는 대로 집중했다. 그가 앉아 있는 주변은 이글이글 타올랐다. 마치 온몸에 불꽃을 두르고 있는 것 같았다.

케이가 뒤로 자빠졌다.

"생각 안 나."

*   *   *

피스 제국 황제가 벌떡 일어섰다.

"뭐? 케이 그놈이 살아 있어?"

던킨이 거의 바닥에 엎드릴 정도로 허리를 숙이고 대답했다.

"그렇습니다. 멀쩡하게 살아서 신성제국 수도에 있는 것이 발견되었습니다."

"허어. 모든 것을 소멸시키는 그 속에서 살아나? 인간이 어떻게 살아날 수 있지? 역시 신의 용사란 건가?"

"신의 힘이 각각의 인간에게 어떤 반응을 일으킬지는 정확히 알 수 없습니다.”

“놈이 피를 제법 흡수했나 보군. 거기서 살아남다니. 좋아, 어차피 변하는 것은 없다.”

“폐하, 어떻게 하실 생각이신지요?”

“흐흐. 놈은 이전에도 내 상대가 되지 않았다. 앞으로 나는 더 강해질 것이다. 그 누구도 내 상대가 되지 않아.”

“그럼?”

“모든 군대에게 진격을 명령해라. 압도적인 힘으로 놈들의 전선을 압박한다. 그러면 놈은 결국 나를 찾아올 수밖에 없다. 그게 유일한 방법이니까.”

“일부러 유인하시는 겁니까?”

“그렇지. 놈이 덫에 걸려들면 제거한다.”

“알겠습니다.”

“그리고 던킨!”

“예, 폐하!”

“마왕을 만나겠다. 안내해라.”

갑작스러운 태도 변화에 던킨은 당황했다. 하지만 마왕에게서 황제를 끌고 오라는 독촉을 받은 지 오래다.

던킨은 황제의 명령이 반가웠다.

“알겠습니다, 폐하. 즉시 안내하겠습니다.

수도에서 제법 떨어진 곳에 꽤 넓은 황무지가 있었다.

마왕은 그 한복판에 자리를 잡고 있었다. 주변은 마족들이 단단히 지키고 있어 아무도 접근하지 못했다.

황제가 그곳에 나타났다. 던킨 하나만을 데리고 온 행차였다. 그리고 던킨도 어차피 마족이다. 이 공간에 인간은 황제 혼자였다.

마왕이 황제를 보고 손을 들어 아는 체를 했다.

"오랜만이군. 그대가 마계를 찾아오고 나서 다시 만난 건 처음이지?"

"어째서 나의 인간계에 네가 기어올라 온 거지? 너는 마계에 처박혀 있어야 하잖아?"

마왕 주변의 고위마족들이 발끈하며 일어섰다. 하지만 마왕이 손을 뻗어 그들을 진정시켰다.

"네가 인간계의 주인이 되려고 한다는 소리가 들려서 말이야."

"당연하지. 그것이 마신님께서 내게 약속하신 것."

"그런데 그 약속은 네 입에서 나온 거지. 마신님께서 하신 게 아니란 말이야. 우리는 그저 네가 마신님의 피를 흡수했기에 믿어주는 것뿐이잖아?"

"믿기 싫은가?"

"아니. 아주 안 믿는 건 아닌데, 그래도 불편한 게 있어. 너는 인간들을 전멸시킬 생각이라며?"

황제가 던킨을 돌아보았다. 던킨이 뜨끔해서 말했다.

"이, 일상적인 보고였습니다."

"아니, 잘했다. 어차피 마왕도 알아야지. 맞아. 나는 나와 내

아내, 단 두 명을 제외한 모든 인간을 죽이겠다. 그것이 마신님의 뜻."

"바로 그 부분이야. 모든 인간이 죽으면 곤란하지. 그럼 우리는 뭘 먹고살라고?"

"지금처럼 몬스터나 처먹고 살아라."

"네가 아직 인간 맛을 몰라서 그런 소리를 하는데, 예쁜 인간은 정말 맛있다. 못생긴 인간도 최고의 몬스터보다는 맛있지. 나는 그걸 포기하기 싫다. 내 부하들도 같은 생각이더군."

황제가 피식 웃었다.

"거부한다."

마왕이 일어섰다.

"너는 거부하지 못해."

"마신님의 뜻을 거스르겠다는 뜻이냐?"

"그럴 리가 있나? 마신님의 뜻에 따라 인간계를 점령하겠다. 하지만 다 죽이는 건 아니야. 우리 먹을거리는 남겨둬야지."

"싫다면?"

마왕이 으르렁거리며 황제에게 다가왔다.

"너를 내가 지배해야지. 네 영혼을 없애고, 네 육체를 내 꼭두각시로 만들어서 세상을 지배해야지. 인간들이 저항할 능력이 없어지면 내 부하들이 인간계를 점령할 것이다. 아직은 인간들이 너무 수가 많아."

“네 힘으로 될까?”

“크흐흐. 황제, 네가 마신님의 피를 받은 것은 명확한 사실이다. 하지만 피는 곧 마신님의 힘. 그것을 많이 내놓으셨을 리가 없지. 너는 마신님의 피를 모두 흡수했지만 나보다 약하다.”

황제가 인정했다.

“맞는 말이야. 마신님께서 피를 꽤 아끼시더라고. 그걸 또 좀 쪼개서 몇 놈에게 나눠줬지. 확실히 나의 힘은 마왕 너보다 약해. 하지만 마신님의 의지, 그건 온전하게 내가 차지했다. 내가 바로 마신님의 의지를 수행하는 자, 너희들의 황제다.”

“흐흐. 마계에서는 힘이 있는 자가 왕이다.”

마왕에게서 강력한 기운이 뿜어지기 시작했다. 마족들이 화들짝 놀라 마왕에게서 물러섰다.

마왕이 다가와 황제의 목을 잡았다. 황제는 순순히 목을 잡혀주었다.

“인간, 마지막 기회다. 내 뜻을 따르겠느냐? 아니면 네 영혼이 소멸하겠느냐?”

황제는 목이 잡힌 상태에서도 여전히 웃었다.

“싫다.”

“그렇다면, 죽어라.”

마왕의 손에서 강력한 마기가 뿜어져 나왔다. 그것이 황제의 몸으로 파고들어 갔다.

황제의 몸에 들어간 마기는 그의 영혼을 찾아내려고 활발하게 움직였다.

황제의 몸이 마기에 물들어 서서히 검어졌다.

마왕이 말했다.

"흐흐흐. 인간, 이건 네가 자초한 일이다."

마왕이 밀어 넣는 마기의 양이 더 많아졌다. 이제 황제의 몸은 완전히 새카맣게 변했다. 그가 입고 있던 옷이 마기의 기운을 견디지 못하고 바스러졌다.

마기는 황제의 몸을 자기 것처럼 휘저었다. 그러나 황제의 영혼이 잡히지 않았다.

마왕은 이 현상을 이해할 수 없었다.

'인간이 영혼이 없을 리는 없다. 그런데 어째서?'

황제의 몸이 서서히 떠오르기 시작했다. 상황이 이상하게 흐른다고 느낀 마왕은 황제에게서 손을 떼려고 했다.

마왕의 얼굴이 굳었다.

"손이 떨어지지 않아?"

그는 마기를 회수하려고 했다. 하지만 그것도 되지 않았다. 오히려 몸속의 마기가 빠른 속도로 황제의 몸으로 빨려 나갔다.

마왕은 일이 틀어졌음을 깨달았다. 그는 급히 왼손을 들어 오른손을 잘라 버리려고 했다.

황제의 몸에서 검은 기운들이 솟아올랐다. 그것들은 여러 개의 촉수로 변해 마왕의 몸을 휘감기 시작했다.

마왕이 놀라서 외쳤다.

"이, 이것이 무엇이냐?"

마왕의 몸은 이미 황제를 따라 허공으로 떠오르고 있었다. 마왕은 검은 기운으로부터 빠져나가려고 했으나 역부족이었다.

황제가 여전히 목이 잡힌 채 말했다.

"마신님께서 내게 말씀하셨다."

"무, 무엇을?"

"인간계를 멸망시키려고 하면 천신이 가만있지 않을 거라고. 용사를 보낼 거라고. 그리고 마왕도 나를 반대할 거라고. 마왕이 나의 영혼을 쫓아내려 할 거라고. 그렇게 되면 이번에도 실패한다고 하셨다."

"이미 이 상황을 예상하셨다고? 그래서 뭘 하려는 짓이냐?"

황제가 검어진 눈으로 차갑게 웃었다.

"마왕을 흡수하여 나의 힘을 키우고, 그 강해진 힘으로 용사를 제거하고, 인간계를 멸망시키라 하셨다. 마신께서는 네 힘을 흡수할 수 있는 수단을 전해주셨다. 이 촉수는 마신님께서 주신 너를 흡수하는 힘. 나의 힘에 너의 힘까지 합치면 세상에 내 적은 없다."

"다, 당했군."

"너를 흡수할 기회가 필요했다. 이렇게 네가 내 영혼을 빼앗으려고 하는 지금이 바로 기회지."

마왕이 벗어나려고 했다. 그는 마기를 끌어올렸다.

"우워어어어!"

그 힘으로 촉수를 없애려고 했다. 엄청난 마기가 마왕의 몸에서 뿜어져 나왔다.

이 촉수는 마신의 뜻에 의해 만들어진 것이다. 단순한 몬스터의 촉수와는 차원이 달랐다. 촉수는 마왕이 끌어올린 마기를 모조리 흡수했다.

황제가 크게 웃었다.

"크하하하. 힘이 늘어난다. 마왕 너의 힘은 잘 가지도록 하마. 용사를 잡는 데 쓰겠다."

"크아아악!"

마왕이 비명을 질렀다. 촉수는 이제 그의 몸에 파고들어 마기를 빨아들였다. 그의 몸에서 마기가 쭉쭉 빨려 나가 황제의 몸속으로 스며들었다.

마족들은 아무도 이 현상을 막지 못했다. 황제와 마왕이 다루는 힘은 너무도 거대해서 마족들이 어떻게 할 수가 없었다.

마왕의 거대한 몸은 점점 쭈그러들었다. 황제의 몸은 그 크기가 그대로였지만 이제는 공간 자체를 소멸시킨 듯한 어둠으로 뒤덮여 있었다.

마침내 마왕이 완전히 쭈그러들어 소멸했다.

황제는 고개를 젖히고 숨을 크게 들이쉬었다. 주변에 맴돌던 마기마저 그의 몸속으로 빨려 들어갔다.

"흐음, 좋군. 역시 마왕. 내 힘이 두 배가 넘게 늘었군."

황제의 검어진 피부가 천천히 살색으로 돌아왔다. 투명한 듯 고와 보이는 피부였다.

떠올랐던 황제의 몸은 어느새 지상에 내려와 있었다.

황제가 던킨에게 말했다.

"던킨, 이제 알겠느냐? 왜 케이라는 놈이 나타나면 나에게 죽을 수밖에 없는지. 왜 그놈이 나를 만나기만 하면 덫에 걸리는 꼴이 되는지."

얼이 빠져 있던 던킨이 얼른 엎드렸다.

"똑똑히 알겠습니다, 폐하."

"던킨, 너는 누구 편이냐?"

던킨이 즉시 대답했다.

"폐하의 편입니다!"

황제가 마족들을 둘러보았다.

"너희들은?"

다른 마족들도 마왕을 흡수한 압도적인 강자 앞에서 감히 고개를 들지 못했다.

'마왕을 흡수했다면 당연히 우리도 빨아들일 수 있다.'

"폐하의 편입니다!"

"너희들은 이제 모두 나의 것이다. 알겠느냐?"

"알겠습니다!"

황제가 느긋하게 황궁 쪽으로 걸음을 옮겼다.

"좋아. 그럼 계속해서 세상을 멸망시키도록."

*　　　*　　　*

전장의 상황이 다시 변했다. 피스 제국 동맹군은 잠시간의 여유를 끝내고 다시 움직이기 시작했다.

신성제국 연합군의 총사령부는 신성제국 수도에 있다. 그곳에 각국의 전권대사가 파견되어 있었고 나라가 위태로워진 왕들은 직접 피신해 오기까지 했다.

현재 연합군에서 가장 강한 무력을 가진 곳이 바로 신성제국이다. 피스 황제의 수작이 있기는 하지만 그래도 겉보기로는 전선이 밀리지 않고 버티고 있다.

따라서 이곳이 가장 안전하다는 의식이 팽배해져 있다. 여러 곳에서 고위귀족이나 부자들이 이곳으로 피난을 왔다.

연합군 총사령부는 전선의 상황이 변하자 급박하게 돌아갔다.

수석 작전관이 현재 상황을 보고했다.

"잠시의 소강상태 동안 적들의 병력 집중도가 더 높아졌습니다."

황제가 질문했다.

"그럼 우리 쪽 대비는?"

"우리의 병력도 늘어났습니다. 그러나 적의 병력이 더 많습니다. 더구나."

"더구나 뭐?"

"개전 후로 시간이 제법 흘렀습니다. 놈들은 이제 보급 문제를 상당히 해결한 것으로 보입니다. 특히 최근 전투가 멎은 기간 동안 집중적으로 보급을 확충한 것으로 정보부는 판단하고 있습니다.”

“계속 싸웠어야 했어. 전쟁을 멈췄더니 놈들에게 유리한 일만 한 꼴이잖아.”

케이가 끼어들었다.

“폐하, 그건 아니죠.”

피스 황제가 전쟁을 오래 끌 생각이란 것은 최상층 수뇌부 몇 명만이 아는 일이다. 심지어 타국의 왕들도 그 일은 모른다.

케이는 피스 황제의 작전이 변하지 않기를 바랐다. 그러면 적어도 시간은 벌 수 있다. 하지만 전선 유지 계획이 새어나가면 상황은 변할 수 있다. 다른 왕국들이 엉뚱한 무리수를 둘 수 있다.

상황이 변하면 황제의 작전도 변한다. 잘못하면 정말 세상을 먼저 한번 쓸어버리려고 할 수도 있다. 케이는 그것을 걱정했다.

어쨌든 황제도 그 이야기는 알고 있다.

“허엄. 용사 케이, 나는 말이 그렇다는 거지.”

“시간이 생긴 것은 우리에게도 유리한 일이죠. 모든 부대는 최대한 방어에 집중하라고 하세요.”

“알았네, 용사 케이.”

황제가 작전관을 보고 명령했다.

“최대한 방어에 집중하라.”

작전관이 고개를 숙였다.

"예, 폐하."

케이가 그 작전관에게 말했다.

"우리 쪽 보급품 문제는 어떻습니까?"

작전관이 황제를 대할 때보다 더 공손하게 케이에게 대답했다.

"옛, 용사 케이님. 부족하지 않은 보급품이 없습니다. 그중에서도 특히 의약품의 부족이 심각합니다."

"의약품?"

"예. 부상자가 많다 보니 케이 시리즈의 회복약이 특히 모자랍니다."

케이가 생각했다.

'나는 용사란 말이지. 그럼 내 회복약 제조 방법도 뭔가 비밀이 있다는 소리. 그거 어쩌면 생각보다 더 효과가 좋을지도 몰라. 조제법이 조금 틀렸나? 에라, 어차피 바이올렛은 장사 말아먹은 것 같으니까. 나중에 찾아가서 다른 좋은 건수 하나 물어줘야겠다.'

케이는 시중에 돌아다니는 '케이의 회복약' 이 자신이 만든 그것임을, '케이 상단' 이 바이올렛이 만든 상단임을 아직 모르고 있었다.

케이가 말했다.

"내가 치료제 만드는 법을 하나 가르쳐 줄 테니까, 거기서 결함을 제거하고 대량 생산해서 공급하도록 해요."

케이는 자신의 기억에 뭔가 빠진 것이 있다고 믿었다. 그래서 그 결함을 제거할 것을 지시했다.

케이의 말에 작전관의 얼굴이 환해졌다.

"용사 케이님이 가르쳐 주시는 조제법이라면 틀림없이 대단한 효과가 있으리라 믿습니다. 감사합니다. 역시 용사님이십니다."

"아니, 거기 결함이 조금 있으니까 개선을 좀 해야 할 거예요."

"알겠습니다. 믿고 맡겨주십시오!"

"지금 제조법 설명해 줄게요."

귀족 한 명이 즉시 말렸다.

"용사 케이님, 지금 여기서 그걸 공개하시면 정보가 샐 염려가 있습니다. 이건 기밀을 유지해야 하는 고급 정보입니다."

다른 귀족이 맞장구를 쳤다.

"그렇습니다. 적들이 제조법을 알게 되면, 그들의 전력이 그만큼 강화됩니다."

케이가 대답했다.

"싫어요."

"예?"

"사람 살리는 약에 니 편 내 편이 어디 있어요? 그리고 적군? 그 사람들도 불쌍한 처지라고요. 병사들이 어디 전쟁하고 싶어서 하고 있겠어요? 다 황제 놈이 나쁜 놈이지. 그러니 일단 살리고 봐야지요."

귀족 몇 명이 들고일어났다.

“이건 이적 행위입니다.”
“적을 이롭게 하는 짓을 용납할 수 없습니다.”
“허락할 수 없습니다.”
케이의 인상이 조금 일그러졌다.
“허락?”
“그렇습니다. 허락할 수 없습니다.”
“어이, 귀족.”
“왜, 왜 그러십니까?”
케이가 웃었다.
“시끄러!”

용사 케이가 하고자 하면 아무도 막을 수 없다.
케이가 알려준 조제법은 즉시 마법사와 치료사들에게 전달되었다.
재료와 인원은 넘쳤고 그들은 숙련되어 있었다. 그들은 즉시 시제품을 만들어냈다.
완성된 약을 보던 치료사 한 명이 말했다.
“이거 때깔이나 질감으로 볼 때, 케이의 회복약하고 너무 비슷한데요?”
곁에 있던 마법사가 얼른 한 조각을 떼어냈다.
“혹시 모르니까 내가 비교 마법으로 시험해 보지요.”
그들은 연구용으로 가지고 있던 원본 케이의 회복약과 자기들 것을 간단한 마법으로 비교했다.

마법사가 침을 꿀꺽 삼키고 말했다.

"이건……."

치료사들이 달라붙어 질문했다.

"어떤데요?"

"거의 똑같은데요?"

"예?"

"이거, 그 잘나간다는 케이의 회복약하고 똑같아요. 약효도 같을 겁니다."

사람들이 서로 얼굴을 돌아보았다.

한 명이 중얼거렸다.

"역시 용사 케이님이시군."

"진정 용사님이시다. 모르시는 것이 없어."

다른 사람이 손뼉을 치며 말했다.

"앗! 용사 케이님께서는 이것을 개선하라고 하셨습니다."

"개선? 지금 이것만으로도 이렇게 약효가 좋은데 개선?"

사람들이 자기 턱을 쓰다듬으며 고민을 했다. 그들이 서로의 눈치를 살폈다.

치료사 한 명이 말했다.

"이거 개선하는 데는 오래 걸리겠지요?"

"과연 우리 힘으로 가능한지조차 의심스럽죠."

"지금 이 상태로 생산한다면?"

"즉시 대량 생산이 가능하죠. 수많은 사람들의 목숨을 구할 겁니다."

치료사 중 제일 나이 많은 사람이 선언했다.

"좋아. 여보게들, 이거 그냥 생산하지?"

"예? 하지만 용사 케이님께서는……."

"생산하지 말라는 말은 없으셨겠지. 이건 일단 대량 생산해서 전선에 쫙 깔아. 요정밥의 이파리와 무지개 이끼는 최우선 군수품으로 선언하고. 아니지. 아예 제조법을 일선에 직접 알리자!"

마법사가 화들짝 놀랐다.

"예에? 하지만 그렇게 하면 적군도……."

"회의장에서 자세히 설명했다고 들었다. 그럼 귀족들이 가만있겠어? 직접 만들어서 팔아먹으려고 들겠지. 귀족의 측근들 중에 첩자가 하나도 없을까? 아마 이미 적군도 알걸?"

"그럼 왜 케이님은 공개적으로 설명하셨을까요?"

"적군도 알라고 하신 거겠지. 여하튼 결재는 내가 받을 테니 걱정하지 마라. 이건 케이님이 바라시는 일이다."

이 정보는 더 이상 기밀이 아니다. 아는 사람이 그렇게 많고, 그중에 이걸 돈벌이로 이용하려는 사람이 수두룩하다. 절대로 기밀이 될 수 없다.

결국 모두 상황을 납득했다.

마법사가 혼잣말처럼 말했다.

"그나저나 이건 이름을 뭐로 지을까요? 이런 건 보통 케이 시리즈로 부르는데."

치료사가 대답했다.

“ ‘용사 케이의 회복약’이면 적당하겠지.”

전체 회의는 일반적인 전쟁 상황을 전달해 주는 것이다. 거기에는 너무 여러 나라의 사람들이 모여 있다. 그런 곳에서 세부 작전을 논의할 정도로 어수룩하지는 않다.

진짜 작전 회의는 따로 있다.

신성제국의 고위층 몇 명, 여러 신전의 대표 몇 명, 그리고 각 왕국 중에서도 절대로 배신하지 않을 나라의 고위층 몇 명이 회의에 참석했다.

이런저런 작전 회의가 끝나고 나서 마지막으로 케이가 말했다.

“아시다시피 모든 일의 중심에는 피스 제국 황제가 있어요.”

대신관이 동의했다.

“그렇지. 그자는 바로 대적자. 대적자가 있으니 이 전쟁이 있는 것. 대적자만 없다면 전쟁도 곧 끝나겠지.”

“맞아요. 그래서 그놈을 죽여야 해요.”

신성제국군 총사령관이 답답한 듯 말했다.

“불가능합니다. 용사 케이, 그는 더 이상 전쟁터를 돌아다니지 않습니다. 피스 제국 수도에 머물고 있습니다.”

“그럼 거기 가서 죽여야죠.”

“그의 경호는 상상을 초월합니다. 더구나 암살자가 그 경호망을 뚫어도 소용없습니다. 그 개인의 무력이 말씀하신 것과 같다면 최고의 암살자라고 해도 그를 죽일 수 없습니다. 그는 절대로 죽일 수 없는 자입니다.”

“세상에 절대로라는 건 없어요.”

“하지만 방법이 없잖습니까? 그자를 죽일 정도의 암살자는 구할 수 없습니다. 암살 길드를 통틀어도 그런 암살자는 없습니다.”

“암살 길드에는 없을지 몰라도 용병 길드에는 있어요.”

“예? 어떤 용병이…….”

“정규 삼급용병. 내가 가겠어요.”

사람들이 벌떡 일어났다.

“안 됩니다. 이미 한 번 실패하셨잖습니까?”

“용사 케이님은 우리 신성연합군의 정신적 지주이십니다. 거기 갔다가 돌아가시면 끝장입니다.”

“거기 가면 틀림없이 죽습니다!”

케이가 말했다.

“내가 안 가면요, 내가 그놈을 안 죽이면요, 세상 사람들이 다 죽어요. 도저히 현 상황을 뒤집을 수 없거든요.”

“케이님이 없으면 우리에게도 희망이 없습니다. 지난번 사망 소식이 들렸을 때도 전 군대가 술렁였습니다. 용사가 죽으면 누가 우리를 믿고 싸운단 말입니까?”

케이는 나름대로 계획이 있었다.

“이미 한번 죽었다는 소문이 가짜라고 밝혀졌잖아요. 그러니까, 이제부터 저는 경호 문제의 명분을 걸고 대중 앞에 나서지 않겠어요."

"예?"

"내가 그놈을 죽이러 갔다가 실패하면 난 죽겠지요. 그러면 내가 죽은 것을 아무에게도 알리지 마세요. 그냥 나는 살아 있다고, 신전에서 신과 농담 따먹기를 하든 뭘 하든, 여하튼 살아 있고 하세요."

"그런 말도 안 되는……."

"혹시 피스 황제가 내 시체를 가지고 나 죽었다 하거든, 딱 잡아떼세요. 그리고 사람들이 내 얼굴 까먹을 때쯤 되면, 비슷하게 생긴 사람을 내세우세요. 뭐, 수염이라도 잔뜩 기르면 위장이 좀 쉬우려나?"

대신관이 케이를 말렸다.

"용사 케이, 무모한 짓이네."

"대신관 할아버지, 다른 방법 있어요?"

"다, 다른 방법이야……."

"누구라도 좋아요. 현 사태를 해결할 수 있는 다른 방법이 있으면 내놓아보세요. 이대로 버티다 보면 상황이 좋아질 거라는 무책임한 말은 하지 말고요. 상황은 좋아질 수 없어요. 피스 황제는 권력을 완벽하게 통제하고 있고, 그는 충분히 강해요. 마족과 몬스터의 수는 계속 늘어날 테니 그는 더 강해질 거예요. 그리고 모든 인간은 죽겠죠."

"케이……."

"늦으면 늦을수록 상황은 나빠져요. 늦으면 더 많은 사람이

죽고, 놈의 권력은 더 강해져요. 그러니 이건 빠를수록 좋아
요.”

사람들이 입을 다물었다. 그들은 이대로 가면 결국 언젠가
는 모두 죽는다는 것을 알고 있었다.

황제가 속으로 생각했다.

‘그래도 최고 백 년이나 지난 후에 전쟁이 끝난다며? 그때
는 나 죽은 후잖아. 그때까지는 용사가 살아 있는 편이 낫겠
지?’

케이에게 황제의 눈알 굴러가는 모습이 보였다. 무슨 생각
을 하는지 눈치 챈 케이가 피식 웃었다.

“이 전쟁이 길어지면 백 년까지도 갈 수 있어요. 여기 있는
사람들은 고위층이니 안전한 곳에서 수명을 다 누리고 죽을
거예요. 전쟁터에서 잡혀 죽을 일은 없을 거예요. 세상 사람들
이 아무리 죽어도 여기 사람들은 안전할 거예요.”

사람들 중 일부가 양심에 찔려 몸을 움찔거렸다.

케이가 계속 말했다.

“하지만 말이죠. 그건 피스 황제가 마음을 바꾸지 않았을 때
의 이야기죠. 그놈이 마음을 바꾸면? 생각보다 전력이 강해지
면? 마족이 너무 많이 늘어나고 몬스터도 너무 많아지면? 우리
가 스스로 자멸해서 굳이 천천히 소모시킬 필요를 못 느끼면?”

사람들이 두려움에 침을 꿀꺽 삼켰다.

“상황은 언제든지 바뀔 수 있어요. 갑자기 세상을 다 쓸어버
리고, 마족들을 부려서 가짜 반란군을 만들어내고, 그걸 다시

토벌하는 식으로 갈 수도 있어요. 아니면 더 지독한 수법을 쓸 수 있어요. 그럼 여기 있는 분들은 다 죽는 거예요.”

사람들이 본격적으로 생명의 위기를 느꼈다.

“그러니까 방심하지 말고 열심히 지켜요. 내가 없어도 최선을 다해서 지켜요. 나는 가서 그놈을 죽일게요.”

황제가 떨리는 목소리로 말했다.

“이보게, 용사 케이. 우리 더 좋은 방법을 생각해 낼 수는 없을까? 생각해 보면 좋은 방법이 나올지도 모르잖은가?”

“생각하세요. 계속 생각만 하세요. 그러면 아무것도 나아지지 않을 테니까.”

갈 곳 없는 로지는 데이지가 맡았다. 케이가 부탁해서다.

데이지의 집에는 결국 에이미까지 세 명의 아가씨가 머물렀다. 그리고 그곳에 케이가 찾아갔다.

에이미가 얼른 케이에게 안겼다.

“와아, 케이 오빠!”

케이가 에이미의 머리를 쓰다듬었다.

“잘 있었어?”

“응.”

에이미의 애정 표현을 보는 데 익숙해진 데이지가 미소를 지으며 인사를 했다.

“어서 와요, 케이.”

옆에서 로지는 부러움에 가득 찬 눈으로 에이미를 보았다.

"어서 오세요, 케이 오빠."
에이미가 케이에게 달라붙은 채 로지를 흘겨보았다.
"오빠라고요?"
로지도 물러서지 않았다.
"물론. 이미 그렇게 부르기로 이야기가 끝났으니까."

세 아가씨 중에서 요리를 제대로 하는 사람은 없다. 그들은 데이지가 즐겨 찾는 고급 음식점에 찾아가서 화려한 식사를 했다.

용사 케이가 온 사실을 안 음식점은 최고의 서비스를 제공했다. 윌 오브 위스프는 몇 개나 띄워졌고 악사들은 부드러운 음악을 깔았다. 따로 독립된 공간을 제공해서 조용한 식사를 보장했다.

케이가 가게를 보고 부러워했다.
"나도 이런 고급 식당 하나 차리고 싶었는데."
에이미가 얼른 말했다.
"전쟁 끝나고 하나 차리면 되잖아? 이런 거 차려서 나한테 맛있는 거 공짜로 준다며?"
케이가 에이미를 보고 웃었다.
"그럼. 배가 터지게 먹여줄게."
"히히. 신난다."
케이의 웃음 속에서 뭔가 이상한 느낌을 받은 데이지가 질문했다.

“케이, 무슨 일 있어요?”

“아뇨. 일은 무슨 일이요.”

“뭔지 모르게 우울해 보여서요.”

“아녜요. 전선 상황이 좀 좋지 않아서 그런 거예요. 걱정하지 마세요.”

데이지는 본인이 아니라고 하는데 딱히 따질 명분이 없었다. 그저 좀 이상하다고 생각하는 정도였다.

케이는 아가씨들과 즐겁게 시간을 보냈다. 후식을 먹으며 의자에 몸을 기댄 케이의 눈에 공중을 떠다니는 빛들이 보였다. 그 너머로 아름다운 장식이 된 식당의 천장이 보였다.

‘정말 이런 거 하나 가지고 싶었는데.’

케이는 피스 제국 수도에 잠입했다.

거기까지 가는 길은 전혀 어렵지 않았다. 케이의 능력으로 전선을 소리없이 통과하는 것은 일도 아니다.

신성제국 정보부에서는 피스 제국 황궁에 첩자를 박아놓지 못했다.

황제는 상대의 생각을 읽을 수 있다. 그는 전쟁 시작 전에 황궁에 있는 모든 인간들의 생각을 읽어 첩자를 제거했다. 수도에 머무는 귀족들도 마찬가지였다. 지금 피스 제국 황궁에는 첩자다운 첩자가 단 한 명도 없었다.

수도 전체를 통틀어보면 몇 명 정도는 남은 첩자가 있었다. 그들은 피스 제국의 소문 정도나 수집하는 역할이었다. 워낙 단순한 역할이라 피스 제국 황제의 눈을 피할 수 있었다.

케이는 신성제국이 박아놓은 첩자의 도움으로 기본적인 정보를 습득했다.

"흐음. 그러니까 황제는 주로 황궁에 거처한다고요?"

첩자는 바짝 긴장한 채 대답했다.

"그렇습니다, 용사 케이님."

"황궁 안에 어디 머무는지는 모르고요?"

"죄송합니다, 용사 케이님. 하지만 그건 제가 알 수 없는 정보입니다."

"하긴, 그렇겠죠. 그럼 황궁 안이 어떻게 돌아가는지는 전혀 몰라요?"

"죄송합니다, 용사 케이님. 소문을 듣는 것 이외에는 알 수 없습니다."

"그럼 무슨 쓸 만한 소문 들은 거 있어요?"

첩자가 자기가 아는 소식들을 생각해 보았다. 그러나 대부분 소문에 불과했다. 그는 그중에서도 그나마 많이 퍼진 소문을 말했다.

"황궁에 아주 아름다운 귀부인이 한 명 계시다고 합니다."

"귀부인?"

"황제가 그 귀부인을 매우 아낀다고 합니다."

"호오? 이거 흥미가 당기는데요? 그래서요?"

"그게 전부입니다."

"예?"

“죄송합니다. 소문은 거기까지입니다.”
“그 귀부인의 이름이나 배경 같은 거 모르고요?”
“모릅니다.”
케이는 어이가 없었다. 하지만 첩자에게 화를 낼 수는 없었다.
'쳇. 여기의 정보망이 궤멸한 것은 분명히 그놈이 마신의 피를 이용해서 한 짓일 테고. 여하튼 귀부인이라. 여자 쪽으로 접근하면 놈에게 빈틈을 찾을 수 있을까?'
지금은 없는 빈틈이라도 만들어야 했다.
'내 실력은 놈보다 부족해. 지난번에 겨뤄보니 확실하더라고. 그럼 역시 빈틈을 찾아야 하고. 빈틈이 생기는 건 좋아하는 여자와 있을 때가 최고겠지.'
케이가 일어섰다.
“알았어요. 나머지는 내가 알아서 하겠어요.”
“믿고 있겠습니다, 용사 케이님.”
케이는 첩자의 또랑또랑한 눈빛이 부담스러웠다.
“혹시 내가 실패했다는 소문 들리면 즉시 튀어요.”
“반드시 성공하실 거라고 믿고 있습니다!”

피스 제국 황궁은 온갖 마법 트랩과 수많은 병사, 기사들로 뒤덮여 있었다.
케이가 그 사이를 숨어들었다.
'이거 완전히 알람 마법을 밭처럼 깔아놨네.'

케이가 기척을 숨기는 기술은 완벽했다. 마법 트랩은 그 기운을 감지하고 알아서 피해갔고, 사람들의 접근도 미리 눈치 채고 숨었다.

하지만 황궁은 넓었다. 더구나 케이가 찾는 것은 황제가 아니었다. 황제는 아직 피해야 했다.

'이 귀부인은 어디 숨어 있는 거야?

케이는 낮에는 구석에 숨어서 잠을 잤고, 밤에는 여기저기를 헤매고 다녔다. 황궁이 넓었지만 그는 마침내 사흘째 되는 날 단서를 하나 찾아냈다.

'어?

황궁에서 아는 얼굴을 발견한 케이는 황당함에 입을 다물 수 없었다. 하지만 금방 이해했다.

'하긴. 저 녀석은 피스 제국군이지. 좋아.'

한구석에서 청승맞게 달을 보고 서 있는 기사의 뒤에 접근한 케이는 조용히 그 목에 칼을 대며 입을 틀어막았다.

케이가 작은 목소리로 말했다.

"움직이지 마라."

기사는 즉시 발버둥을 쳤다.

"이게. 움직이지 말래도. 움직이면 죽는다."

협박을 해도 소용이 없었다. 기사의 발버둥은 여전했다.

케이는 할 수 없이 기사의 뒤통수를 받아버렸다.

둔탁한 소리와 함께 기사가 그대로 기절했다.

케이는 기사를 끌고 남들의 눈에 띄지 않는 곳으로 이동했다.

케이가 기사를 묶었다. 입까지 틀어막은 후 뺨을 때려 깨웠다.

"야, 파인만. 일어나라."

파인만이 눈을 번쩍 떴다.

"으읍. 읍."

"나다, 나. 케이. 니 대장. 알지?"

파인만이 고개를 크게 끄덕였다.

"재갈 풀어줄 테니까 큰 소리 안 낼 거지?"

파인만이 다시 고개를 끄덕였다.

케이는 조심해서 파인만의 입에 물려놓은 재갈을 풀었다. 소리라도 지르면 즉시 다시 틀어막을 생각이었다.

"푸하아. 대장님, 숨 막혀 죽을 뻔했습니다. 아이고, 뒤통수야. 머리가 왜 이렇게 아프지?"

"그러게 처음에 움직이지 말라고 했잖아?"

"대장님 목소리를 들었는데 어떻게 안 움직입니까?"

파인만의 태도에 적대감이라고는 조금도 없었다. 안심한 케이가 물었다.

"그나저나 니가 왜 여기 있냐?"

"저야 경호 임무에 차출됐죠. 그나저나 대장님, 대장님이 정말 신의 용사입니까?"

"알고 보니 그렇더라고. 내가 원래 신성용병이었잖아. 원래 다 비슷한 거야."

"와아. 영광입니다. 대장님, 제가 그럼 전설에 나오는 용사의 동료 아닙니까? 하하하.”

“쉿. 목소리가 크다.”

“아, 대장님은 지금 적군이시죠? 쉿!”

“그런데 너 괜찮냐?”

“뭐가 말입니까?”

“내가 신성제국에서 싸우고 있잖아. 그리고 여기 쳐들어왔
잖아. 괜찮으냐고. 니네 황제를 죽일지도 모르는데?”

파인만이 즉시 대답했다.

“대장님의 신성력을 제가 직접 경험했는데 가짜라는 말을
믿겠습니까? 오히려 황제를 의심해야죠.”

“다른 녀석들도 그렇게 생각하냐?”

“그럼요. 그것 때문에 우리 라이트닝 강습 부대는 아주 산산
조각이 났습니다. 황제가 조각조각 내서 여러 부대로 흩어버
렸습니다.”

“썬더 전략 강습 부대는?”

“그것도 아주 박살이 났죠. 원래 사령관이셨던 썸머 백작
님이 사라지셨는데, 그 후에 황제의 명령으로 조각났습니
다.”

“그런데 너는 어떻게 여기 있는데? 황제가 너는 다른 데로
안 보내?”

“제가 이끄는 백인대가 레이디를 호위하고 있습니다. 황제
는 레이디의 눈치를 좀 보는 편이라 우리를 어떻게 하지는 않
고 있습니다.”

케이의 눈이 반짝였다.

"레이디? 황제가 총애한다는 레이디?"

"예. 대장님도 아실……."

"어디냐?"

"예?"

"그 레이디가 있는 곳이 어디냐고?"

"저 뒤의 저 건물입니다."

케이가 파인만을 묶은 것을 풀어주었다.

"내가 노리는 것은 레이디가 아니다."

"당연하죠."

"나는 황제를 노린다. 혹시 내가 실패할지 모르니 너는 아무것도 모르는 것으로 해라. 싸움에 말려들지 말고 알아서 빠져 있어. 기왕이면 다른 애들도 같이 데리고 빠져라."

"알겠습니다. 우리 백인대는 즉시 빠지겠습니다."

"황제가 눈치 채지 못하게 조심해서 빠져. 혹시 내가 살아남으면 나중에 전쟁 끝나고 보자. 그럼 나는 간다."

케이는 파인만이 가리킨 건물로 빠르게 사라졌다.

뒤에서 파인만이 중얼거렸다.

"당연히 레이디가 바이올렛 양인 건 아시겠지? 에이, 모르실 리가 있나."

케이는 바이올렛이 머무는 건물에 스며들었다.

건물 외곽은 피스 제국의 기사와 근위병들이 지키고 있었다. 그리고 용병대장 아놀드를 포함한 용병들이 그녀의 가까운 곳을 경호하고 있었다.

케이는 그 용병들 틈을 귀신같이 빠져나갔다. 그리고 조심조심 움직였다.

케이가 갑자기 걸음을 멈췄다. 조그마한 꼬마 아이 하나가 쟁반을 들고 걸어가고 있었다.

케이의 눈이 커졌다. 그는 냉큼 꼬마의 입을 틀어막고 구석으로 끌고 갔다.

꼬마가 발버둥을 치려고 하자 케이가 얼른 자기 얼굴을 들이밀었다. 그리고 작게 속삭였다.

"레이니, 나다."

레이니의 눈이 케이보다 더 커졌다.

케이가 손을 살짝 풀며 말했다.

"작게 말해라. 남들이 듣지 못하게."

"케, 케이 오빠?"

"그래, 나다. 그런데 네가 여기 왜 있니?"

"저, 저야 당연히 언니를 따라서……."

케이는 길게 이야기를 들을 시간이 없었다.

"레이니, 여기는 위험하다. 너 이 건물에서 빠져나가라. 가능한 한 멀리 떨어져 있어."

"오, 오빠. 왜……?"

"지금은 나를 믿어라. 알았지."

케이의 말에 레이니가 고개를 끄덕였다. 레이니에게 케이는 엄청나게 중요한 사람이다. 그녀에게 그의 말은 무조건 진리다.

"알았어요."

레이니가 빠져나가고 나자 케이는 그녀가 다가가던 방을 살폈다.

'레이니의 시중을 받는 곳이라면, 저기가 유력하겠군.'

케이는 건물의 지붕 안쪽으로 숨어들었다. 기둥을 타고 움직이는 그의 아래쪽으로 보랏빛 긴 머리의 여자가 울고 있는 것이 보였다.

'머릿결이 익숙한데?'

익숙하다고 해서 머뭇거릴 수는 없다.

'세상에 보랏빛 머리카락을 가진 사람은 쌔고 쌨지.'

케이가 천장에서 툭 떨어졌다. 그대로 바이올렛의 뒤쪽으로 떨어져 입을 틀어막았다.

"쉿! 조용히! 움직이지 마! 소리도 내지 마!"

여자가 몸을 움찔거렸다. 하지만 소리는 내지 않았다.

케이는 바이올렛의 뒷모습을 보며 익숙하다는 느낌을 떨쳐버릴 수 없었다.

'그 시골 마을의 바이올렛 닮았네. 나도 참. 이 상황에서 무슨 여자 생각이냐.'

"당신을 해치려는 건 아니야. 그러니까 안심해."

바이올렛이 살짝 고개를 끄덕였다.

케이는 바이올렛의 입을 막은 자기 손을 타고 따뜻한 물이 흐르는 것을 느꼈다. 케이가 조금 당황했다.

"이봐. 해치지 않는다니까. 너무 겁먹지 말라고. 내가 이래 봬도 정규 삼급용병이거든. 난 막돼먹은 놈이 아니야."

신의 용사라고 하면 여자가 너무 놀랄까 봐 정규 삼급용병임을 들먹였다.

그 말을 들은 바이올렛의 눈에서 눈물이 왈칵 쏟아졌다.

케이는 속으로 투덜댔다.

'쳇. 무슨 여자가 겁이 이렇게 많담. 어쨌든 황제를 유인하려면 이 여자를 이용해야지.'

케이가 여자의 앞쪽으로 이동하며 작게 말했다.

"이봐. 부인, 이거 정말 미안한 말이긴 한데 말이야. 당신에게 부……."

케이가 입을 다물었다. 화들짝 놀라며 뒤로 물러섰다.

"허, 허억, 바, 바이올렛?"

바이올렛이 흐르는 눈물을 닦으며 말했다.

"돌아오셨어요? 케이 씨, 오래 걸리셨네요."

케이는 이 상황을 이해할 수 없었다.

"바, 바, 바, 바, 바이올렛. 당신이 왜 여기에 있어요?"

그가 일으킨 소음이 바깥으로 새어나갔다. 용병대장 아놀드가 냉큼 다가오며 말했다.

"부상단주님, 무슨 일이십니까?"

바이올렛이 얼른 대답했다.

"별거 아니에요. 괜찮으니까 가보세요."

"예, 알겠습니다."

케이의 머리가 초고속으로 돌았다. 그가 바이올렛에게 속삭였다.

"부상단주? 바이올렛 양이 부상단주예요? 그럼 상단주는 누구예요?"

"당연이 케이 씨지요."

케이가 손가락으로 자신을 가리켰다.

"저요?"

"네."

케이의 머릿속에 퍼즐이 조각을 맞추었다. 그는 자신이 기본적인 전제를 잘못 깔아놓고 있었다는 것을 깨달았다.

"혹시 케이 상단이란 것이……."

"네. 제가 부상단주, 케이 씨가 상단주. 파는 건 케이의 회복약."

케이는 의문을 풀 수 있었다. 왜 자기 이름과 같은 자가 선수를 쳤는지 이해했다.

'커윽. 그거 제조법 완전히 공개해 버렸는데.'

눈물이 앞을 가릴 지경이었다. 하지만 지금 중요한 건 그게 아니다.

'그래 봐야 돈. 생명보다 중요하지는 않아.'

"바이올렛, 바이올렛이 왜 여기 있어요? 설명을 좀 해주세요. 가능한 한 자세히."

바이올렛의 설명을 다 들은 케이는 이제 모든 것을 파악했
다.

'황제 놈이 말하던 아내가 바이올렛이군. 내가 죽었다고 사
기를 쳐서 바이올렛을 꼬시려고 들어? 니가 죽을 이유가 하나
더 늘었다.'

"바이올렛, 나 믿어요? 황제보다 더?"

바이올렛이 미소를 지었다.

"물론이지요. 저는 언제나 케이 씨를 믿어요. 케이 씨는 나
의 영웅이니까요."

케이가 바이올렛의 손을 덥석 잡았다.

"바이올렛, 지금부터 내가 하는 이야기 잘 들어요. 내가 진
실을 이야기해 줄게요."

황제가 벌떡 일어섰다.

"뭐가 어쩌고 어째? 바이올렛이 없어?"

던킨은 덜덜 떨고 있었다.

"폐, 폐하, 죄송합니다."

"근위기사들은? 근위병들은? 네놈들 마족들은 도대체 뭘 했
냐는 말이다!"

"바이올렛 양이 스스로 걸어나가셨기에 아무도 막을 수 없
었습니다."

황제가 숨을 크게 몰아쉬었다.

"후우. 내가 흥분하게 하다니. 역시 바이올렛은 나에게 필

요한 여자야."

"그렇습니다. 반드시 폐하 곁에 있어야 하는 분이십니다."

'그래야 나도 살아남지. 적어도 바이올렛 양이 먼 거리에서나마 얼굴을 자주 본 나는 잡아먹히지 않을 테니까.'

황제가 다시 냉정을 찾았다.

"바이올렛의 현재 위치는? 그것도 모르지는 않겠지? 만약 모른다면 아무리 바이올렛이 네 얼굴을 알아도 잡아먹겠다, 던킨."

던킨은 생각을 읽힌 것을 알고 뜨끔했다.

"물론 파악하고 있습니다. 동족 몇이 먼 거리에서 뒤따르고 있습니다."

황제가 움직였다.

"가자, 바이올렛이 있는 곳으로."

던킨이 급히 황제의 앞을 막았다.

"폐하, 위험합니다."

"위험?"

"몰래 숨어들어 와 바이올렛 양을 움직일 수 있는 사람은 하나밖에 없습니다."

"흐흐. 그렇군. 케이, 그놈이군."

"어떤 함정이 파여져 있을지 모릅니다."

"던킨, 너는 잘못 생각하고 있다."

"예?"

"함정은 그놈만 판 것이 아니지."

“무슨 말씀이신지?”

“이미 말했지 않느냐? 그놈은 나의 예전 전투력을 알고 있다. 그것에 맞춰서 함정을 만들었겠지. 내 땅에서 만들 수 있는 함정? 있어봐야 얼마나 대단할까?”

“아, 지금 폐하께서는…….”

“그렇지. 내가 왜 마왕을 흡수했다고 생각하는 거냐? 놈이 어떤 함정을 준비해도 상관없다. 나 자신이 함정이니까. 놈은 죽는다.”

“폐하, 훌륭하십니다.”

“그러니 가자. 놈만 죽이면 인간은 반드시 멸망한다.”

*　　　*　　　*

케이는 평원의 한가운데에 의자까지 가져다 놓고 앉아 있었다.

황제가 한 떼거지의 마족을 거느리고 나타났다.

케이는 황제가 가까이 오자 일어서며 손을 흔들었다.

“어이, 황제. 오랜만이야.”

황제가 케이를 노려보더니 금방 표정을 풀고 웃었다.

“후후후. 케이, 참 질긴 목숨이구나.”

케이가 자기 목을 쓰다듬었다.

“나도 이게 그렇게 질길 줄은 몰랐어. 그러게 그때 이 목을 자르지 그랬어? 그럼 확실히 죽었을 텐데?”

"안 그래도 이번에는 그럴 생각이다. 그보다 바이올렛은?"

케이가 바닥에 굴러다니는 시체들을 툭툭 걷어찼다.

"꼬리에 달라붙은 마족들 청소한 다음에 안전한 곳으로 보냈지."

"감히 그녀를 꼬셔가다니. 그게 용사가 할 짓인가?"

"어이, 어이. 말은 바로 하자고. 바이올렛 양을 먼저 안 건 나야. 내가 죽었다고 사기 친 게 너고."

"나는 어차피 마신의 피를 받은 몸. 사기 좀 친다고 해서 문제될 것은 없다."

케이가 박수를 쳤다.

"좋아, 좋아. 아주 좋은 생각이야. 그런 놈이니까 죽어도 문제될 것은 없겠네?"

황제가 손을 들었다.

"그전에 네가 무슨 수작을 부리는지 확인이라도 해볼까?"

황제가 손가락을 튕기자, 그가 데려온 마족들 중 십여 마리가 케이를 향해 튀어나갔다.

케이의 입꼬리가 올라갔다.

"겨우 열 마리로?"

마족들이 검을 들고 케이에게 달려들었다. 열 자루의 검이 거의 동시에 케이의 몸을 노렸다.

케이가 왼손을 하늘로 향했다. 그의 손과 팔을 따라 마나가 빠르게 조합되었다.

마족들이 케이에게 검을 찌르려는 순간, 케이의 주변 공간이 모조리 폭발했다.

꽈아아앙!

바위를 부수는 압력과 쇠를 녹이는 뜨거움이 마족들의 몸에 밀어닥쳤다. 마족 열 마리의 몸이 압력에 부서지고 열기에 타올랐다.

그 마족들은 비명도 제대로 지르지 못했다. 단숨에 열 마리가 사라졌다.

이번에는 황제가 박수를 쳤다.

"좋군. 마법 사용이 더 능숙해졌구나. 그런데 겨우 그 정도로 나를 상대할 생각은 아닐 테고. 숨겨놓은 치명적인 것이 있지? 그게 뭐지?"

어느새 마족들이 케이를 포위했다. 그 숫자가 백여 마리였다. 하지만 감히 케이에게 다가서는 마족은 한 마리도 없었다.

"숨겨둔 것을 내놔봐."

황제가 다시 손가락을 튕겼다. 이번에는 이십여 마리의 마족이 케이를 향해 일제히 마법을 날렸다.

다양한 마법이 직선과 포물선을 그리며 케이에게 모여들었다.

케이가 손을 뻗어 가볍게 원을 그렸다. 케이의 주변에 반투명한 막이 형성되었다.

그에게 날아가던 마법들이 막에 충돌하며 폭발하고 부서졌다. 요란한 폭음이 연달아 이어졌다.

황제가 가볍게 입김을 불었다. 그 입김에서 마나가 조합되어 바람을 일으켰다. 바람은 폭풍이 되어 케이의 주변을 뒤덮던 화염과 연기를 날려 버렸다.

케이는 멀쩡히 서 있었다. 케이가 황제를 비웃었다.

"유치해. 약해. 보잘것없어. 이런 거로 나를 어떻게 할 수 있다고 생각했다면, 너 정말 무능한 거야."

황제도 여유만만이었다.

"나는 단지 너를 시험하는 거다."

황제가 마족들을 둘러보며 말했다.

"모두 공격해. 너희들이 전멸하던, 저놈이 죽던, 둘 중 하나 결판이 날 때까지."

마족들이 주춤거렸다. 그들은 케이의 마법 능력을 보고 기가 잔뜩 죽은 상태였다.

황제가 한마디 덧붙였다.

"아니면 나에게 소멸당하던가."

그 말이 마족들을 결심하게 만들었다. 그들은 마왕이 어떻게 흡수당했는지 똑똑히 알고 있었다.

'우리가 백 명쯤 되는데 인간 하나에게 질까? 잘하면 이길 거야. 하지만 황제와 싸워서는 절대로 못 이겨.'

결론을 내린 마족들이 일제히 케이에게 달려들었다.

먼저 마법이 비처럼 뿌려졌다.

케이의 몸이 이동하기 시작했다.

서 있을 땐 바위였지만 움직이기 시작하니 바람이었다.

케이가 왼손을 쭉 뻗었다. 그의 팔이 움직이는 것을 따라 마나들이 조합되었다. 파이어 볼 다섯 발이 팔의 궤적을 따라 생성되며 줄줄이 튀어나갔다.

다섯 발의 파이어 볼은 다섯 마리의 마족에게 정확하게 명중하며 폭발했다. 강력한 압력과 뜨거운 열기가 마족들의 몸을 찢고 태웠다.

"카악!"

마족들이 비명을 지르며 땅을 굴렀다.

마족을 파이어 볼로 위협하기는 힘들다. 그러나 그건 맞추기 어렵기 때문이다. 일단 명중한 파이어 볼 마법은 그 이름값을 확실히 했다. 마족들이 불길에 싸인 채 굴러다녔다.

케이의 오른손이 검을 잡았다. 검이 빠져나옴과 동시에 화려한 꽃무늬를 그렸다. 검기 다섯 개가 꽃잎 다섯 장을 만들었다. 그것 하나하나가 마족들의 허리와 가슴을 쪼개 버렸다.

두 조각이 난 마족들이 대량의 피를 뿌리며 무너졌다.

마족 몇 마리가 케이의 등으로 검을 찔러 넣었다. 검에는 마기가 잔뜩 깃들어 있었다.

마족들의 눈에 희열이 비춰졌다.

다시, 마족들의 눈에 절망이 채워졌다.

검은 케이의 등에 박히지 못했다. 케이의 몸에서부터 강력한 신성력이 뿜어지며 검을 밀어냈다. 그 신성력이 검을 감싸던 마기를 소멸시키고 마족들의 팔을 타고 올라갔다.

"케에엑!"

케이가 몸을 팽이처럼 돌렸다. 손에 든 검이 몸을 따라 공간을 그어댔다. 검끝에서 오러 블레이드가 솟아올랐다. 케이의 몸 주위로 회오리가 생기는 듯한 착각이 일었다.

케이의 주변을 감싸던 마족 십여 마리가 그 회오리에 말려들어 조각났다.

마족 열 마리가 뒤쪽에서 마법을 준비했다. 열 마리가 힘을 합치자 7서클 헬 파이어 마법이 빠른 속도로 만들어졌다.

마족들이 그걸 케이에게 날렸다.

"죽어라. 인간!"

케이의 몸이 헬 파이어 쪽으로 휙 돌아섰다. 그가 왼손을 쭉 뻗었다.

마족들은 케이를 비웃었다.

"으하하하. 바보 같은……."

마족들의 얼굴이 굳었다.

케이의 손에 닿은 헬 파이어가 순식간에 분해되었다. 그것은 마나의 부스러기로 변해 주변에 흩어졌다.

학살이었다. 케이가 검을 휘두르면 마족들이 수수깡처럼 쓰러졌다. 그가 손을 뻗으면 튀어나오는 마법에 마족들은 저항조차 하지 못하고 불타올랐다.

마족 백 마리라면 어마어마한 전력이다. 그러나 그들은 케이 앞에서 하루살이보다 못했다.

마지막 마족의 목을 쳐버린 케이가 가볍게 심호흡을 했다.

"후우. 황제, 이제 네 차례다."

황제가 크게 웃었다.

"으하하하. 케이, 겨우 그 정도뿐이야? 그것이 네 실력이냐? 약해. 약해. 약해!"

황제가 움직였다.

황제가 사라졌다. 엄청난 속도로 움직인 그는 케이의 등 뒤에 나타났다.

황제의 검이 케이의 목을 쳤다.

케이가 사라졌다.

이번에는 케이가 황제의 뒤에 나타났다.

황제가 다시 사라졌다.

케이는 황제가 어디로 갔는지 쫓지 않았다. 대신에 뒤돌아서며 왼손을 뻗었다.

황제가 케이의 정면에 나타났다.

케이의 손에서 마나가 조합되며 헬 파이어가 만들어졌다. 황제의 가슴 바로 앞이었다.

케이가 뒤로 튀어나가며 말했다.

"죽어라!"

7서클 공격 마법의 꽃이라는 헬 파이어가 황제의 가슴에 명중해 폭발했다. 그들이 서 있는 주변이 그 가공할 열기에 뒤덮였다. 압력이 땅을 뒤집었고 흙이 녹아 용암이 되었다.

한참을 물러선 케이가 한숨을 쉬었다.

"휴우."

케이가 옆으로 몸을 날렸다. 그가 서 있던 땅에 황제의 검이 꽂혔다.

황제가 검을 뽑았다. 그의 가슴은 그슬려 있었다.

황제는 아직 여유가 있었다.

"훌륭해. 멋진 계획이야. 헬 파이어를 그렇게 이용하다니. 그것이 너의 숨겨둔 함정인가?"

케이가 이를 갈았다.

"으드득. 통하지 않는군."

"하하하. 지난번에 그렇게 했다면 나도 타격을 좀 받았을 거야. 그런 면에서 너의 계획은 훌륭했다. 하지만 지금 나는 그때와 달라. 나는 마왕을 흡수했거든. 거의 두 배로 강해졌지. 이제 그 정도는 나에게 통하지 않아."

"마왕을 흡수해? 그럼 너를 죽이면 마왕도 죽는 거구나. 좋았어. 죽을 이유가 또 늘었구나. 황제!"

케이가 왼손을 쭉 뻗었다. 그의 손에서 마나가 조합되더니 즉시 헬 파이어가 튀어나왔다.

황제에게 날아간 헬 파이어는 제몫을 충분히 하며 폭발했다. 하지만 황제는 그 폭발의 영향권을 유유히 빠져나오며 말했다.

"이제 그런 것은 소용없다니까."

"네가 죽을 때까지 뿌려주겠어!"

그들의 사이에 헬 파이어가 계속 폭발하기 시작했다.

땅이 뒤집히고 용암이 강처럼 흘렀다. 수십 발의 헬 파이어가 폭발한 그곳은 지옥이었다.

케이가 왼팔을 늘어뜨린 채 숨을 헐떡였다.

“헉헉. 죽였나?”

케이의 앞에 황제가 나타났다. 뒤늦게 공기가 그를 따라 회전하며 따라붙었다.

“이게 끝인가, 케이?”

황제의 오러 블레이드가 케이의 몸을 베었다.

케이의 몸이 잔상을 남기며 물러섰다. 황제가 조금 빨랐다. 케이의 가슴에서 피가 튀었다.

“큭! 아프네.”

황제가 바짝 다가왔다. 황제의 검이 케이의 몸을 다시 공격했다.

케이가 검을 들어 그것을 막았다. 케이의 오러 블레이드가 솟아올랐다.

두 개의 오러 블레이드가 충돌하자 충격파가 주변을 쓸었다. 더 이상 살아 있는 것이 없는 공간이 다시 한 번 파괴되었다.

황제는 계속해서 케이에게 오러 블레이드를 휘둘렀다. 케이는 연달아 뒤로 물러섰다. 그의 힘이 황제보다 약했다.

케이의 오러 블레이드가 원을 그렸다. 황제의 오러 블레이드도 원을 그렸다. 서로 다른 검법이지만 수준은 비슷했다. 그리고 황제의 기운이 더 강했다.

케이의 몸에는 연이어 상처가 생기고 있었다. 신성력은 더 강해졌지만 오러 블레이드를 막기는 쉽지 않았다. 하나씩 늘어나는 상처는 제법 깊었다.

황제가 기운을 더 집중했다.

"슬슬 끝내자, 케이!"

황제의 오러 블레이드가 두 배로 커졌다. 그것이 케이를 쪼갤 듯이 날아왔다.

케이의 검이 그 공격을 막았다. 막대한 압력이 밀려왔다. 순간적인 압력이 산이라도 쪼갤 기세였다.

"크윽!"

케이의 손아귀가 찢어졌다. 손에서 검이 빠져나갔다. 검이 오러 블레이드를 품은 채 빙글빙글 돌며 날아갔다.

황제가 오러 블레이드를 높이 들었다.

"흐흐흐. 케이, 이번에는 목을 베어주마!"

오러 블레이드가 케이의 목을 노리고 날아왔다.

케이의 눈에서 빛이 번쩍였다.

케이가 사냥용 단검을 잡았다. 그것을 뽑아 오러 블레이드를 막았다.

황제는 내심 비웃었다. 단검으로 오러 블레이드를 막는 것은 불가능하다.

케이의 단검에서 하얀 빛이 쭉 뻗어 나왔다. 그것이 황제의 오러 블레이드와 부딪쳤다.

신의 힘을 뿜어내는 데 검의 길이는 중요하지 않다. 날카로운 검이기만 하면 충분하다.

이 공격을 위해서 그는 그렇게 많은 헬 파이어를 뿌려 황제를 방심하게 만들었다. 이것 하나만 믿고 황제를 혼자서 찾아왔다.

신의 힘이 황제의 오러 블레이드를 잘라 버렸다. 그와 함께 황제의 오른팔까지 깨끗이 베어버렸다.

"크아악!"

황제가 비명을 지르며 뒤로 물러섰다.

"이, 이게 뭐냐?"

케이가 황제에게 달려들며 말했다.

"신의 힘을 직접 분출한 거다."

황제는 급히 뒤로 물러서며 외쳤다.

"그때 그렇게 소모하고도 아직 신의 피가 남아 있다고?"

케이는 황제에게 단검을 휘둘렀다. 그의 검을 따라 흰 빛이 쭉쭉 뻗어 나오며 황제를 위협했다.

"아껴뒀던 것이 좀 있었다."

"인간이 신의 피를 통제하는 것은 불가능하다!"

어느새 황제의 오른팔이 새로 만들어지고 있었다.

케이가 외쳤다.

"'역근경'을 쓰면 가능해!"

신의 피가 황제의 오른팔을 다시 잘라 버렸다.

"카아악!"

황제가 왼팔을 뻗었다. 황제의 팔 주변으로 마나가 급속히 재조합됐다.

케이도 그것을 느꼈다. 그도 같은 방법으로 마법을 쓰기에 너무 잘 느낄 수 있었다.

‘놈이 회복하면 말짱 황이야.’

케이가 단검을 휘둘렀다. 흰 빛이 기다랗게 늘어가며 황제의 팔 주변에 조합된 마나를 뭉개 버렸다.

마나가 폭발했다.

“크아악!”

황제는 강력한 마법을 준비했었다. 폭발한 마법은 황제의 왼팔을 날려 버렸다.

황제는 빠르게 물러섰다. 케이는 황제를 쫓으며 단검을 휘둘렀다.

신의 힘에 맞은 땅이 쩍쩍 갈라졌다. 이미 주변의 땅은 거대한 갈퀴가 수없이 지나간 것처럼 변해 있었다.

황제는 계산이 있었다.

‘저건 오러 블레이드로도 상대할 수 없다. 하지만 신의 피가 무한정 있을 리가 없다. 다 소모시키기만 하면 나의 승리다.’

황제의 판단은 정확했다. 케이는 자신에게 남은 신의 피가 많지 않다는 것을 알고 있었다.

‘단숨에 끝내야 해.’

케이가 황제에게 속도를 내서 달라붙었다.

황제의 두 팔은 기괴한 모양으로 재생되어 있었다. 미처 모양에 신경을 쓸 틈이 없는 탓이었다. 그것은 팔이라기보다는 마계 몬스터의 촉수에 가까웠다. 그 숫자가 수십 가닥이었다.

황제가 소리쳤다.

“죽어라, 케이!”

수십 가닥의 촉수에서 동시에 마기가 쏟아졌다.

케이가 왼손을 뻗었다. 그의 마법은 아직 살아 있었다.

마나가 타다닥 조합되더니 헬 파이어가 튀어나갔다.

헬 파이어가 폭발하며 마기를 쓸어버렸다.

케이가 그 화염을 뚫고 나가며 단검을 휘둘렀다. 신의 힘이 황제의 몸을 갈랐다.

황제의 몸통이 사선으로 잘려 스르르 무너지기 시작했다.

양어깨에 달린 촉수들이 즉시 움직여 황제의 몸을 붙잡았다. 잘려 나간 황제의 몸 양쪽에서 새로운 촉수들이 뻗어 나오기 시작했다. 촉수들이 서로 엉켜 황제의 몸이 붙어 있도록 만들었다.

황제가 웃었다.

"크하하하. 검에 잘려도 죽지 않아. 나는 불사신이다!"

케이의 단검이 다시 황제의 몸을 베었다. 촉수들이 반 가까이 그 공격에 잘려 나갔다. 황제의 몸 역시 다시 두 조각이 났다.

잘려진 단면에서 새로운 촉수들이 솟아올랐다. 그것이 다시 황제의 몸을 움켜잡았다.

케이가 욕을 했다.

"괴물이구나!"

케이의 검이 황제를 수직으로 베었다. 황제의 몸이 좌우로 쩍 갈라지기 시작했다. 그 즉시 양쪽 단면에서 촉수들이 튀어나왔다. 그것들이 황제의 몸을 감쌌다.

이제 황제는 원래의 몸 구성보다 촉수가 더 많았다. 검은 촉수들이 역겹게 흔들거렸다.

황제는 두 눈을 굴렸다. 황제가 그 상태로 케이에게 서서히 다가왔다.

황제는 두 조각 난 입을 놀려 말을 했다. 목소리가 기괴하게 나왔지만 알아들을 수는 있었다.

"너를… 흡수… 하겠다."

케이는 자신에게 남은 신의 힘이 얼마 없다는 것을 알고 있었다.

'몇 번 더 베어도 이놈은 안 죽어. 베는 거론 안 돼. 그럼 마법은?'

케이가 황제에게 헬 파이어를 한 방 날렸다.

촉수들이 화라락 움직이며 주변의 마나를 조합했다. 즉시 황제의 앞에 강력한 쉴드가 펼쳐졌다. 케이는 구분하지 못했지만 거의 절대적인 방어력을 자랑하는 8서클 흑마법이었다.

헬 파이어는 폭발함과 동시에 모든 에너지가 되튕겨졌다. 케이를 향해 헬 파이어 마법의 파괴 에너지가 모조리 날아왔다.

케이는 어느새 그 자리를 피해 있었다. 그는 황제의 뒤로 돌아갔다.

황제의 뒤통수에 조그마한 동그라미 두 개가 생겼다. 그것에 빛이 돌더니 어느새 눈동자로 변했다.

케이가 황당해서 말했다.

"이제는 사눈박이냐?"

그 말이 신호라도 되는 듯 황제의 전신에 눈동자들이 만들어졌다. 이제는 사각이 없었다.

촉수들이 케이를 향해서 흔들렸다. 케이는 촉수에서 마나 조합이 이루어지는 것을 느꼈다.

그는 즉시 몸을 날렸다. 그가 서 있는 곳에서 폭발이 일어났다.

폭발은 시작이었다. 케이가 아무리 달려도, 온몸에 눈이 달린 황제의 시선을 피할 수는 없었다. 그리고 온몸에 달린 촉수의 공격을 피하기도 어려웠다.

케이는 멈출 수 없었다. 멈췄다가는 곧바로 박살이 날 상황임을 잘 알고 있었다.

케이가 황제의 주위를 달리면서 머리를 굴렸다.

'이놈의 약점은 어디지? 머리? 아니야. 심장? 자신할 수 없어. 그럼?'

"커억!"

생각에 잠기다 마법 한 방에 정통으로 얻어맞은 케이가 비명을 지르며 나뒹굴었다. 그러나 그는 곧바로 벌떡 일어서서 바닥을 박찼다.

그가 있던 곳으로 황제가 달려들었다. 촉수들이 발의 역할까지 하자 움직이는 속도가 제대로 보이지도 않을 정도로 빨랐다.

케이는 이제 답을 찾아야 했다. 방법이 없다면 여기서 아예 도망쳐야 했다.

'남은 신의 힘이 부족해. 여기서 도망치면 다시는 기회가 없다.'

케이는 신성제국에서 결국 역근경을 기억해 낸 후, 자신의 몸속에 신의 피가 어떤 형태로 존재하는지 파악하는 데 성공했다. 신의 피가 얼마나 남아 있는지 잘 알았다. 그리고 나머지는 유형화되어 심장을 대신하고 있다는 것까지 모두 알고 있었다.

'역근경의 힘으로 신의 피를 뽑아서 여기까지 싸웠어. 남은 피가 너무 적어. 하지만 반드시 이겨야 해. 내가 지면 인간은 끝장이야.'

케이의 머릿속에 그가 아는 사람들의 얼굴이 스쳐 지나갔다. 레이나나 에이미, 로지나 바이올렛, 그리고 마지막으로 데이지의 얼굴이 생각났다.

'결국 이 방법밖에 없어……'

케이의 눈에 눈물이 맺혔다. 그는 그것을 감추려는 듯, 소리를 버럭 질렀다.

"다들 잘 먹고 잘살아!"

케이가 검을 휘두르며 황제에게 돌격했다.

검이 황제의 몸을 다시 베었다. 하지만 둘 사이의 거리가 너무 가까웠다.

촉수가 즉시 케이의 몸을 감싸기 시작했다. 촉수들이 케이의 몸에 꽂히며 신성력을 빨아들였다.

신성력은 마족에게 아무짝에도 쓸모가 없다. 하지만 신들 사이에서는 사정이 다르다. 특히 천신의 피는 마신에게도 큰 보물이다.

마신이 준 촉수들은 마왕을 흡수했다. 그것이 이번에는 신성력을 빨아들여 자신의 힘으로 삼기 시작했다.

케이가 두 팔로 황제를 껴안았다. 깍지까지 단단하게 끼었다.

황제의 수많은 눈동자에 동시에 의혹이 서렸다.

케이는 신성력이 빨려 나가는 고통 속에서 히죽 웃었다.

"같이 죽자."

황제의 그 많은 눈이 모조리 크게 떠졌다. 그 즉시 촉수들이 케이를 밀쳐 내기 시작했다.

케이의 두 팔은 꿈쩍도 하지 않았다.

케이는 그동안 심장 주변에 있는 신의 피를 뽑아내기 위해서 역근경을 사용했다. 그는 이제 그것을 거꾸로 돌렸다. 얼마 남지 않은 신의 피가 역류했다.

동시에 케이의 심장을 이루고 있던 유형화된 신의 피가 급격히 분해되었다. 신성임무수행체가 분해를 막아보려고 했지만 케이의 의지가 더 강했다.

케이의 심장이 소멸했다.

심장을 이루다가 분해된 신의 피가 역류된 것과 합쳐지며 소멸 반응을 일으켰다.

케이의 심장이 대폭발을 일으켰다.

그를 중심으로 흰 빛이 고속으로 퍼져 나갔다. 그것은 곧바로 주변의 모든 것을 소멸시키며 거대한 구를 이루었다.

그 중심에서 황제의 촉수들은 신의 힘을 흡수하기 위해서 발광했다. 촉수들이 파라락 흔들리며 미친 듯이 힘을 흡수했다.

단번에 방출된 신의 힘이 너무 많았다. 촉수들이 하나둘씩 신의 힘에 잠식되며 소멸해 갔다.

마침내 모든 촉수가 사라지고 나자 남은 것은 몇 조각으로 잘려 나간 황제의 몸뿐이었다. 그것도 신의 힘에 서서히 소멸했다. 마신의 힘이 잔뜩 흡수된 몸이지만 천신의 힘이 직접 작용하는 것에는 버틸 수 없었다.

황제가 조각난 입으로 말했다.

"차라리… 잘… 된 건지도……."

그 말을 마지막으로 황제가 사라졌다. 그를 이루던 모든 것이 소멸했다.

어느 정도 시간이 흐르고 나자 신의 힘으로 만들어진 구체가 부서졌다. 그것은 신성력으로 바뀌어 주변으로 서서히 퍼져 나갔다.

뒷 이야기

상황은 믿을 수 없을 정도로 빠르게 정리되었다. 황제가 직접 관리하던 마족들은 이제 사냥당하는 처지에 빠졌다.

마계의 문이 열렸던 도시들이 속속 확인되었고, 그 사실을 감추는 데 두 제국의 황제들이 개입했다는 것이 밝혀졌다.

그 이외에도 황제가 마신의 피를 받은 자라는 증거가 속속 드러났다. 황제가 권력을 잃자 별의별 증거들이 다 튀어나왔다.

그중에는 헛소문도 있었지만 대부분이 사실로 증명되었다.

전쟁은 황제가 원해서 일어난 것이다. 그가 죽었으니 더 이상 전쟁을 원하는 사람은 없다. 인간계에서 벌어지던 전쟁은 즉시 중단되었다.

수많은 보상 문제가 각국 수뇌부들을 괴롭혔지만 더 이상 전쟁으로 죽는 사람은 없었다. 부상자들에게는 케이의 회복약이 무상으로 제공되었다. 바로 얼마 전까지 싸우던 병사들이 서로 보급품을 전달하며 화해했다.

인간계의 모든 전쟁이 끝났다. 남은 것은 마족 토벌뿐이다.

＊　　　＊　　　＊

어느 날씨 좋고 따뜻한 날, 케이는 상단을 이끌고 여행을 하고 있었다. 마차는 어느 도시의 입구에 도착했다.

케이가 마차 위에서 꼬마 레이니의 머리를 쓰다듬으며 말했다.

"여기가 리스키 시야. 나에게 신성용병이라는 이름이 처음 붙은 곳이지."

"와아. 큰 도시네요. 우리 그레인 시보다 더 커요. 여기서도 사업하려는 거예요?"

"아니, 여기에 빚을 갚아야 할 놈이 있어."

그들의 앞에서 리스키 시에 들어가려고 하는 사람들이 몇서 있었다. 케이 일행은 그들의 처리가 끝나기를 기다렸다.

그들이 잠시 바람을 쐬며 여유를 즐기고 있는데, 리스키 시에서 한 무리의 사람들이 말을 타고 빠져나왔다.

병사들이 즉시 물러서며 그들에게 인사를 했다.

케이는 그가 누구인지 잘 알았다. 영주 에트르 백작이었다.

에트르 백작은 요새 심기가 대단히 불편했다.

'쳇. 얼굴도 잘 기억나지 않는 신성용병 놈. 그놈이 용사였을 줄이야. 그놈이 나를 자르라고 하면 어떻게 하지? 역시 용사라도 감탄할 만큼 뇌물을 잔뜩 바치는 수밖에.'

도시 바깥으로 나가던 에트르 백작이 말을 세웠다. 그들이 케이 일행을 유심히 보았다.

케이는 로브를 뒤집어쓰고 있었다. 그는 로브 속에서 웃었다.

'벌써 알아봤나?'

그게 아니었다. 에트르는 예전에 잠깐 본 사람의 얼굴을 기억할 만한 기억력이 없었다. 더구나 그는 남자의 얼굴에는 관심도 없었다. 로브까지 쓰고 있으면 아예 알아보지 못했다.

백작이 말에서 내려 아가씨들을 살폈다.

"후우. 이런 미녀가 네 명이나? 이거 좋군."

그 음탕한 눈빛에 데이지가 발끈했다. 에이미가 그녀의 팔을 잡았다. 로지는 자기 검을 잡았다. 바이올렛이 그녀의 허리를 잡았다.

에트르는 백작이라고 하는 자기 신분을 믿었다.

"마침 잘됐군. 두 명은 용사님에게 선물로 바치고, 두 명은 내 첩으로 삼아야겠다. 어이, 너희들 어디서 온 것들이냐?"

그녀들을 함부로 하겠다는 말에 이번에는 상단을 호위하던 용병대장 아놀드와 바이올렛을 지키는 기사 파인만이 발끈했다.

하지만 용병 잭슨이 아놀드를 잡았고, 마법사 에이녹스가 파인만을 잡았다.

에트르는 마차를 호위하는 자들의 눈빛이 지나치게 날카로운 것이 신경에 거슬렸다.

"내가 누구인지 모르는구나. 나는 에트르 백작이다. 제국의 백작이지. 네놈들의 눈을 뽑아야 정신을 차리겠느냐?"

케이가 마차에서 내렸다.

"저희들은 정식으로 허가를 받고 상단을 운영하는 선량한 상인들입니다."

에트르가 코웃음을 쳤다.

"정식으로 허가? 그것을 결정하는 것은 나다. 어디 허가서를 내놓아봐라."

'허가서를 찢어버리고 모두 가둬야겠다. 그리고 여자들을 빼앗아야지.'

"알겠습니다. 그게 어디 있더라……."

케이는 마차를 뒤적거리다가 작은 상자를 하나 꺼냈다. 그는 상자를 열었다.

"이거던가? 어이쿠!"

케이가 상자를 엎질렀다.

상자에서 여러 장의 서류가 쏟아졌다. 거의 책 한 권을 만들 분량이었다.

에트르는 그런 서류에는 원래 관심도 없었다. 하지만 서류

마다 찍혀 있는 큼지막한 인장들이 그의 시선을 끌었다.

에트르가 서류 한 장을 주워 들며 말했다.

"이게 무엇이기에… 헉!"

그가 든 서류에는 아이즈 왕국 국왕의 인장이 찍혀 있었다. 내용으로는 반역이 아닌 모든 죄에 대한 면책 특권, 세금 면제 특권, 전략무기를 제외한 모든 물품의 국경 통과 특권이 기록되어 있었다.

기겁을 한 에트르는 다른 증서를 주웠다. 그것은 핸즈 왕국에서 발급한 것으로 동일한 내용이 적혀 있었다.

에트르의 손이 덜덜 떨었다.

케이가 투덜댔다.

"그게 아니네? 그럼 어느 상자지?"

마차에는 그런 서류 상자가 몇 개 더 있었다. 케이가 그 상자 중 하나를 골라내더니 뚜껑을 열었다.

케이가 거기에서 서류 한 장을 골라 내밀었다.

"아, 이거네. 여기 있네요, 에트르 백작."

에트르 백작은 와들와들 떨리는 손으로 그 서류를 받았다.

그것에는 브레이커 제국 여황제 나오미의 인장이 찍혀 있었다. 케이에게 제국 내 모든 귀족의 작위를 박탈할 수 있는 권한을 줬음을 증명하는 증서였다.

케이가 로브의 후드를 젖혔다. 그의 얼굴이 드러나자 에트르 백작이 바닥에 엉덩방아를 찧었다.

"요, 용사 케이님?"

"언제는 사기꾼이라며? 에트르 백작. 아, 지금부터는 백작이 아니지. 평민 에트르. 오랜만이야."

*　　　*　　　*

어느 날 케이는 따뜻한 햇볕을 쬐며 낮잠을 즐기고 있었다. 한 여인이 그의 입술에 입맞춤을 했다.

달콤한 그 느낌에 케이가 눈을 떴다. 자신의 입을 맞춘 사람을 확인했다. 그가 사랑하는 단 한 명의 여인이었다.

케이가 미소를 지으며 두 손을 내밀었다.

사랑하는 여인을 안은 케이의 심장이 쿵쿵 뛰었다.

케이의 심장은 유형화된 신의 피로 이루어져 있다. 폭발로 심장을 이루던 신의 피 대부분이 날아갔지만 신성임무수행체가 최선을 다해 저항한 덕분에 약간이 다시 유형화될 수 있었다.

그것으로 다시 만들어진 심장은 두께가 아주 얇았다. 하지만 신의 피로 만들어진 심장은 본연의 기능을 완벽하게 수행했다.

신성임무수행체가 심장 위에서 눈을 번쩍 떴다. 별다른 위험이 없음을 판단한 그것은 조용히 눈을 감았다.

*　　　*　　　*

신계에서 인간계의 케이를 보고 있던 천신이 말했다.

"둘이 참 잘 어울리지?"

"그렇습니다. 정말 잘 어울리는 한 쌍입니다."

천신은 만족했다.

"모피어스, 보라고. 케이가 세상을 구했어. 내가 어떻게든 될 거라고 했잖아."

모피어스가 대꾸했다.

"참 뻔뻔하십니다."

『가즈 블러드』 5권 終

작가 후기

　제 글은 표사(무협)→소환전기(판타지)→잠룡전설(무협)→가즈 블러드(판타지)→천하제일협객(무협)의 순으로 출판됐습니다.

　이 중에서 표사와 소환전기는 완전히 제 입맛에 맞춘 글입니다. 저는 이런 글을 쓰는 것을 좋아합니다.

　그리고 잠룡전설은, 가능한 많은 독자 분들의 입맛에 맞춰보려고 한 글입니다. 저도 이런 글을 읽는 것을 좋아합니다.

　가즈 블러드는 제 판타지 방향에 대한 실험 성격이 들어 있는 글입니다. 쓰고 싶은 것과 읽고 싶은 것을 동시에 만족시킬 수 없을까 하는 시도였습니다.

　그래서 제 출판 소설 중에서 가장 반응이 나빴던 소환전기 형식의 구조를 기본으로 하고, 그 위에 잠룡전설의 분위기를 약간 엎었습니다. 소환전기의 반응이 왜 그랬는지를 알기 위함이었습니다. 반응이 좋았던 잠룡전설 쪽으로 치우쳐 버리면 의미가 없기에 소환전기를 주로 하고 잠룡전설의 분위기는 적당히 조절했습니다.

　이건 쓰는 저와 읽는 저, 그리고 읽는 독자 모두를 만족시킬 수 있는 방법을 찾기 위한 글짓기였습니다.

　목적이, 그리고 방법이 그러하였기에 이 글을 쓰기 전부터 반응이 나쁠지 모른다고 생각했습니다. 그래도 여기까지 읽으신 분들은 만족하셨기를 바랍니다.

　바라는 것은 많았고,
　결과는,
　읽으신 바와 같습니다.

2007년. 어느 늦은 밤.

황규영.

무한 상상 · 공상 세계, 청어람 신무협&판타지

『한백무림서』 11가지 중 『무당마검』, 『화산질풍검』을
잇는 세 번째 이야기 『천잠비룡포』의 등장!!

천잠비룡포(天蠶飛龍袍) / 한백림 지음

천상천하 유아독존!!
새로운 무림 최강 전설의 탄생!!

『천잠비룡포』
(天蠶飛龍袍)

천잠비룡황, 달리 비룡제라 불리는 남자.

그는 누군가의 명령을 받고 움직이는 남자가 아니다.
그는 자신의 적을 앞에 두고 물러나는 남자가 아니다.
그는 자신의 이름 안에 있는 자들의 원한을 결코 잊는 남자가 아니다.

그 누구보다도 결정적이고 파괴력있는 면모를 지닌 남자.
황(皇)이며, 제(帝). 그것은 아무나 지닐 수 있는 칭호가 아니다.
그는 제천의 이름으로도 제어할 수가 없는 남자였다.

무적의 갑주를 몸에 두르고
가로막은 자에게 광극의 진가를 보여준다.

다세포 소녀 원작 만화 출간!!

전국 서점가 최고의 화제작!

OCN 슈퍼액션 드라마 시리즈 방영!

왜? 사람들은 다세포 소녀에 주목하는가!
상식을 뒤엎는 기발하고 엉뚱한 상상력!

『다세포 소녀』의 숨겨진 힘!!

다세포 소녀 원작만화 (전 5권 예정)
B급 달궁 글·그림 | 값 9,000원 / 부록 예이츠 시집

몇 페이지만 읽어도 좌중을 휘어잡을 이야깃거리가 넘쳐난다!
둔감해진 머리에 영감을 주는 아이디어가 마구마구 솟구친다!
원작을 더욱더 빛내주는 기발한 댓글 퍼레이드!
300만 다세포 폐인을 열광시킨 상식을 뒤엎는 엉뚱한 상상력!

또 하나의 이야기! 또 하나의 재미!

소설 『다세포 소녀』

초우 장편소설 | 값 9,000원 / 원작자 B급 달궁

"그건 모르겠고, 나는 외눈의 사랑이야. 사랑을 줄 수는 있어도 마주 할 수 없는 사랑이지. 두 눈을 가진 사람은 주고받을 수 있지만, 나는 주는 것만 할 수 있어. 나는 주는 사랑으로 족해. 외사랑이지."
―외눈박이

초등학생이 반드시 읽어야 할 좋은 책 49권

각 학년별로 초등학생이 반드시 읽어야할 좋은 책을 선정하여 통합논술의 기본이 되는 '올바른 독서법'을 일깨워 줍니다.

교과서와 함께하는 초등학교 통합논술

초등1학년 | 값 12,000원 / 초등2학년 | 값 9,500원 / 초등3학년 | 값 11,000원 / 초등4학년 | 값 9,500원 / 초등5학년 | 값 9,500원 / 초등6학년 | 값 11,000원

♣ **혼자 할 수 있어요.**

엄마가 책 읽는 방법을 가르쳐 주어도 좋아요.
독서지도하는 선생님이 가르쳐 주어도 좋답니다.
"초등교과서와 함께하는 **통합논술 시리즈**"는
아이 스스로 독서할 수 있도록 꾸며진 책이에요.
엄마와 선생님은 요령만 가르쳐 주시면 된답니다.

♣ **교과서의 중요한 내용이 총정리되어 있어요.**

각 학년별로 중요한 교과 내용이 함께 수록되어 있어요.
초등학생은 교과서 내용을 충실하게 공부해야합니다.
아울러 그와 병행한 독서가 대단히 중요하지요
"초등교과서와 함께하는 **통합논술 시리즈**"는
두가지 방법 모두 알려준답니다.

♣ **이 책은 훌륭하신 선생님들이 함께 쓰신 책이랍니다.**

동화작가 선생님들이 쓰셨어요. 소설가 선생님도 쓰셨답니다.
국어 논술독서지도 선생님들도 함께 쓰셨지요
"초등교과서와 함께하는 **통합논술 시리즈**"는
엄마의 마음으로 모든 선생님들이 함께 꾸민 책이랍니다.

입소문을 통해 아는 분은 다 알고 계십니다!
올 한해 공인중개사 최고의 화제작!

1~2권 합본 | 이용훈 지음
3~4권 합본 | 이용훈 지음
5~6권 합본 | 이용훈 지음
용 어 해 설 | 이용훈 지음
1~2차 문제풀이집 | 이용훈 지음

수험생 기본 필독서
만화 공인중개사

제목 : 만화공인중개사 쓰신 분에게 감사드립니다.

학원을 두달 다녔어요. 근데 과연 그 숫자 와우기 그렇게 몇 문제나 나올까 생각을 했어요.

아니라는 생각이 드네요. 학원강의를 뒤로 하고 서점을 갔어요. 내 머리에 가장 이해될 수 있는

책이 없나 하구요. 거기서 만화를 발견했어요. 무조건 세번 봤어요. 3개월 걸렸어요. 문제 집을

보라고 했는데 그건 시행을 못했어요. 근데 합격을 했네요.

어떻게 감사의 말을 해야 될지…

도서관에서 만화책 들고 다니니까 사람들이 바웃더라구요. 만화책으로 공인중개사를 공부한

다고 미친사람처럼 보더라구요. 근데 그거 다 감수하고 했던 내가 자랑스럽습니다.

어떻게 감사의 말을 해야 할지 정말 감사합니다.

부디 행복하세요. 제 나이 41살에 좋은 스승을 만난 거 같습니다.

엎드려 감사드립니다.

—본사 홈페이지에 독자분이 올린 메일 中 에서 발췌—